I0818059

ALPHAS SCHWUR

GESTALTWANDLER SPEZIALEINHEIT

RENEE ROSE

LEE SAVINO

Übersetzt von

STEPHANIE KOTZ

Veröffentlicht in den Vereinigten Staaten von Amerika

Renee Rose Romance, Silverwood Press und Midnight Romance

HOLEN SIE SICH IHR KOSTENLOSES BUCH!

Tragen Sie sich in meine E-Mail Liste ein, um als erstes von Neuerscheinungen, kostenlosen Büchern, Sonderpreisen und anderen Zugaben zu erfahren.

https://geni.us/jungfrauunddervampir

RENEE ROSE: HOLEN SIE SICH IHR KOSTENLOSES BUCH!

Tragen Sie sich in meine E-Mail Liste ein, um als erstes von Neuerscheinungen, kostenlosen Büchern, Sonderpreisen und anderen Zugaben zu erfahren.

https://www.subscribepage.com/mafiadaddy_de

1

Charlie

Das Beste daran, wenn man morgens um halb sieben zu den heißen Quellen hinabwandert, ist, dass dort sonst niemand sein wird. *Manby Hot Springs* – die drei Felsenbecken in der Nähe der Ruinen eines alten Postkutschen-Badehauses – sind häufig überfüllt mit nackten Hippies, sowohl einheimischen als auch auswärtigen, aber nicht an einem Wochentag. Nicht zu dieser Tageszeit. Und definitiv nicht, wenn es schneit.

Die Sonne ist gerade erst hinter dem Taos Mountain aufgegangen und taucht den Himmel in verschiedene Schattierungen von Pink, Lila und Orange. Das und die sanften Schneeflocken fühlen sich wie das perfekte Geburtstagsgeschenk der Natur an.

Diese Wanderung ist mein Geschenk an mich. In ein paar Stunden muss ich arbeiten, aber ich will nicht, dass mein Geburtstag nur daraus besteht, Post zuzustellen. Ich möchte etwas tun, damit sich der Tag von den anderen abhebt. Später werde ich mich mit Freundinnen an der Plaza auf ein paar Drinks treffen, aber bei Sonnenaufgang in den heißen Quellen zu baden, kommt mir wie eine geniale Art vor, diesen Tag besonders zu machen.

Und mich von Gedanken an Chad abzulenken.

Mein kleiner Bruder dient in Afghanistan und man hat seit Monaten nichts von ihm gehört. Nicht einmal unsere Eltern – beide ehemalige Air Force Offiziere – waren in der Lage eine Botschaft an ihn weiterzuleiten oder eine von ihm zu erhalten.

Die offizielle Nachricht der Air Force lautet, dass keine Neuigkeiten gute Neuigkeiten sind, aber ich werde, schon seit er sich verpflichtete, von dieser nagenden Angst um ihn geplagt, die allmählich immer stärker wird. Sie ist wahrscheinlich unbegründet. Ich mache mir im Allgemeinen ständig Sorgen und steigere mich vermutlich nur in das Ganze rein, aber ich würde mich bedeutend besser fühlen, wenn er uns einfach mitteilen würde, dass er noch am Leben ist.

Ich erreiche das Ende der eine Meile langen Wanderung in die Schlucht, die am Ufer des Rio Grande endet, und ziehe meine Kleider aus. Ich stecke sie unter einen Felsen, weil der Ordnungsfanatiker in mir sie sich nicht anschauen möchte, während ich mich an der Natur erfreue. Das ist ein weiterer Grund dafür, dass ich es vorziehe, allein hierherzukommen. Andere Leute helfen mir nicht, mit der Natur zu kommunizieren, sondern zerstören häufig nur die Landschaft.

Der sanfte Schneefall bedeutet, dass es sogar wärmer als üblich ist, und es weht kein kalter Wind. Das heiße Wasser wird sich himmlisch anfühlen. Ich lasse mir Zeit, trete langsam in das natürliche Becken und genieße den Kontrast zwischen dem heißen Wasser, das meine Beine umgibt, und dem kalten Prickeln auf meiner restlichen Haut.

Ich sinke in den Dampf und setze meinen nackten Hintern auf den weichen, schwarzen Sand, damit ich meine Schultern vollständig unter Wasser tauchen kann.

Auf der anderen Flussseite, an der gegenüberliegenden Schluchtwand, fällt mir eine Bewegung ins Auge und ich keuche erfreut auf.

Ein riesiges Dickhornschaf dreht seinen Kopf, um mich anzustarren.

„Hallo Großer." Ich hebe meine Hand zu einem Winken und lächle. „Danke, dass du vorbeischaust."

Er senkt seinen Kopf zum Grasen.

Zufriedenheit durchströmt mich, während ich die Ruhe in mir aufsauge. Ich sinke noch tiefer, bis das Wasser meine Ohren und Kinn bedeckt, und schließe die Augen. So genieße ich, wie die Hitze meine Knochen zu durchdringen scheint.

Und dann fahre ich beinahe aus der Haut, als ein Körper von den Felsen über mir in den seichten Pool springt. Ich starre auf das Chaos aus Wasser und Körperteilen, während ich versuche, mir einen Reim auf das Ganze zu machen. Irgendwie nimmt es die Gestalt eines Mannes an – eines extrem fitten, *nackten* Mannes – der einfach nur dasteht und mich ebenfalls anstarrt, scheinbar genauso schockiert wie ich, dass er hier nicht allein ist.

Einen kurzen Augenblick erleidet mein Gehirn einen Kurzschluss. Er ist wahnsinnig durchtrainiert – als hätte Gott einige zusätzliche Muskeln für ihn erfunden. Entweder das oder er hat mehr, als ihm eigentlich zustehen. Vielleicht gibt es Personen auf dieser Erde, denen Muskeln fehlen, weil sie dieser Kerl alle einkassiert hat. Wenn ja, dann bin ich eine dieser Personen.

Ich sinke etwas tiefer ins Wasser.

„Hi."

Das ist das Einzige, das mir einfällt, um dieses umwerfende, tropfende Exemplar eines Mannes zu begrüßen. Ich wuchs als Kind einer Soldatenfamilie auf. Ich habe so viele oberkörperfreie Männer gesehen, dass es mich immun gegen diesen Reiz gemacht hat. Aber die tätowierte Brustmuskel-Pracht dieses Typen könnte eine Ausnahme bilden.

„Hey." Er versucht, seine Männlichkeit mit beiden Händen zu bedecken, und weicht zurück. Ich erkenne ihn – er ist einer der Ex-Militär Typen, mit denen Sadies Freund arbeitet. Die Söldner. Riesige Kerle. Muskulös. Gefährlich.

Super heiß.

Ich grinse über seine Versuche, sich wie ein Gentleman zu benehmen. Ich denke, meine Anwesenheit hat ihn noch mehr erschreckt als mich seine. „Du kannst reinkommen. Und du musst dich nicht bedecken. Nacktheit wird hier unten vorausgesetzt."

Seine Augen funkeln, er grinst und dreht sich leicht, um seinen Penis vor meinen Blicken abzuschirmen. Natürlich verschafft mir das eine fantastische Aussicht auf sein episches, muskulöses Hinterteil. „Yeah, sorry, aber diese Pistole ist für dich geladen."

Oh. „Ähm, danke?"

Er lacht leise und läuft zu mir, ehe er sich auf seine Knie fallen lässt, um besagte *Pistole* unter den Dampfschwaden zu verbergen. Ich bin eigenartig enttäuscht, dass ich sie nicht zu Gesicht bekam.

„Meine Schuld. Ich wäre nie gesprungen, wenn ich gewusst hätte, dass jemand hier ist. Ich bin Lance." Er reicht mir seine Hand.

„Charlotte. Meine Freunde nennen mich Charlie." Als ich meine Hand ausstrecke, um seine zu ergreifen, heben sich meine Schultern aus dem Wasser. Sein Blick senkt sich zu der Stelle, wo meine Brüste aus der dampfenden Oberfläche auftauchen. Er atmet scharf ein und seine Nasenflügel blähen sich. Seine ozeanblauen Augen heften sich auf mein Gesicht. Die schwellende Hitze in seinen Augen wärmt mich am ganzen Körper.

Verflucht, er ist wunderschön. Und wie er mich ansieht… seine unverhohlene Bewunderung bringt meine sexuelle Begierde auf Touren. Die, die zum Stillstand kam, nachdem ich die sehr begrenzte Anzahl Dating-Möglichkeiten in Taos erlebt hatte… nachdem mir klargeworden war, dass der Große Plan, den ich für mein Leben gemacht hatte, vielleicht nie zustande kommen würde.

„Keine Sorge", sage ich. „Du hast mich nur überrascht."

Sein Grinsen offenbart ein leichtes Grübchen. *Wow.* Gesicht eines Models, Charme eines Filmstars, die glatten, muskulösen Schultern eines Olympiasiegers im Schwimmen. Dreifache Bedrohung. „Was machst du hier so ganz allein bei Sonnenaufgang, Charlie?", säuselt er. Die Frage sollte nicht so klingen, als hätte er mir gerade Sex angeboten, aber aus irgendeinem Grund tut sie das. Er treibt näher zu mir und drückt sich genau am Rand meines persönlichen Freiraums herum.

Und ich neige meinen Kopf mit einem Lächeln zu ihm nach oben, bereit, mit ihm zu flirten, obwohl ich das nicht tun sollte. Diesem Kerl steht in Großbuchstaben *Player* auf der muskulösen Brust geschrieben. Ich habe eine Million Männer wie ihn auf den Basen kennengelernt, auf denen ich aufwuchs. Militärische Schürzenjäger, die alles mit einem Puls vögeln, und niemals zurückschauen.

Ich möchte nicht voreingenommen sein, aber ich kenne diesen Typ Mann. Es macht Spaß, mit ihnen auf ein Date zu gehen, aber einen Tag sind sie hier, am nächsten kappen sie sämtliche Verbindungen. Das Gegenteil des Typ Mannes, den ich für den Großen Plan brauche.

Und dennoch bin ich hier und genieße seinen Charme, als sei er mein Lieblings-Mokka-Shake, komplett mit Schokoladensoße, Schlagsahne und dunklen Schokoladeraspeln oben drauf.

Obwohl ich nicht vorhatte, es irgendjemandem zu erzählen, der es nicht schon weiß, ertappe ich mich dabei, wie ich antworte: „Heute ist mein Geburtstag."

Lance lässt ein Grinsen aufblitzen, bei dem Frauen vermutlich reihenweise aus ihren Stöckelschuhen kippen. „Alles Gute zum Geburtstag, Charlie." Er sagt meinen Namen, als würde er ihn sich auf der Zunge zergehen lassen.

Wäre er irgendein anderer Mann, würde ich mit den Augen rollen und meine üblichen Verteidigungswälle hochziehen. Ich könnte Lances Charme noch immer abwehren. Wenn ich ihm sagen würde, er solle sich von mir fernhalten, würde er das tun. Aber er treibt nackt im Wasser, so nah bei mir, so umwerfend, und seine gesamte Aufmerksamkeit liegt auf mir. Es fühlt sich wie Schicksal an.

„Wenn wir in einer Kneipe wären, würde ich dir einen Drink kaufen. Aber da wir nackt in einer heißen Quelle sind, würdest du stattdessen eine Rückenmassage akzeptieren?" Sein Grübchen legt einen weiteren Auftritt hin. Dieser Charmeur hat eine Lizenz zum Töten – mit diesen langen Wimpern, scharfen Wangenknochen und babyblauen Augen. „Eine Geburtstagsmassage?"

Ha. Da ist es. Er spielt seine Rolle als Player so perfekt, als würde er einem Drehbuch folgen. Aber scheiß drauf, ich will es zulassen.

„Wie wäre es mit einer Fußmassage?", fordere ich ihn heraus und lasse einen Fuß in dem Wasser zwischen uns aufsteigen.

Er zögert nicht. Er packt meinen Fuß, hält ihn unter Wasser und streichelt mit seinen Daumen mein Fußgewölbe entlang. Er ist gut. Unendlich geschickt. Er übt die genau richtige Menge Druck zwischen den langen Mittelfußknochen aus, dreht und zieht jeden Zeh, als würde er eine edle Flasche Wein entkorken. Und dann fängt er an, sich zwischen meinen Zehen zu schaffen zu machen.

Mein Plan ist nach hinten losgegangen. Jede Stelle, die er an meinem Fuß massiert, schickt Lustblitze zwischen meine Beine. Das hier ist Vorspiel.

Ah, verflucht. Dieser Kerl ist so heiß, dass er das Wasser in diesem Becken zum Kochen bringen wird. Wenn ich nicht fünfzig Dinge darüber wüsste, wie es ist, mit Typen vom Militär zu vögeln, würde ich mit ihm schlafen. Nicht, um ihn in den Großen Plan einzuarbeiten. Gott, nein. Nur zum Spaß. Nur für mich.

Ich weiß, dass er gut im Bett wäre.

„Du bist mit Sadie befreundet“, merkt er an.

Ich blinzle. Es sollte mich nicht überraschen, dass er sich daran erinnert – wir sind uns schon einmal kurz in einem Restaurant begegnet. Er macht einfach den Eindruck eines Mannes, der niemanden bemerkt außer der Frau, die nackt und direkt vor ihm ist.

„Du bist mit Deke befreundet“, kontere ich.

Seine Belustigung scheint zuzunehmen. Er mustert mich, während seine Grübchen zucken. „Du trägst niedliche T-Shirts.“

Ich sollte mich nicht so sehr darüber freuen, dass er das bemerkte. Er *kennt* mich doch. Und er mag meine T-Shirts. Oder findet sie niedlich – ist das das Gleiche?

„Du fährst eine Harley.“

Er schüttelt den Kopf. „Ducati.“ Dann zuckt er mit den Achseln, als würde ihm bewusst werden, dass ich mich wahrscheinlich nicht für den Unterschied interessiere. „Yeah."

Okay, ich mag diesen Kerl. Ich will es nicht, aber es ist wirklich schwer, ihn nicht zu mögen. Vor allem wenn er zwischen meinen Zehen arbeitet, als wüsste er, dass es der geheime Weg gen Norden ist, geradewegs zwischen meine Beine.

Einen wahnsinnigen Moment lang ziehe ich in Erwägung mich hier und jetzt in der heißen Quelle auf ihn zu stürzen. Aber ich bin nicht spontan. Jemals. Nichts geschieht in meinem Leben, ohne dass ich es gründlich durchdenke. Ohne einen Plan.

„Ich habe gehört, du bist bei der Spezialeinheit."

Ein Hauch von Vorsicht schleicht sich in seinen Blick. Seine Miene wird eine Spur wachsamer. Das ergibt Sinn. Die Spezialeinheit ist eine ernste Sache. Er tat und sah wahrscheinlich Dinge, die ihn für immer veränderten. Deswegen habe ich solche Angst um Chad.

Aber ich vermute, das war es, was er wollte – Chad meine ich, nicht Lance. Er wusste, worauf er sich einließ, als er sich verpflichtete.

„War", sagt Lance und der ernste Ton in seiner tiefen Stimme stellt Dinge mit meinem Inneren an, die der Freude seiner Berührung gleichkommen. „Wir sind jetzt im Bereich der Privatsicherheit tätig."

Stimmt ja. Ich wusste das auch und ich bin mir nicht sicher, was ich davon halten soll. Mitglieder der Spezialeinheit besitzen Fähigkeiten, die sich im Privatsektor auf Söldnerarbeit übertragen lassen. Harte, gefährliche Arbeit, die wirklich gut bezahlt wird. Ich habe ihre schicken Autos und Motorräder gesehen. Sie *schwimmen* in Geld. Privatverträge sind lukrativ, aber verflucht gefährlich. Und ich habe so ein Gefühl, dass das, was Lance und seine Kumpel machen, nicht unbedingt legal ist.

Wie auch immer, Lance ist ein absoluter Adrenalinjunkie. Er verließ das Militär, aber die dazugehörige Lebensweise konnte er nicht hinter sich lassen. Daran ist nichts verkehrt, aber er ist kein Mann, den ich mir an meiner Seite vorstellen könnte.

Ich deute auf meine Brust. Seine Augen verfolgen die Bewegung wie ein Tiger, der seine Beute beobachtet. „Militärkind. Beide Eltern waren im aktiven Dienst und wurden häufig an andere Standorte versetzt."

Seine Miene wird weich. „Sorry?"

Ich lache. „Ja. Dankeschön. Es hat definitiv seine Spuren hinterlassen."

Er massiert meine Ferse, zwickt an deren Kante entlang, dann streichelt er meine Achillessehne. Meine Nippel werden trotz des heißen Wassers steif. Ich mache mir eine geistige Notiz, meine Schultern nicht über die Wasseroberfläche zu heben, damit er nicht sieht, welche Wirkung er auf mich hat.

„Das Umziehen oder die Kampfeinsätze? Welcher Zweig?"

Jede Minute, die ich hier bei ihm bleibe, gelingt es ihm, mich noch weiter zu entwaffnen. Seine Fragen zeigen, dass er es versteht, und so wie er mich beobachtet, während er auf meine Antwort wartet, macht es den Anschein, als wäre er wirklich daran interessiert.

Er ist daran interessiert, flachgelegt zu werden, erinnert mich meine bissige Seite.

„Beides. Beide meine Eltern waren bei der Air Force. Wir zogen oft um und wenn meine Eltern gleichzeitig auf einen Einsatz geschickt wurden, wohnten wir bei meinen Großeltern. Fast jedes Jahr eine andere Schule."

Lances Blick ist mitfühlend.

„Aber nein, ich habe kein Problem mit der Militärkultur, *per se*."

Er zieht eine Braue hoch und seine Hand streichelt sinnlich die Wade meines anderen Beines hinab, bis sie die Ferse einfängt und er wechselt, welchen Fuß er massiert. Meine Pussy zieht sich zusammen. Dieser Kerl hat wirklich *alle* Moves drauf. Er fängt an, meinen anderen Fuß zu massieren und ich unterdrücke ein lustvolles Stöhnen.

„Du lebst in Taos. Ist die Kultur hier nicht das komplette Gegenteil?"

Ich lache. „Guter Punkt. Warum habt ihr Männer diesen Ort gewählt?"

„Ich habe zuerst gefragt."

Ich schwöre bei Gott, meine Nippel vibrieren vor Lust. Dieser Mann sorgt dafür, dass jedes Nervenende in meinem Körper für ihn kribbelt. „Okay, du hast recht. Ich wählte Taos, weil ich das Gegenteil von dem wollte, mit dem ich aufgewachsen war. Ich wollte einen Ort, an dem ich Wurzeln schlagen und für immer bleiben kann. Und ich liebe Taos. Es ist hübsch und ich mag die liberale Stimmung hier. Aber ich bin kein Hippie. Ich bin kein Luftikus, der nur durchzieht, bis der Geist mich irgendwo anders hinschickt."

„Nein." Sein Blick ist warm. „Du wirkst ziemlich bodenständig."

Komplimente. Noch eine Technik aus dem Player-Handbuch. Lance ist geschickter als die meisten Männer, das muss ich ihm lassen. Ich muss die Flucht ergreifen, bevor meine Verteidigung völlig in sich zusammenbricht. Tatsächlich muss ich ohnehin gehen, wenn ich pünktlich zur Arbeit erscheinen will. Ich bin schon viel länger geblieben, als ich geplant hatte.

„Ja, nun, so sehr mir das hier auch gefällt, ich muss raus. Ich muss um acht Uhr bei der Arbeit sein."

Lance lässt meinen Fuß fallen und springt auf die Füße, woraufhin Wasser an ihm hinabtropft. Er dreht sich, um seine Hüften von mir abzuwenden. Hat er noch immer einen Ständer?

„Richtig." Er klettert bereits aus dem Becken, womit er mir eine epische Sicht auf seinen glatten Hintern bietet. Wasser strömt in kleinen Bächen zwischen den kräftigen Muskeln seiner Quadrizepse, Schultern und Rücken hinab.

Einen Moment lang kann ich nicht sprechen. Es ist, als würde ich ein Kunstwerk betrachten, die Marmorstatue eines griechischen Gottes. Es gibt keine Worte dafür.

„Gib mir einen kleinen Vorsprung. Dann hast du mehr Privatsphäre, wenn du aus dem Wasser kommst und dich anziehst."

So ein Gentleman. Jeder weniger galante Mann würde bleiben und versuchen, den ein oder anderen Blick auf mich zu erhaschen. Vielleicht würde er mir sogar anbieten, mit mir durch die Schlucht zurückzulaufen.

Seine Wange biegt sich nach oben, während er über seine Schulter spricht: „Happy Birthday, Charlie. Ich hoffe, dass wir uns bald wiedersehen."

Er verschwindet hinter den Ruinen des alten Badehauses und entfernt sich von dem Pfad, der aus der Schlucht führt. Und dann könnte ich schwören, dass es so klingt, als würde er rennen.

Ich steige aus dem Pool, weil meine Neugierde jegliche Angst besiegt, die ich davor habe, ihm meinen nackten Körper zu zeigen, doch er ist verschwunden. Ich lasse meinen Blick über den Pfad schweifen, der an der Seite der Schlucht nach oben führt.

Keine Spur von ihm.

Was… zum Kuckuck?

Wohin ist er gegangen? Und warum hatte er es so eilig? Es ergibt keinen Sinn, aber ich habe keine Zeit, mir den Kopf darüber zu zerbrechen. Wenn ich meine Kleider nicht ausziehe und mich beeile, werde ich zu spät zur Arbeit kommen.

~

Lance

Rafe würde mich umbringen, wenn er wüsste, dass ich Mist gebaut habe.

Dass ich wegen des atemberaubenden Menschen, einen Ständer bekommen habe.

Charlie.

Die Frau, deren Gesicht ich mir jede Nacht dieser Woche vorstellen werde, wenn ich mir einen runterhole.

Ich renne in Wolfgestalt den Fluss entlang und versuche, etwas Distanz zwischen mich und die heiße Quelle zu bringen, bevor Charlie aus dem Becken steigt und feststellt, dass ich keine Kleider zum Anziehen habe – oh, und ich zufällig von der John Dunn Brücke dorthin geschwommen bin. *In Wolfgestalt.*

Das Schwimmen in dem kalten, von Schneewasser gespeisten Fluss, gefolgt von einem Bad in einer heißen Quelle ist etwas, das ich seit neuestem sehr gerne mache. Heute war der dritte Morgen, an dem ich meine Ducati runter zur unteren Brücke fuhr, mich auszog und mit vier Beinen in dem eisigen Wasser flussabwärts schwamm, um meinen Körper anschließend mit der Wonne zu schockieren, die mir die heißen Quellen verschaffen. Es ist eine nicht genehmigte Aktivität, da es verboten ist, unsere Wölfe irgendwo in der Nähe von Menschen zu zeigen.

Aber verdammt, es fühlt sich so gut an. Der Kontrast zwischen eisig kalt und dann dampfend heiß. Der frühmorgendliche Rausch aus Anstrengung und Freude.

Aber ich kann es nicht noch einmal riskieren. Ich weiß nicht, warum mein Wolf Charlies Anwesenheit nicht bemerkte, bevor ich in diesen Pool sprang.

Fuck!

Ich war in Wolfgestalt, als ich sprang. Ich musste mich buchstäblich in der Luft verwandeln, als ich realisierte, dass sie dort drin war.

Ich hatte so verdammt großes Glück, dass ihre Augen geschlossen waren und sie meinen Wolf nicht sah.

Mein Fehler brachte mich völlig aus der Fassung und danach ihr Geruch, der verlockend, aber im Wasser schwer wahrnehmbar war. Der Versuch, ihre gesamte Duftnote aufzuschnappen, machte mich ganz verrückt. Sie roch wie Kiefern und Pfirsiche in einem.

Ich sah Charlie zuvor schon in der Stadt. Sie gehört zu dieser Gruppe Frauen, mit der sich Dekes Gefährtin Sadie trifft. Aber heute war das erste Mal, dass ich ihr so nahe kam, dass ich sie riechen konnte, und jetzt sehne ich mich nach mehr. Viel mehr.

Vielleicht lag es nur an der Tatsache, dass sie nackt war und ich mich gerade verwandelt hatte, aber ich hatte einen Ständer, der sich die ganze Zeit, in der ich mit ihr in diesem Becken war, weigerte, sich zu legen. Ich meine, ich bin die Sorte Mann, die eine nackte Frau zu schätzen weiß, ganz gleich, wie sie riecht. Jede nackte Frau.

Vielleicht ist es zu lange her, seit ich eine Frau in mein Bett kriegen konnte. Denn auch wenn ich nicht viel von Charlie sah, trieben mich die Gedanken daran, was sie unter all dem Dampf und Wasser versteckte, beinahe in den Wahnsinn.

Ich will definitiv mehr von ihr sehen.

Alles von ihr. Vorzugsweise, wenn sie sich unter mir windet und meinen Namen schreit, während ich sie zum Kommen bringe.

Vielleicht heute Nacht. Es ist immerhin ihr Geburtstag. Es wäre eine Schande, eine Frau ihren Geburtstag unbefriedigt verbringen zu lassen. Aber Rafe würde mir den Schwanz abschneiden, wenn ich sie aufspüren würde, um sie zum Schreien zu bringen. Wir sollen uns eigentlich nicht mit Zivilisten – aka Menschen – verbrüdern. Charlie ist mit Sadie befreundet, was bedeutet, dass die Geschichte kompliziert werden könnte. In einer Kleinstadt zu leben, macht es beinahe unmöglich, sich durch fremde Betten zu schlafen.

Ich komme an der unteren Brücke an, wo ich meine Ducati zurückließ. Nachdem ich meine Nase in die Luft gehoben habe, um nach Menschen zu schnüffeln, verwandle ich mich wieder in meine zweibeinige Gestalt. Anschließend trete ich aus dem Unterholz und schlüpfe neben meinem Motorrad in meine Klamotten.

Was Rafe nicht weiß, macht ihn nicht heiß.

Kapitel Zwei

Charlie

„Alles Gute zum Geburtstag!" Adele schlingt ihre Arme um mich. Ich war so in meine Gedanken und meinen Martini versunken, dass ich nicht einmal gehört habe, dass sie sich genähert hat.

„Schh, sei leise", ermahne ich sie, auch wenn ich ihre Umarmung erwidere. „Ich will nicht, dass das ganze Restaurant Bescheid weiß. Sonst kommt vielleicht noch das Personal raus und singt."

„Keine Sorge, das machen sie hier nicht. Ich habe sogar den Manager angerufen, um sicherzugehen."

„Oh, gut. Dankeschön. Ich habe vom letzten Jahr noch Alpträume." Damals gingen wir zu einem mexikanischen Restaurant und Tabitha brachte die gesamte Mariachi-Band dazu, fünfzehn Minuten durchgehend Geburtstagslieder zu spielen.

„Genauso wie ich." Adele wuchtet eine riesige Tasche voller weißer und goldener Schokoladeschachteln auf den Tisch neben mir. Bei dem Anblick läuft mir das Wasser im Mund zusammen. Das Einzige, das besser ist als eine beste Freundin, der ein Schokoladengeschäft gehört, ist, das Versuchskaninchen für all ihre neuen schokoladigen Kreationen zu sein. „Das ganze Restaurant hat die strikte Anweisung, kein großes Trara zu veranstalten. Aber ich kann nicht versprechen, dass mich Tabitha nicht übergeht und einen Stripper anheuert."

„Oh, Gott." Ich versuche, mir einen Stripper vorzustellen, und denke sofort an Lance. Ohne Shirt, das Wolf-Tattoo, das im Takt der Musik schwingt, ein arrogantes Lächeln auf seinem Gesicht. Ich verschlucke mich an meinem Drink und huste.

Adele klopft mir auf den Rücken. „Bist du okay?"

„Prima. Falsche Röhre." Ich muss mich zusammenreißen. „Was gibt's bei dir Neues? Wie läuft *The Chocolatier*?"

Ein gestresster Ausdruck flackert auf Adeles Gesicht auf, bevor sie es zu einer neutralen Miene glättet. „Lass uns nicht über die Arbeit reden", meint sie. „Was ist mit dir? Hast du heute etwas Besonderes gemacht?"

„Nur Arbeit." Und kein Bad in einer heißen Quelle mit einem Sahneschnittchen. Nackt. Meine Wangen werden rot. Ich drehe den Kopf und lege mein Kinn auf meiner Hand ab in dem Versuch, es zu verbergen, aber Adele kennt mich zu gut.

„Ne-he, das ist nicht die ganze Geschichte. Was ist passiert?“

„Es war vielleicht ein heißer Typ involviert.“

„Oooh“, keucht sie. „Kein Stripper?“, neckt sie mich.

„Nein.“ Ich neige den Kopf näher zu ihr. „Und erzähl es niemandem.“ Ich liebe all meine Freundinnen, aber ich will nicht, dass alle wissen, dass ich Lance heiß finde. Dann würde Sadie ganz aufgeregt werden und versuchen, uns zu einem Doppeldate oder so etwas zu überreden. Und ich werde mit diesem Kerl nicht ausgehen. Lance ist kein Teil des Großen Plans.

„Dein Geheimnis ist bei mir sicher. Wie ist er so?“

Ich verdrehe die Augen. „Er ist ein Player. Das habe ich gleich erkannt. Wie jeder Flieger auf den Basen, auf denen ich meine Kindheit verbrachte.“ Ich schiebe meinen Martini weg. „Aber er will mir an die Wäsche und ich habe es definitiv eine Minute lang in Erwägung gezogen.“

Die Kellnerin kommt vorbei und Adele bestellt eine Flasche Wein für den Tisch, bevor sie sich wieder zu mir dreht. „Ja und? Warum hast du dich nicht auf ihn gestürzt?“

Ich glotze sie mit offenem Mund an. Ich hatte erwartet, dass Tabitha, unsere Hippie-Freundin ohne einen richtigen Job und mit einem strickten *laissez faire* Code, sich für freie Liebe und One-Night-Stands aussprechen würde, aber nicht Adele. Wir sehen alle zu Adele auf, nicht weil sie ein Jahr älter ist, sondern weil sie so verantwortungsbewusst und vernünftig ist. Sie hat ihr eigenes Geschäft und verbringt jede wache Minute komplett geschminkt und in geschmackvollen High Heels, wodurch sie allzeit bereit für ein Fotoshooting in Paris aussieht. Sie ist die einzige Person, die ich kenne, die sich regelmäßig mit Schals schmückt.

„Das ist kein Teil des Großen Plans“, sage ich.

„Richtig." Adele lockert ihren hübschen cremefarbenen Schal und streicht eine perfekte, braune Locke nach hinten. „Wie lautet der Plan noch mal?"

Ich hole tief Luft. „Mit dreißig verheiratet sein, zwei Punkt fünf Kinder haben. Sie in Taos aufziehen, aber auch reisen und jeden Sommer in einem anderen Nationalpark wandern. Mit fünfzig in Rente gehen."

„Hmmm." Adele richtet ihre grünen Augen auf mich.

„Wenn ich in Rente bin, mache ich vielleicht etwas Verrücktes", füge ich hinzu, damit ich nicht ganz so langweilig wirke. „Wie beispielsweise eine Kakteenfarm eröffnen. Oder verschiedene Fikusarten kreuzen."

Die Kellnerin bringt den Wein. Adele schenkt sich ein Glas ein und nimmt einen großen Schluck. „In Ordnung, möchtest du meinen Rat?" Sie stellt ihr Glas mit einem dumpfen Knall ab. „Vergiss den Plan. Du verbringst dein gesamtes Leben damit, auf etwas hinzuarbeiten, nur damit es dann fehlschlägt. Du könntest deinen Plan genauso gut anzünden und Marshmallows über dem entstandenen Feuer grillen."

Mir klappt die Kinnlade nach unten. „Okay, was ist mit dir los? Ist irgendetwas passiert? Ist es der Laden?"

„Ich möchte nicht darüber reden." Um ihren Mund zeichnen sich Fältchen ab, die ich noch nie zuvor bemerkt habe. „Nicht an deinem Geburtstag. Heute geht es um dich. Und ich denke, du solltest es tun. Schlaf mit ihm, wer auch immer er ist. Nicht als Teil des Plans; nur um Spaß mit einem heißen Mann zu haben. Tu es, damit du es abhaken kannst."

Der Rest unserer Freundinnen kommt und Adele lehnt sich mit einem friedlichen Lächeln zurück. Von ihrem vorherigen Stress ist nichts mehr zu sehen. Ich erlaube ihr, die Aufmerksamkeit auf mich umzulenken, aber mache mir eine geistige Notiz, mich später mit ihr zu unterhalten.

Was ihren Ratschlag angeht, nun… vielleicht kann ich dem Anhang des Großen Plans einen One-Night-Stand hinzufügen. Eine Nacht, in der ich mich mit Lance am Matratzensport erfreue, um das Ganze abhaken zu können. *Einmal ficken und wieder auf die Reise schicken.* Dann wird er zur Nächsten übergehen und ich werde mich wieder meiner Suche nach jemandem widmen, der Langzeitpotenzial hat. Jemandem, der mein Ehemann werden könnte. Vielleicht gelingt es mir sogar, jemanden zu finden, der in der Buchhaltung tätig ist, damit er jedes Jahr unsere Steuern machen kann.

Mein Plan ist perfekt. Was könnte da schon schiefgehen?

Lance

Für den Geheimdienst zu arbeiten, hat seine Vorteile. Ohne Deke zu fragen – wodurch ich mir in die Karten schauen lassen würde – finde ich alles über Miss Charlie heraus, was ich kann. Wo sie arbeitet – beim Postamt; wo sie wohnt – in ihrem eigenen kleinen Lehmziegelhaus in der Stadt; und am allerwichtigsten für den Plan des heutigen Abends – die Marke und das Modell ihres Autos. Wie sonst soll ich in der Lage sein, ihr an ihrem Geburtstag zufällig über den Weg zu laufen?

Sie ist bestimmt mit ihren Freundinnen unterwegs.

Ich brauche nicht lange, um einmal an allen Restaurants in der Gegend um Taos vorbeizufahren. Schließlich entdecke ich ihren Subaru Forester neben Sadies weißem Hyundai vor dem nettesten Restaurant in Arroyo Seco.

Ich gehe nicht rein. Sie ist mit ihren Freundinnen

zusammen. Es wäre komisch. Stattdessen schlüpfe ich in den Aufklärungsmodus, parke mein Motorrad auf der anderen Straßenseite unter einem Baum, fläze auf meinem Sitz und beobachte sie durch getönte Fenster. Eine richtige Observierung. Etwas, das ich schon viele Male getan habe, aber nie, niemals wegen einer Frau.

Doch Charlie ist anders. Mein Wolf versichert mir, dass sie besonders ist. Und ich werde herausfinden warum.

Als das Rudel Frauen auftaucht, steige ich ab, überquere heimlich die Straße und tauche dann scheinbar aus der Seitenstraße auf, um lässig in der Nähe von Charlies Auto vorbeizulaufen. „Hey, Geburtstagskind."

Sie atmet scharf ein und dreht ihre Hüfte, um sich an ihr Auto zu lehnen. „Lance."

Oh fuck. Ich mag es, wie mein Name klingt, wenn er über ihre Lippen kommt. Ich nehme ihren Pfirsich-Kiefern-Duft war – dieses Mal ihren kompletten Geruch, ohne dass das Wasser ihn wegwäscht – und er trifft mich direkt in den Nüssen. Meine Jeans wird viel zu eng.

Verdammt. Ich habe noch nie zuvor eine so heftige Reaktion auf irgendeine Frau gehabt – Mensch oder Gestaltwandler. Ich bewege meine Hüften und versuche, den Druck zu lindern, aber ansonsten ignoriere ich die Wölbung weiter unten in der Hoffnung, dass sie nicht nach unten schauen und es bemerken wird.

„Ich bin hier, um dir diesen Drink zu spendieren." Es ist ein Anmachspruch. Ich habe ihn schon zuvor bei Frauen benutzt, aber normalerweise ist mir das Ergebnis nicht so wichtig. Aus irgendeinem Grund spielt es eine Rolle für mich, dass sie Ja zu mir sagt. Sie zögert, ihr Blick huscht zu ihren Freundinnen, die in ihre Autos steigen. Sie haben nicht bemerkt, dass ich hier bin. Sie befinden sich bereits wieder in ihren eigenen kleinen Blasen.

„Nur ein Drink." Ich schalte den Charme ein und

mache mir den Trick zunutze, den ich gemeistert habe, um mein Interesse ungezwungen, freundlich und nicht bedrohlich wirken zu lassen. Das ist bei Missionen recht nützlich. Ich bin der Kerl, den sie zur Ablenkung reinschicken. Ich habe ein Gesicht, von dem Leute denken, dass sie ihm vertrauen können. Ein Gesicht, das die Kraft und Wildheit des Tieres verbirgt, das unter der Oberfläche lauert. Es ist das Gegenteil der einschüchternden Ausstrahlung, die mein Bruder – unser Alpha – Rafe verströmt. Oder der riesige, in Leder gehüllte Deke, unser größtes Rudelmitglied.

Natürlich bin ich keine Bedrohung. Nicht für Charlie.

Nur für ihr Höschen.

Charlie betrachtet mich, während Strähnen ihres blonden Bobs in ihr Gesicht fallen. Sie weiß, dass ich ihr an besagtes Höschen will. Ich habe das Gefühl, dass sie genau weiß, was ich bin, abgesehen von dem Wolfteil. Ich bezweifle, dass ich ihr Typ bin, aber ich bin vertraut. Sie wuchs auf Militärbasen auf, wo sie ständig von Männern wie mir umgeben war. Also denkt sie darüber nach. Es ist immerhin ihr Geburtstag. Und nach dieser Fußmassage weiß sie wahrscheinlich, dass ich dafür sorgen kann, dass sie sich wohlfühlt.

Sie zieht ihre pralle Unterlippe durch ihre Zähne und ringt mit sich. „Ein Drink“, stimmt sie zu.

Mein Wolf stößt die Faust in den sternenbedeckten Nachthimmel. Ich berühre sie leicht im Rücken und führe sie zurück in das Restaurant, wo wir uns an die Bar setzen. Sie legt ihre türkise, dicke Winterjacke ab. Sie trägt eines ihrer bedruckten T-Shirts unter einem bauchfreien Jäckchen. Auf diesem Shirt ist ein regenbogenfarbiges Einhorn abgebildet. Es passt ihr perfekt und schmiegt sich eng an ihren Körper, wodurch ihre schmale Taille und kecken Brüste betont werden. Mit einem Paar hochhackiger Stiefel unter ihrer dunkelblauen Jeans hat sie dem Outfit einen edleren Touch verliehen.

Ich muss das wolfähnliche, wohlwollende Knurren stoppen, das in meiner Kehle aufsteigt.

Die Barkeeperin ist eine hübsche Mittzwanzigerin mit langen roten Haaren, die sie zu einem Pferdeschwanz gebunden hat. Ich mache mir eine geistige Notiz, dass sie heiß ist, und füge sie meiner List möglicher Eroberungen hinzu, doch sowie mir dieser Gedanke kommt, verdrängt ihn mein Wolf.

Charlie, knurrt er.

Yeah, ich weiß. Ich bin dabei, Charlie klarzumachen. Die Rothaarige wäre für später.

Mein Wolf will trotzdem nichts davon wissen. Charlies Pfirsich-Kiefern-Geruch hat auf uns beide verheerende Auswirkungen. Ich will die Drinks überspringen, sie gegen die nächste Wand pressen und meinen Schwanz so tief in ihr vergraben, dass sie nie wieder einen anderen Mann ansieht.

Was... unangemessen ist. Ich dachte, ich sollte der Galante des Rudels sein. Ich fühle mich so wild wie Deke, bevor er Sadie fand.

„Ich nehme einen Dirty Martini", informiert Charlie die hübsche Barkeeperin. Ich widerstehe dem Drang, den *Dirty*-Teil für eine Anspielung zu nutzen, vor allem als ich sehe, dass ihr Blick zu mir schweift, als warte sie nur darauf. Stattdessen zwinkere ich bloß. „Grey Goose und Tonic für mich." Ich wende der Bar meinen Rücken zu und richte meine ganze Aufmerksamkeit auf Charlie. „Hast du heute Abend eine Geburtstagsleckerei bekommen?" Okay, in dieser Frage schwang vielleicht eine klitzekleine Anspielung mit.

Charlies Blick sinkt einen Augenblick auf meine

Lippen, als würde sie darüber nachdenken, woher ihre Leckerei kommen könnte.

Das stimmt, Schönheit. Dieser Mund kann dich zum Schreien bringen.

„Ich, ähm, das habe ich, ja." Ihre Hände, die gerade ihr bauchfreies Jäckchen auszogen, werden langsamer. Ich habe sie aus dem Konzept gebracht. Oder ihre eigenen Gedanken haben das für mich erledigt. Eine leichte Röte breitet sich auf ihrem Hals aus. „Die Schokoladentorte ohne Mehl. Adele, Tabitha und Sadie haben mir beim Essen geholfen."

„Gut", grolle ich. „Geburtstagskinder sollten sämtliche Leckereien kriegen."

„Ja." Ihre Nippel stechen durch ihr T-Shirt und BH. Sie versteht, worauf ich anspiele. Unsere Getränke werden gebracht und Charlie nimmt einen großen Schluck von ihrem, als würde sie versuchen, sich zu beruhigen. Oder vielleicht soll der Drink ihren Widerstand mir gegenüber verringern. Ich kann ihre Erregung riechen. Sie weiß, was ich anbiete, und sie will es. Sie ist sich nur nicht sicher, ob sie es sich erlauben wird.

Ich rühre meinen Drink nicht an. Meine Mission ist noch nicht einmal annähernd beendet.

„War es bisher ein guter?"

„Mein Geburtstag?" Charlie denkt nach. „Ich hatte einen schönen Morgen, auch wenn irgendein Typ kam und direkt neben mir einen Bauchklatscher in die heiße Quelle gemacht hat." Sie neckt mich. Oh beim Schicksal, sie neckt mich. Das ist ein gutes Zeichen.

„Uups", erwidere ich mit ernstem Gesicht. „Was für ein Arschloch."

„Es ist okay, er hat es wiedergutgemacht", murmelt sie fast so leise, dass ich es nicht höre.

Mein Grinsen wird breiter. „Gut. Ich bin mir sicher, er

wird es nie wieder tun. Natürlich hätte er vielleicht gemerkt, dass du dort drin bist, wenn du deine Kleider nicht unter einem Felsen versteckt hättest."

Sie lacht. „Du hast sie gefunden, hm?"

Ich beuge mich näher zu ihr und senke meinen Kopf zu ihrem Ohr. „Ich glaubte nicht, dass du nackt dorthin gewandert bist." Ihr stockt der Atem, als ich das Wort *nackt* sage, und ich lehne mich zurück, um weiterzureden: „Ich habe nachgeschaut, als ich aus dem Becken gestiegen bin, weil ich rausfinden wollte, wann ich meinen Fehler begangen hatte. Normalerweise bin ich bei der Aufklärungsarbeit viel besser."

Ein Schatten huscht über ihr Gesicht. Wäre Charlie eine andere Frau, würde ich es ignorieren oder sie ablenken, bis ich sie ins Bett kriegen kann. Aber bei Charlie kann ich das nicht machen. Sie ist mir wichtig – auch wenn wir uns gerade erst richtig kennenlernen.

Ich gehe meine Worte im Kopf durch, um herauszufinden, was diese Reaktion bei ihr ausgelöst haben könnte. Ich weiß von meinen Nachforschungen, dass ihre Eltern beide noch leben, gemeinsam aus dem aktiven Dienst ausgetreten sind und in Green Valley in Arizona leben.

„Woran denkst du?", frage ich leise.

„Oh. Ähm, *Aufklärungsarbeit*." Sie spielt an ihrem Getränk herum und verstummt, als würde sie von mir erwarten, dass ich zum nächsten Thema übergehe. Doch ich schweige und warte, weshalb sie leicht nickt und weiterspricht: „Ich habe an meinen Bruder gedacht. Er ist momentan im Einsatz und ich habe seit sechs Monaten nichts von ihm gehört. Es macht mich vollkommen irre."

Chad Holland, vierundzwanzig Jahre alt, aktiver Dienst bei der Air Force. Mehr Informationen habe ich über ihn nicht ausgegraben. „Du machst dir Sorgen um ihn."

Sie nickt. „Ich bin mir sicher, ihm geht's gut. Meine Mom sagt immer wieder, dass sie sich sicher ist, dass es ihm gut geht." Sie massiert sich die Schläfen. „Ich wuchs damit auf, mir jedes Mal, wenn sie auf einem Einsatz waren, Sorgen zu machen, dass einer oder beide meine Eltern nicht nach Hause kommen würden. Man sollte meinen, ich hätte mittlerweile gelernt, wie man sie abschaltet."

Ich strich eine Strähne blonder Haare nach hinten, die in ihr Gesicht gefallen war. „Wie man die Sorgen abschaltet?"

„Ja."

„Mein Bruder ist derjenige in unserer Familie, der sich ständig Sorgen macht." Ich schenke ihr ein reumütiges Lächeln. „Ich glaube, er denkt, wenn er all die Sorgen übernimmt, muss ich mir keine machen."

Sie blickt unter ihren Wimpern zu mir auf. Sie trägt kein Mascara. Wie heute Morgen ist ihr Gesicht natürlich und frisch. Wunderschön. „Du wirkst ziemlich entspannt."

Ich zucke mit den Achseln. „Wie ich schon sagte, lädt sich Rafe sämtliche Verantwortung auf seine Schultern."

„Also bist du der Lebemann."

Autsch. Ich sollte nicht beleidigt sein. Sie hat recht, ich bin der Lebemann. Zumindest in Bezug auf Frauen. Das Etikett passt, aber heute Abend gefällt es mir nicht. Ich will, dass Charlie besser von mir denkt.

Ich nehme ihr den Drink aus der Hand und stelle ihn ab. „Ich bin der Lebemann, der weiß, wie ich dich für eine Nacht all deine Sorgen vergessen lassen kann, Geburtstagskind. Wirst du mir das erlauben?"

Ihre Augen verdunkeln sich und sie atmet zitternd ein. „Ähm…"

„Ich werde dich auf meine Duck steigen lassen."

„Deine Duck?" Sie zieht die Nase kraus. „Ist das eine Art Euphemismus?"

Ich spreche mit tiefer Stimme und trage den Spruch mit einer kitschigen, anzüglichen Note vor. „Nur wenn du es möchtest."

Sie schüttelt den Kopf und verdreht die Augen.

„Meine Ducati", stelle ich klar. „Duck oder Duke, falls du das vorziehst."

„Mmmh. Ich bin noch nie auf eine Duck gestiegen." Ihr Tonfall ist verführerisch und sie klimpert übertrieben mit den Wimpern. „Oder einen Duke."

Wow. Selbst wenn sie nur gespielt flirtet, ist sie granatenmäßig sexy. „Ich werde dich sogar fahren lassen."

Sie lacht. „Was bringt dich auf den Gedanken, dass ich das möchte?"

„Ich weiß, dass du es willst." Ich werfe einige Scheine auf die Theke, um für unsere Drinks zu bezahlen.

Ihr Lächeln ist wunderbar. Es sorgt dafür, dass mein Wolf stolz die Brust rausstreckt, weil er es ihr entlockt hat. „Wow."

„Gehen wir." Ich stehe auf und nehme ihre Jacke von ihrer Stuhllehne.

Sie erhebt sich und ich halte die Jacke für sie auf, dann lege ich meine Hand in ihr Kreuz. Sie passt perfekt dorthin, als wäre sie dafür gemacht, dort zu liegen. Ich führe Charlie nach draußen und ziehe die Schlüssel für meine Ducati aus meiner Tasche. „Bist du schon mal Motorrad gefahren?"

Sie atmet lange ein und geräuschvoll aus. „Nicht seit der Highschool."

„Es ist einfach. Wie Fahrradfahren. Wenn du es einmal getan hast, wirst du es nicht vergessen." Wir kommen bei meinem Motorrad an. „Sei nicht nervös."

Sie bedenkt mich mit einem Blick, dann schaut sie wieder zum Motorrad. „Wirst du mit mir fahren?"

„Natürlich, Engel. Ich werde die ganze Zeit bei dir

sein.“ Ich mache eine Pause. „Außer du möchtest, dass ich dir in deinem Auto folge?“

„Nein, ich will dich bei mir auf dem Motorrad haben. Definitiv. Ich will das nicht allein machen.“

Ich ziehe den Reißverschluss ihrer dicken Jacke bis zu ihrem Kinn hoch und setze ihr meinen Helm auf, dessen Gurt ich unter ihrem Kinn festzurre. Sie zieht ein Paar dünner, brauner Lederhandschuhe aus ihren Taschen und streift sie über. Indem ich an ihr vorbeigreife, stecke ich die Schlüssel in die Zündung. „Mach nur. Steig auf.“ Ich schenke ihr ein Lächeln.

„Oh Junge. Das hier ist verrückt“, sagt sie, aber schwingt ihr Bein wie ein Profi über die Maschine und packt den Lenker. „Das hier ist die Kupplung. Das hier ist die Bremse. Stimmt’s?“

„Genau.“ Ich nutze jede Gelegenheit, sie zu berühren, weshalb ich meine Finger um ihre schließe, um sicherzugehen, dass sie einen guten Griff hat. Dabei streiche ich mit einer Hand durch die Jacke über ihren Rücken, um sie zu beruhigen.

„Das hier ist verrückt“, wiederholt sie, als sie den Knopf findet, um den Scheinwerfer anzuschalten. „Ich muss bescheuert sein.“

„Du wirst das prima machen. Ich bin direkt hinter dir.“ Ich steige hinter ihr auf das Motorrad. Ihr kleiner Körper ist zwischen meine Beine gequetscht und ihr Hintern streift meinen Schwanz. Ihr Pfirsich-Kiefern-Duft umgibt mich und ich genieße den Moment. Allein in ihrer Nähe zu sein, reicht schon, damit ich glücklich sterben könnte.

„Okay, ich erinnere mich daran, wie das hier funktioniert.“

Ich greife um sie, um meine Hände auf dem Lenker auf ihre zu legen. „Du schaffst das.“

„Die Gänge sind hier unten?“ Sie findet das Pedal zu ihrer Linken.

„Jepp.“

„Okay.“ Sie atmet schwer aus. „Dann wollen wir mal.“ Sie tritt das Motorrad an und es erwacht röhrend zum Leben. „Vielleicht erinnere ich mich tatsächlich daran, wie man das hier macht“, murmelt sie, als würde sie mit sich selbst reden.

Sie zieht die Kupplung zu sich und schaltet in den ersten Gang, dann gibt sie leicht Gas und lässt die Kupplung los. Wir bewegen uns geschmeidig nach vorne.

„Perfekt.“ Ich lasse den Lenker los, um meine Hände leicht auf ihre Schenkel zu legen. Genug Kontakt, um sie auf das vorzubereiten, was sie noch erwartet. Nicht genug, um sie vom Fahren abzulenken.

Zunächst lässt sie es langsam angehen und folgt der kurvigen Straße zurück in Richtung Stadt. Als sich diese zu einem langen, geraden Stück öffnet, beschleunigt Charlie. Ich höre ihr begeistertes Lachen, das zusammen mit diesem köstlichen Geruch durch den Wind zu mir dringt.

Ich will mein Gesicht in ihren Haaren vergraben und sie in den Hals beißen. Es ist ein merkwürdiger Gedanke – keiner, den ich normalerweise bei Frauen habe, vor allem nicht der menschlichen Variante. Ich verspürte noch nie zuvor den Drang, eine Frau zu markieren, aber das Verlangen scheint heute Nacht gegenwärtig zu sein.

Vielleicht, weil ich auf die Dreißig zugehe. Mein Wolf will, dass ich mich paare.

Sorry, kommt nicht infrage, Kumpel.

Beziehungen sind in unserem kleinen Rudel verboten. Zumindest waren sie das, bevor Deke Sadie, seine Gefährtin, kennenlernte.

Charlie verringert die Geschwindigkeit, als wir die Stadt erreichen, und stoppt an der ersten Ampel. Ich stelle ein Bein ab, um das Motorrad zu stützen, damit sie es nicht tun muss.

„Hast du Spaß?“, rufe ich über den Wind.

„Ja.“ Sie klingt begeistert, beinahe so, als könne sie nicht glauben, dass sie beschlossen hat, das hier zu tun. Die Musik ihrer Stimme scheint mich einzuhüllen und winzige Scherben der Lust bohren sich in meine Haut.

Die Ampel wird grün und sie legt den Gang ein und fährt langsam los, sucht sich einen Weg in die Stadt und stoppt vor einem kleinen Haus in einer ruhigen Nebenstraße.

„Das ist mein Haus.“

Ich greife um sie, um das Motorrad auszuschalten.

„Ich schätze mal, du gehst davon aus, dass du mit reinkommst.“ Gelächter schwingt in ihrer Stimme mit.

„Ich komme rein“, informiere ich sie. „Ich habe eine Aufgabe zu erledigen.“

„Ach ja?“ Sie flirtet jetzt, etwas, von dem ich annehme, dass es untypisch für sie ist. „Und welche wäre das?“

„Meine Aufgabe ist es, dich zum Schreien zu bringen, bis du heiser bist, Süße.“ Ich öffne den Verschluss des Helms unter ihrem Kinn und ziehe ihn ihr vom Kopf. „Und ich habe vor, mir Zeit zu lassen. Also fangen wir besser an, wenn du heute Nacht noch schlafen möchtest.“ Ich zwinkere.

Sie zögert, obwohl wir beide wissen, dass sie ihre Entscheidung längst gefällt hat. „Zieht das bei jeder Frau?“

„Ich versuche es nicht bei jeder Frau. Du bist die einzige Frau, die ich jemals mein Motorrad fahren habe lassen“, erkläre ich ihr. Es ist die Wahrheit. Ehrlich gesagt, ist sie die einzige Frau, der ich jemals begegnet bin, die kompetent genug wirkte. Charlie strahlt Kompetenz aus.

Ihr scheint das zu gefallen. Sie lächelt und betrachtet

mein Gesicht. „Deine Augen sehen im Mondlicht beinahe silbern aus."

Mein Wolf zeigt sich? Das bringt mich zum Stutzen. Ich glaube nicht, dass das schon mal bei einer Frau passiert ist. Verdammt, ich muss heute Nacht wirklich flachgelegt werden. Ich greife um sie, packe sie im Genick und ziehe sie zu mir.

Sie keucht, ihre Hände landen auf meiner Brust und ihr Atem erhebt sich als weißes Wölkchen zwischen uns. Mein Mund senkt sich zu einem wilden Kuss auf ihren. Ein Versprechen auf das, was noch kommen wird.

Sie teilt ihre Lippen und akzeptiert, dass ich ihren Mund plündere. Ich lasse meine Zunge zwischen ihre Lippen schlüpfen, ein Ausblick auf das, was ich zwischen ihren Beinen tun werde.

Und dann ist sie plötzlich zu hundert Prozent dabei. Ihre Arme umschließen meinen Hals und sie erwidert den Kuss. Sie gibt den kleinen Widerstand, den sie dem Ganzen gegenüber noch hegte, auf. Ich hebe ihren Hintern mit meinem Unterarm hoch, sodass sie sich breitbeinig an mich schmiegt, und trage sie zu ihrer Tür, während unsere Lippen und Zungen miteinander verschmelzen und tanzen.

„Hier." Sie ist atemlos. Sie hält ihre Schlüssel hoch. Ich nehme sie ihr ab, weigere mich jedoch, den Kuss zu unterbrechen, und fummle an dem Schloss herum, ohne hinzuschauen. Das gibt mir die Gelegenheit, sie mit dem Rücken an die Tür zu pressen, und die Wölbung meines Schwanzes zwischen ihren Beinen zu reiben. Dann öffnet sich die Tür und wir stolpern lachend nach vorne. Ich finde wieder mein Gleichgewicht und meinen Griff um sie. Ihr Geruch macht mich jetzt ganz wild. Er steigt mir in die Nase und sorgt für ein großes Chaos bei meinem Wolf.

Wenn meine Augen zuvor nicht eisblau waren, dann

sind sie es jetzt mit Sicherheit. Hoffentlich erinnert sich Charlie nicht an ihre vorherige Farbe.

Ich will sie geradewegs ins Schlafzimmer tragen, aber ich versprach ihr ein Erlebnis, das die ganze Nacht andauert, und ich beabsichtige, sicherzustellen, dass sie das Gefühl hat, es wäre es wert gewesen, ihre eigenen Regeln zu brechen.

Denn ich bin mir sicher, diese Nacht mit mir, bricht ihre Regeln. Charlie kommt mir nicht wie der Typ Frau vor, der Männer an einer Bar aufgabelt. Ich bezweifle, dass sie spontan oder wild ist. Ihr Zuhause ist sauber und pikobello. Klein, einfach, aber gepflegt und organisiert. Ich trage sie zum Esszimmertisch – einer dicken, stabil aussehenden Platte aus Walnussholz mit Tischbeinen – und lege sie darauf ab. Sie versucht, sitzen zu bleiben, aber ich drücke sie auf ihren Rücken und ziehe ihr die Stiefel aus.

„Ähm, ich denke nicht, dass dieser Tisch uns beide aushalten wird."

Ich gluckse. „Ich werde jetzt noch nicht mit dir schlafen. Tische sind zum Essen da, oder nicht?"

„Oh mein Gott", stöhnt sie kichernd und schlägt sich die Hände vors Gesicht, obwohl sie nicht wissen kann, dass ich sie erröten sehe.

Ich öffne den Knopf ihrer Jeans und ziehe sie samt ihres Höschens nach unten und von ihren Beinen, während sie ihre dicke Jacke sowie das bauchfreie Jäckchen loswird. „Ich wollte nur einen Ort, an dem ich dich ausbreiten und bewundern kann", informiere ich sie. „Hmm." Ich zwirble ihren harten Nippel durch ihr enges T-Shirt. „Du bist in diesem T-Shirt so verdammt niedlich", sinniere ich. „Aber nein, es muss auch weichen."

Ich ziehe meine Lederjacke aus und lasse sie auf den Boden fallen.

Sie hilft mir, ihr Shirt auszuziehen, und ich öffne ihren

BH und schiebe ihn ebenfalls ihre Arme hinab. Ich packe ihre Schenkel, halte ihre Knie hoch und starre sie einen Augenblick lang nur an, sehe mich an ihr satt. Sie ist auf ihre Ellbogen gestützt und nackt. Ihre Brüste sind eine perfekte Handvoll, ihre Figur athletisch. Die Haare auf ihrem Venushügel wurden ordentlich gestutzt. „Nun das ist ein Anblick“, murmle ich.

„Wie kannst du mich überhaupt sehen?“, fragt sie. „Das Licht ist ausgeschaltet.“

Ich knabbere an ihrem Innenschenkel, wobei ich an ihrem Knie anfange und mich nach oben arbeite. „Möchtest du, dass ich das Licht anschalte?“, frage ich zwischen Lecken und Knabbern.

„N-nein.“ Ich liebe es, wie atemlos sie klingt. „Das hier ist besser.“

Ich greife nach oben und umfange einen Busen, den ich sachte drücke. Mit dem Daumen streiche ich über ihren Nippel, dann belohne ich sie mit meiner Zunge. Zeitgleich lecke ich in sie, während ich die aufgerichtete Knospe fest drücke.

Sie schreit auf, ihre Hüften rucken nach oben und ihre Knie schlagen gegen meine Schultern. Ich fixiere ihr Becken, um sie an Ort und Stelle zu halten, während ich die Innenseite ihrer Schamlippen nachfahre und die Stelle oberhalb ihrer Spalte finde, wo ihr winziges Lustorgan zu Hause ist. Ich schnalze mit der Zunge dagegen, bis es steif wird, und dann wirble ich mit der Zunge im Kreis darum. Ich sauge eine ihrer unteren Lippen in meinen Mund und gebe sie mit einem Plopp frei.

Beben durchlaufen Charlie. „Oh mein Gott. Happy Birthday an mich.”

„Ja”, rumple ich. „Alles Gute zum Geburtstag, Schönheit.“

2

Charlie

Beste. Entscheidung. Aller. Zeiten.

Adele hatte so recht. Es ist überhaupt nichts verkehrt daran, einmal von dem Großen Plan abzuweichen, wenn es dabei um einen heißen Mann geht. Vor allem nicht, wenn man auch noch Geburtstag hat.

Lance drückt all meine Knöpfe. Insbesondere – *oh!* – ich bäume mich auf, als er seine Lippen um meine Klit schließt und kräftig saugt. Der Charmeur kennt wirklich alle Tricks. Was ich erwartet habe. Ein Player ist spitze, wenn man spielt, stimmt's?

Er ist nicht in Eile, aber er bewahrt ein erhöhtes Tempo bei. Ich habe keine Zeit, Atem zu schöpfen oder mich an die Lust zu gewöhnen, bevor er einen Finger in mich einführt. Er stößt ihn ein paar Mal rein und raus, dann massiert er meine innere Wand mit einer Streichelbewegung, die mich ganz heiß macht. Ich trete ihm beinahe gegen den Kopf, so sehr bin ich von Sinnen.

„Lance“, keuche ich.

„So ist’s richtig, Baby. Sag meinen Namen, wenn du dich gut fühlst.“

„Ich fühle mich gut“, gestehe ich. Ich habe nichts zu verbergen. Ich lud ihn schließlich wegen dem hier ein. Das Mindeste, das ich tun kann, ist meine Wertschätzung zu zeigen. „Z-zeig es mir.“

„Was soll ich dir zeigen, Schönheit?“ Er presst seinen Mund wieder auf meine Klit und schnalzt mehrere Male in schneller Folge dagegen, was meine Muskeln dazu veranlasst, seinen Finger zu drücken.

„Zeig mir, was du draufhast.“

Sein Lachen ist tief und rumpelnd. „Oh, ich werde es dir zeigen. Ich werde es dir die ganze Nacht lang zeigen.“

Dann dreht er mich zu meinem größten Schock einfach um und hebt meine Hüften, bis ich mich mit Händen und Knien auf dem Tisch befinde. Er spreizt meine Pobacken und leckt von meiner Klit zum Anus.

„H-heilige Mutter Gottes“, seufze ich. Mich hat noch nie zuvor jemand so geleckt. Oder auch nur so behandelt – wie ein leckeres Dessert, von dem er nicht genug kriegen kann. Und sein Selbstvertrauen!

Es ist so verflucht sexy.

Er weiß, dass er der personifizierte Sex ist. Er weiß, was er tut und dass er verdammt gut darin ist. Der Buchhalter, der Teil meines Plans ist, könnte das nicht. Aber jetzt werde ich nicht an ihn denken. Es ist mein Geburtstag und ich werde jede Minute davon genießen.

Lances große Hände liegen fest auf meinem Hintern, packen meine Pobacken und halten mich fest, während er meinen Anus leckt.

„Lance!“ Ich bin leicht alarmiert, weil ich dort berührt werde. Weil ich dort *geleckt* werde. Ich meine, ich habe nach der Arbeit geduscht, aber trotzdem…

Er streicht mit seinen Fingern über mein tropfnasses Geschlecht, umkreist meine Klit und gleitet in meinen Eingang. Sein Daumen drückt gegen mein Poloch, während zwei Finger in meine Pussy gleiten.

Ich stöhne lüstern. Es ist peinlich, aber es fühlt sich so gut an.

„Bitte", flehe ich. Ich weiß nicht, wonach ich bettle. Will ich, dass er aufhört? Dass er mir mehr gibt? Ich denke, ich will das hier ins Schlafzimmer verlagern. „Es ist zu viel", keuche ich.

Er hält inne, aber kauft es mir nicht ab. „Zu viel?" Sein Glucksen ist barsch. Er fängt mich um die Taille ein und irgendwie senkt er mich auf meine Seite, ehe er das obere Knie weit aufdrückt. „Zu viel was, Baby? Zu viel Vergnügen?"

„Ja." Ich lache, weil ich weiß, dass das irrsinnig klingen muss. Oder vielleicht, weil ich so aufgedreht bin. Möglicherweise hysterisch. Ich bin so nah an einem Orgasmus dran. So nah dran, den Verstand zu verlieren.

Lance widmet sich seiner selbstzugewiesenen Aufgabe, mich mit seiner sehr talentierten Zunge in den Wahnsinn zu treiben. Während er das tut, massiert er meinen Anus mit seinem Daumen und lässt mich dieser tabuisierten Wonne nicht entkommen. Dieser schrecklichen, wundervollen Empfindung.

„Nein, ähm…"

Er führt seinen anderen Daumen in mich ein und umfängt meinen Venushügel, während er mich mit seinem Daumen vögelt und bei einem Stoß in mich auf meine Klit schlägt. Mit dem anderen Daumen übt er Druck aus und dann hat er plötzlich auch dieses Loch durchbrochen. Seine beiden Daumen sind in mir – Doppelpenetration! Er lässt einen Klecks Spucke auf mein hinteres Loch tropfen, um es zu schmieren. Ich schreie. Ich will, dass es aufhört, aber es fühlt sich so gut an. Ich löse mich auf. Kann keinen klaren Gedanken mehr fassen. Bin verloren. Explodiere in eine Million winziger Stücke meiner selbst.

Ich komme. Beide Kanäle ziehen sich mit aller Kraft um seine Daumen zusammen, meine Innenschenkel zittern und zucken, und ich hebe meine Hüften an, indem ich meine Füße in den Tisch stemme, als wolle ich Lance von mir drücken, obwohl er der Herr meines Orgasmus ist.

„Lance."

Schluchze ich etwa? Ist eine Rakete in meinem Esszimmer gestartet? Oh Gott, ich weiß nicht einmal, was gerade passiert ist.

Lance zieht seine Daumen vorsichtig aus mir, leckt und küsst meine Mitte noch etwas mehr und dann hebt er mich in seine Arme, als wöge ich nichts.

„Oh mein Gott."

„Ich ziehe Lance vor." Er trägt mich durch den Flur.

Ich lache, auch wenn er ein Depp ist, und beiße ihm ins Ohr, ehe ich meine Zunge hineinschnellen lasse.

„Aw, fuck, Baby. Das ist unfair."

„Ist es das?" Ich bin immer noch so unfassbar erregt. Der Orgasmus ließ mich schwach und mit kraftlosen Gliedern zurück, aber das Feuer der Leidenschaft tobt noch in mir.

Er versucht es an der Tür zu meinem Gästezimmer. „Nein." Ich kichere – und ich bin nicht die Art von Frau, die kichert. „Die nächste Tür den Flur runter."

„Warum sind die Türen geschlossen?", verlangt er zu wissen, während er an dem Griff rüttelt. Ich strecke die Hand aus, um ihm zu helfen.

„Was ist unfair?" Ich sauge sein Ohrläppchen in meinen Mund.

„Ich bemühe mich, hier nur an dich zu denken, Süße.

Aber wenn du mich weiterhin so neckst, wirst du hart und schnell gefickt werden."

Noch ein Mini-Orgasmus fegt durch mich.

„Hart und schnell klingt gut." Meine Stimme hört sich nicht einmal mehr wie meine an, so heiser ist sie.

Lance stöhnt, während er mit den Knien auf mein Bett krabbelt, wobei er mich nach wie vor in seinen Armen hält. „Ich wollte mir mit dir Zeit lassen."

„Oh mein Gott, das *hast* du doch getan." Ich lasse meine Wertschätzung durchschimmern, indem ich meine Stimme anhebe. „Außerdem kannst du dir nach hart und schnell immer noch mehr Zeit lassen."

Er lässt mich auf den Rücken fallen und macht dieses sexy Ding, das nur Männer können und bei dem sie ihr Shirt mit einer Hand ausziehen. Ihm entwischt ein tierähnliches Geräusch. Ein leises Grollen. Fast wie ein Knurren. Es ist tierisch sexy. Seine Augen scheinen in der Dunkelheit beinahe zu leuchten, so wie es die einer Katze tun.

Als hätte ich ihn mit diesem Gedanken aufgeweckt, faucht Merlin aus der Richtung meines Schreibtisches.

„Oh, Scheiße. Es tut mir so leid. Merlin ist nicht an Besucher gewöhnt." Ich lache verlegen. Das hat er noch nie gemacht.

„Ich werde mich später mit ihm anfreunden", sagt Lance, der damit beschäftigt ist, seine Stiefel auszuziehen. Er zieht eine Handvoll Kondome aus seiner hinteren Tasche und wirft sie aufs Bett.

„Ich schätze, du bist gut vorbereitet." Ich versuche, meine Bedenken darüber, dass er so viele mitgebracht hat, beiseite zu schieben. Dass er sie in seiner hinteren Hosentasche hatte, nicht in einer Brieftasche. Er hatte vor, mit mir zu schlafen.

Doch das wusste ich bereits, oder nicht? Ich nehme eines in die Hand und öffne es.

„Ich würde dich nicht ohne Schutz lassen, Geburtstagskind."

Hmm. Das klingt zuvorkommend, aber es klingt auch wie ein Spruch. Aber andererseits, wen interessiert's? *Nur eine Nacht.*

Lance hat bereits seine Jeans und Retropants ausgezogen. Sein sehr harter Schwanz federt heraus und ist von beeindruckender Länge.

„Wow."

Er neigt seine Hüften so, als würde er für mich posieren. Ich spiele mit und pfeife. „Sehr schön."

„Sag Hallo zu meinem Wingman."

„Wie bitte, was? Hast du deinen Penis gerade deinen Wingman genannt? Liegt das daran, dass er dafür sorgt, dass du flachgelegt wirst?"

„Du hast es erfasst." Da ist dieses Player-Grinsen.

„Komm hierher." Meine Mitte ist erpicht darauf, Bekanntschaft mit ihm zu machen. Ich krümme meinen Finger. Er krabbelt auf das Bett und positioniert sich zwischen meinen Knien. „Hat dir noch nie eine Frau ein Kondom übergerollt?"

„Kann nicht behaupten, dass ich das schon mal erlebt habe", sagt er, wobei er überrascht klingt.

„Das sind also schon zwei Dinge, die ich heute Nacht machen durfte und die für dich ein erstes Mal mit Frauen sind." Oh Gott. Ich weiß nicht, warum ich nach Komplimenten fische. Ich vermute, es ist irgendeine universelle Fantasie – diejenige sein zu wollen, die den Schürzenjäger läutert, eine Fantasie, von der wir alle wissen, dass sie im echten Leben nie geschieht. Wenn sich der Schürzenjäger niederlässt, wird er zum Fremdgeher. Ich meine, ein Mann, der Frauen so sehr liebt, kann nicht einfach einen kalten Entzug machen.

Wie auch immer. Ich muss Lance nicht läutern. Es ist ein Geburtstags-One-Night-Stand und ich habe einen Plan:

1. Ihm dieses Kondom überstreifen.
2. Seinen ‚Wingman' zu multiplen Orgasmen reiten.
3. Das Ganze bis zum Umfallen wiederholen.

Ich werde heute Nacht gut schlafen und ich werde ihn am Morgen, wenn er fort ist, nicht vermissen.

Ich rolle das Kondom auf seine Erektion und liebe es, wie diese in meiner Faust sogar noch länger wird. „Alles absolut Gute zu meinem Geburtstag", murmle ich wohlwollend.

„Gefällt er dir? Du hast noch nicht einmal gesehen, was ich damit tun kann."

Ich verdrehe die Augen, was er in dem schwachen Licht natürlich nicht sehen kann, aber das wilde Hämmern in meiner Brust lässt sich nicht leugnen, genauso wenig wie meine Erregung, weil er sich zwischen meinen Beinen bewegt. Ich bedanke mich gedanklich ein weiteres Mal bei Adele, dass sie mich dazu ermutigt hat, mich auf diesen One-Night-Stand einzulassen. Er war es bereits so was von wert und wir hatten noch nicht einmal Geschlechtsverkehr.

Ich führe ihn an meinen Eingang. Ich bin schon mehr als bereit und die Spitze sinkt mühelos in mich. Lance stützt seine Hände über meinen Schultern auf dem Bett ab und stößt sich in mich, füllt mich. Ich keuche – nicht wegen seiner Größe, die ich definitiv spüre, sondern weil es sich so richtig anfühlt. Es fühlt sich so gut an. Köstlich. Er zieht sich zurück und stößt sich wieder in mich. Meine Augen rollen vor Lust zurück in meinen Kopf.

„Fuck, Charlie."

Ich bin viel zu befriedigt, um zu hören, wie der Schürzenjäger die Kontrolle verliert.

Ich schaukle mit den Hüften nach oben, um seinen Stößen entgegenzukommen. Er zupft an einer meiner Brustwarzen und starrt mit einer Intensität auf mich hinab, die mich nervös macht. Unterdessen gleitet er in mich rein und raus, als wäre das die wichtigste Aufgabe, die er jemals hatte.

Er senkt sich für einen Kuss, aber dann verliert er die Konzentration. Sein Mund schwebt über meinem und unser Atem vermischt sich, während er mein Keuchen schluckt.

„Fuck", flucht er erneut. Der Faden, an dem seine Kontrolle hing, reißt und dann gibt er es mir, wie er es versprach – schnell und hart. Wie sich herausstellt, war die Platzierung seiner Hände über meinen Schultern strategisch, denn jetzt fungieren sie als Stoßdämpfer. Jedes Mal, wenn er sich in mich stößt, werde ich nach oben gegen seine Handgelenke geschoben.

„Ja", keuche ich. Es fühlt sich so gut an. Grob, aber befriedigend.

„Sorry", krächzt er. Seine Augen scheinen zu leuchten. Ich weiß nicht, wofür er sich entschuldigt – vielleicht weil er die Kontrolle verliert. Es geht nicht mehr um meine Lust, er sucht jetzt seine eigene und dennoch schürt jeder verzweifelte Stoß mein eigenes Feuer. Mein Verlangen jagt den Höhepunkt in perfektem Einklang mit seinem.

„Mehr", keuche ich.

Seine Augen scheinen noch heller zu leuchten. „Fuck." Er bewegt sich schneller, rammt sich härter in mich. Er schiebt sich nach hinten, um auf seinen Knien zu stehen, und packt meine angewinkelten Beine, wo meine Schenkel in meine Hüfte übergehen, um mich an sich zu reißen. Ich schwöre, er wird mich entzwei spalten. Es ist so wild.

Eine Leidenschaft, wie ich sie nicht kenne. Wie ich sie noch nie gesehen habe. Noch nie selbst erlebt habe, denn ja, ich fühle es auch. Ich will ihn tiefer in mir haben. Ich will, dass er mich mit diesem Penis zerstört, dass er mich all meine Sorgen, all meine Pläne, einfach alles, wegen dem ich steif und zugeknöpft bin und nicht mehr weiß, wie man lebt, vergessen lässt.

„Ja!", ermutige ich ihn für den Fall, dass er nicht weiß, wie sehr ich es brauche. „Lance… Lance."

„Baby." Das Wort klingt gebrochen von seinen Lippen. Wie eine Wehklage. Als könne er nicht fassen, wie verloren er in diesem Moment ist. „Ich kann nicht… ich brauche…" Einen Augenblick sehe ich das Leuchten seiner Fangzähne und aus diesem Winkel wirken sie länger und schärfer als normal. Er hält meine Hüften fest und hämmert sich mit kurzen, schnellen Stößen in mich, wodurch seine Lenden auf meinen Hintern klatschen und den Raum mit den lüsternen Lauten von Sex füllen.

„Ch-Charlie. Charlie." Er klingt alarmiert. „Oh, fuck." Lance gibt ein tierähnliches Knurren von sich, während er sich tief in mich stößt und kommt. Er führt seinen Daumen an meine Klit und massiert sie und ich schreie ebenfalls meinen Höhepunkt hinaus, ziehe mich um seine Härte zusammen, während meine Füße zu seinen Schultern fliegen.

Der Raum dreht sich. Oder vielleicht ist der gesamte Planet in Schieflage geraten. Ich weiß es nicht. Ich weiß nur, dass ich die materielle Ebene verlasse und irgendwo unbestimmte Zeit herumwirble.

Als ich meine Augen wieder öffne, erschaudert Lance

und zieht sich aus mir. „Bist du okay, Engel?“

„Mmm. Mehr als okay.“ Ich schwebe, aber ich rolle mich herum, um Lance zu beobachten. Ein nackter Lance ist ein denkwürdiger Anblick. Und sein Feixen verrät mir, dass er das weiß.

Er greift nach unten, um seinen Penis zu packen, und dann weiten sich seine Augen. „Oh Scheiße. Oh, Charlie. Das Kondom ist gerissen.“

Darüber kann ich nur lachen. „Nun, das ist kein Wunder. Du hast dich ziemlich schnell bewegt.“

Ich schnappe mir einige Taschentücher, um mich zu säubern.

Lances blaue Augen heften sich auf meine. Er ist vermutlich schon in Panik, weshalb ich hinzufüge: „Es ist okay. Ich nehme die Pille.“

Seine Augen werden schmal. Irgendeine merkwürdige Emotion huscht über sein Gesicht – Überraschung? Entsetzen? Was auch immer es ist, er verbirgt es schnell. „Klasse. Spitze. Okay.“

„Keine Sorge.“ Ich gluckse und tätschle seinen Arm. „Nichts passiert. Ich hatte Spaß.“

Er sieht noch immer unglücklich aus, aber schüttelt den Kopf leicht, streckt sich neben mir aus und zieht mich in seine Arme. Ich kuschle mich an seinen warmen, harten Körper. Sex und Kuscheln? Dieser Schürzenjäger gibt wirklich alles.

„Kuschelst du mit all deinen One-Night-Stands?“, frage ich. Ein Ruck durchfährt ihn.

„Nein“, brummt er an meinem Hals. Er klingt noch immer aufgebracht. Armer Kerl, das hier könnte gut möglich sein schlimmster Alptraum sein.

Pech. Ich hatte Spaß. Und das Beste ist, dass es vorbei

ist und ich keinerlei Reue empfinde. Jetzt kann ich dazu übergehen, Buchhalter zu daten. Und Lance wird es egal sein. Er wird auch weitermachen, er und sein ‚Wingman'.

Alles verläuft nach Plan.

3

Lance

Am Morgen stehe ich auf und ziehe mich geräuschlos an, ehe ich zum Kaffeekochen in Charlies Küche gehe. Ich habe noch nie zuvor die Nacht mit einer Frau verbracht, aber die letzte Nacht hat alles für mich verändert.

Charlie ist meine Gefährtin.

Ich kann es nicht fassen. Ich hätte nie gedacht, dass ich mich einmal paaren würde. Es war schon vollkommen irre, dass ausgerechnet Deke seine wahre Gefährtin gefunden hatte, aber ich rechnete nicht damit, dass es der Rest von uns auch tun würde. Zum einen ist es ungewöhnlich, dass man seine wahre Gefährtin findet. Von allen Gestaltwandlern auf dem Planeten muss man den Geruch der Einen aufschnappen, die für einen bestimmt ist. Und zum anderen ist Charlie nicht einmal eine Gestaltwandlerin!

Jetzt verstehe ich, warum ihr Geruch unten bei den heißen Quellen so verführerisch für mich war.

Jetzt weiß ich, warum ich gestern den Gedanken an

sie nicht ziehen lassen konnte. Warum ich den ganzen Nachmittag damit verbringen musste, sie zu cyber-stalken, und dann den ganzen Abend damit, sie *in wörtlichem Sinne* zu stalken, nur damit ich sie ins Bett kriegen konnte.

Doch mein Wolf will sie nicht nur ins Bett kriegen.

Er will sie für immer.

Dieser Sex letzte Nacht war nicht nur Sex. Ich verlor unerwartet die Kontrolle, weil er wollte, dass ich sie an Ort und Stelle markierte. Es ist kein Wunder, dass ich mich so hart in sie hämmerte, dass das Kondom kaputt ging.

Fuck, ich hoffe, sie ist wegen mir nicht zu wund. Ich weiß es nicht – ich habe vielleicht sogar meine Gestaltwandlerkraft bei ihr eingesetzt. Für ein paar Augenblicke verlor ich vollkommen den Verstand.

Und jetzt, da ich weiß, dass Charlie mein ist… Jetzt, da ich von ihr gekostet habe, in ihr war, wünsche ich mir fast, ich hätte es nicht getan. Nicht, weil ich keinerlei Absicht hege, sie zu beanspruchen – das möchte ich.

Aber ich wünschte, ich könnte es noch einmal ganz von vorne tun.

Denn ich bin mir nicht sicher, ob mich Charlie überhaupt mag. Sie hat diese Vorstellung im Kopf, dass ich ein Player bin. Was ich, vermute ich, auch bin.

War.

Charlie wollte mich letzte Nacht – daran bestand kein Zweifel – aber sie machte definitiv deutlich, dass das hier nur ein One-Night-Stand ist. Eine einmalige Sache. Nur zum Spaß. Das Ergebnis dessen, dass ich zum perfekten Zeitpunkt an ihrem Geburtstagsabend auftauchte. Ich meine, das war auch meine Absicht gewesen und das, was ich ihr anbot.

Sie wird wahrscheinlich überrascht sein, wenn sie herausfindet, dass ich noch hier bin und in ihrer Küche darauf warte, dass sie aufwacht und den Kaffee riecht, den ich koche.

Mein Bein wippt auf und ab, als sei ich ein geiler, rastloser Gestaltwandler-Teenager. So bin ich schon seit letzter Nacht. Ich schlief nicht länger als eine halbe Stunde. Den Rest der Zeit verbrachte ich damit, meine hübsche Frau anzustarren, was sie sicherlich als gruselig empfunden hätte, wäre sie aufgewacht.

Schließlich höre ich Bewegung in ihrem Schlafzimmer. Die Toilette wird gespült. Eine elektrische Zahnbürste brummt. Charlie tapst barfuß in die Küche, eines ihrer frechen T-Shirts und ein Paar knallpinker Höschen tragend.

Ich muss das besitzergreifende Knurren schlucken, das in meiner Kehle aufsteigt.

Fuck.

Ich muss meinen Wolf wirklich in Zaum halten, wenn ich auch nur den Hauch einer Chance auf ein zweites Date mit ihr haben will. Sie würde es vermutlich nicht gut aufnehmen, würde ich sagen: *du bist mein und ich muss dich für den Rest meines Lebens besitzen und beschützen oder ich werde zu einer wilden Bestie, die umgebracht werden muss.*

Und tatsächlich bedenkt sie mich mit einem merkwürdigen Blick. „Du hast Kaffee gemacht, hm?"

Ich zucke mit den Achseln und strenge mich sehr an, lässig zu wirken, während ich ihr eine Tasse einschenke. „Ich dachte, ich sollte dich vor der Arbeit zurück zu deinem Auto fahren."

„Gutes Argument." Sie errötet, als würde sie die letzte Nacht bereuen.

Verdammt.

„Klasse. Ja, danke. Das ist eine gute Idee." Sie versteckt ihr Gesicht in der Kaffeetasse und nimmt einen großen Schluck. „Also werde ich einfach, ähm, duschen." Sie lässt ihre Augen einmal von oben bis unten über mich gleiten. Entweder erinnert sie sich daran, wie es sich anfühlte, diesen Körper in der letzten Nacht über sich zu haben, oder sie will mehr.

„Brauchst du Hilfe?" Es klingt in meinen Ohren so lahm, wie ich es befürchtete. Was stimmt nur nicht mit mir? Habe ich plötzlich meine Masche bei Frauen vergessen?

Aber bei Charlie will ich keine Masche anwenden.

Ich will nicht meinen Charme einsetzen und sie zu einem weiteren Stelldichein überreden. Ich will eine echte Verbindung. Ich brauche es, dass sie mehr als eine Nacht will.

„Ähm, nein, mir geht's gut." Sie sagt es viel zu schnell.

Schrecklich schnell.

Ich hätte das hier wirklich nicht schlimmer vermasseln können.

Sie dreht sich auf ihrer niedlichen, kleinen, barfüßigen Ferse um und verschwindet ins Badezimmer, und ich bleibe mit einem gewaltigen Ständer zurück, der mich wahrscheinlich umbringen wird. In dem Moment, in dem ich nach Hause komme, werde ich mir in der Dusche einen runterholen.

Apropos Zuhause, ich werde Rafe meine Abwesenheit der letzten Nacht erklären müssen. Natürlich wird er annehmen, dass ich mein übliches, sorgloses Frauenhelden-Selbst bin und die Regeln breche, um meinen Schwanz in einen anderen Menschen zu stecken.

Er wird mir eine Standpauke halten, aber es wird nichts sein, mit dem er von mir nicht rechnet.

Die Frage ist, erzähle ich ihm von Charlie? Nicht, dass ich sie gefickt habe, sondern dass sie meine Gefährtin ist?

Nein. Es fühlt sich zu privat an und viel zu zart. Ich meine, ich weiß noch nicht einmal, ob ich ein zweites Date mit dieser Frau kriege, und dieses zu arrangieren, fühlt sich wie ein verdammter nationaler Notstand an. Ich bin gerade zu verletzlich, um Rafes Missbilligung zu ertragen oder eine Wiederholung seiner Regeln darüber, wen ich ficken darf und wen nicht.

Ein schwarzer Kater faucht mich an und springt mit aufgestelltem Schwanz und zurückgelegten Ohren auf die Arbeitsplatte. Er riecht Gefahr.

„Oh, stimmt ja. Du musst Merlin sein." Ich hebe ihn im Genick hoch und halte ihn auf Augenhöhe, während ich ein leises, warnendes Knurren von mir gebe, um ihm zu zeigen, was ich bin und wer hier der Alpha ist.

In dem Moment, in dem ich ihn wieder auf seine Pfoten stelle, lässt er sich auf seine Seite fallen und zeigt mir unterwürfig seinen Bauch in entschieden hundeähnlicher Manier.

„Kluges Kätzchen." Ich streichle seine weichen Wangen, um ihn zu belohnen. Er erträgt das einige Augenblicke, dann springt er wieder auf und trottet davon. Anscheinend ist er jetzt mit mir einverstanden.

Ich höre, dass die Dusche ausgeschaltet wird, und muss mich sehr anstrengen, mir nicht vorzustellen, wie Charlie aus ihrem Bad kommt, tropfnass und nackt, während dieser prächtige Körper praktisch darum bettelt, wieder genommen zu werden.

Nein. Ich bezweifle, dass sie jetzt eine zweite Runde möchte.

Tatsächlich sagt mir mein Bauchgefühl, dass sie gar keine weitere Runde will, weshalb ich mich auf andere Gedanken bringen und herausfinden muss, wie ich sie zu einem Date überreden kann. Ich laufe durch ihr Haus und präge mir jedes Detail ins Gedächtnis ein. An ihrem Kühlschrank hängt ein Foto von einem jungen Mann in Uniform – muss der Bruder sein. Noch ein Foto von ihrer ganzen Familie – die Eltern, Charlie und ihr Bruder. Einige Coupons stecken unter Magneten sowie die Visitenkarte eines Klempners und eines Schornsteinfegers.

Ich betrachte Charlies Möbel und gönne mir einen Moment, um mich in der Erinnerung zu verlieren, wie Charlie auf dem Esstisch für mich ausgebreitet war. Wie der Tisch sind all ihre Möbelstücke stabil und praktisch. Hochwertig. Nicht teuer, aber auch kein billiger Wegwerfschrott. Im Wohnzimmer hat sie einen roten, türkischen Teppich und ein braunes Ledersofa sowie einen Sessel, die entweder zu dem Kiva-Kaminofen oder dem Fernseher ausgerichtet sind.

Die Innenfarbe ist ein helles Senfgelb, abgesehen von einer Wand, die backsteinrot gestrichen ist. Das Haus ist im Southwestern-Stil eingerichtet, ohne dass man davon erschlagen wird. Es gibt keinen Coyoten mit einem Taschentuch oder einen gehörnten Schädel auf dem Kaminsims, aber es gibt einen Spiegel, der mit fröhlichen, mexikanischen Fliesen gerahmt ist sowie ein anderes buntes Kunstwerk.

Charlie erscheint in ihrer Arbeitsuniform, was eigentlich nicht heiß aussehen sollte. Ich meine, die Postbehörde hatte nicht unbedingt sexy im Sinn, als sie die blauen Uniformen designte, aber aus irgendeinem Grund, wird mein Schwanz halbsteif wegen der Art und Weise, wie sich der Stoff über ihren perfekten Titten spannt. Dem Aufblitzen von Haut an ihrem Hals. Ihrem Kiefern- und Pfirsichgeruch, der mir in die Nase steigt.

Ich räuspere mich und wende mich ab, damit sie nicht sieht, wie sehr ich mich *freue*, sie zu sehen.

Ich spüle meine Kaffeetasse im Spülbecken aus und stelle sie in die Geschirrspülmaschine.

„Danke." Charlie mustert mich, als sei sie überrascht,

dass ich zumindest so gut erzogen bin, dass ich mein eigenes Geschirr wegräume.

„Bist du bereit? Ich meine, es besteht kein Grund zur Eile."

„Nein, ich bin bereit." Sie nimmt ihre dicke Jacke von dem Haken neben der Tür und dann reicht sie mir meine Lederjacke. Ich hängte sie dort heute Morgen auf, als ich aufstand und sie auf dem Boden unter dem Tisch fand.

Ich schlüpfe hinein. „Möchtest du fahren?"

Sie schüttelt den Kopf.

Der Spaß ist vorbei. Welche Bereitschaft Charlie letzte Nacht auch hatte, mit mir abenteuerlustig zu sein und zu spielen, ist jetzt verschwunden. Ihr Geburtstag ist vorbei. Die Erlaubnis, Spaß zu haben, die sie sich gab, ist abgelaufen.

Ich bemühe mich, das leise Grummeln meines Wolfes nicht aus meiner Kehle dringen zu lassen. Es ist kein Problem.

Ich werde das zweite Date schon kriegen.

Ich muss mich vielleicht nur viel stärker anstrengen, es zu vereinbaren, als ich das beim ersten tat.

Charlie

Es gibt nichts Schlimmeres als den Morgen nach einem One-Night-Stand. Ich meine, der soll eigentlich nicht vorkommen, oder? Der Morgen-danach-Teil? Die Person, die übernachtete, sollte sich eigentlich während der Morgendämmerung davonstehlen, bevor der andere aufwacht. Oder im schlimmsten Fall sollte sie in großer Hast ihre Kleider schnappen und sich in dem Augenblick aus dem Staub machen, in dem ihr bewusst wird, wo sie ist.

Es ist kein Szenario, bei dem man bleibt und Kaffee macht.

Und hinten auf Lances Duck oder Duke oder, wie auch immer er die Maschine nennt, nach Arroyo Seco zu fahren, nur damit ich mich zu meinem Auto bringen lassen und zurück in die Stadt sowie zur Arbeit fahren kann, fühlt sich ganz falsch an.

Unverantwortlich. Närrisch. Definitiv beschämend.

Anstatt zerzaust, beschämt und mitgenommen von dem Zimmer eines Mannes zurück nach Hause zu torkeln, fahre ich nun mit diesem auf seinem Motorrad durch die ganze Stadt. Ich ließ den Player gestern Nacht in mein Bett und jetzt werden es alle wissen.

Es ist nicht so, dass es die Leute in Taos brennend interessiert, mit wem ich schlafe. Es ist eine kleine Stadt, aber nicht die Art von Kleinstadt. Wenn wir beide hier geboren worden und aufgewachsen wären, würde es vielleicht jemand bemerken, aber niemand außer mir schert sich um mein Sexleben.

Und vielleicht Adele, die mir gestern Nacht einen SMS schickte, in der stand: *Vergiss den Plan.*

Nun, den habe ich definitiv vergessen zusammen mit all meinen anderen Sorgen. Denn Lance hielt definitiv Wort und brachte mich vor Lust um den Verstand.

Der Gedanke an all diese Lust veranlasst mich dazu, meine Hüften nach unten auf den vibrierenden Sitz zu pressen. Meine Hände ruhen leicht auf Lances Hüften. Es fühlt sich gefährlich an, aber ich will keinen direkten Kontakt mit diesem Waschbrettbauch herstellen, indem ich mich an seiner Taille festhalte. Ich hake einen Finger in seine Gürtelschlaufe, als würde mich das an Ort und Stelle halten, sollten wir abgeworfen werden.

Denn bei Tageslicht wirkt die Ducati wie eine extrem gefährliche Maschine. Wo sind beispielsweise die Sicherheitsgurte? Und was zum Henker habe ich mir dabei gedacht, dass ich dieses Teil letzte Nacht tatsächlich gefahren habe? Und trotz seiner Geschwindigkeit und Kraft ist sie kein Vergleich zu dem Mann, der sie fährt. Er ist wirklich ein Exemplar ultimativer Männlichkeit. Harter Körper. Galante Worte. Sex auf Rädern.

Aber heute besteht keine Gefahr, dass ich wieder mit ihm ins Bett falle.

Er war gut. Extrem talentiert darin, mich zum Kommen zu bringen, aber definitiv nicht mein Typ. Es besteht kein Grund, diesen Pfad erneut zu beschreiten.

Er fährt auf den Parkplatz des Restaurants, wo mein Subaru noch geparkt ist, und hält daneben.

Ich öffne den Verschluss seines Helmes, steige ab und reiche ihn ihm. „Danke für die Fahrt. Und für letzte Nacht."

„War mir definitiv ein Vergnügen." Er stützt sich auf einen Fuß und balanciert das Motorrad unter diesen kräftigen Schenkeln. Ich versuche, zu ignorieren, wie gut er in der Lederjacke und mit dem Motorrad unter sich aussieht. Ein Bad Boy auf der Jagd. „Möchtest du irgendwann essen gehen?"

Huh. Ich habe nicht erwartet, dass er mich um ein Date bitten würde. Aber andererseits habe ich auch nicht erwartet, dass er mir Kaffee machen würde. Es ist ein bisschen komisch. Lance kam mir gestern Nacht nicht wie die anhängliche Sorte vor. Ganz im Gegenteil.

„Ähm, nein, alles gut." Ich setze eine entschuldigende Miene auf.

„Lass mich raten – du datest keine Männer, die beim Militär sind oder waren?"

Ich blinzle überrascht, dann lache ich entwaffnet.

Dieser Kerl hat das Handbuch über Charme geschrieben. Diese selbstsichere, neckende Art, direkt zum Punkt zu kommen, die er an sich hat, ermöglicht es ihm wahrscheinlich, jeder Frau an die Wäsche zu gehen, bei der er sie anwendet.

„Tatsächlich habe ich eine Regel, die es verbietet. Es ist nicht böse gemeint. Die letzte Nacht war wirklich toll. Es war nur… etwas, das ich normalerweise nicht tue."

„Ja, ich verstehe es. Geburtstagssex ist fantastisch." Er geht noch immer nicht. „Ich schätze, das ist der Moment, in dem ich darauf verzichte, dich nach deiner Nummer zu fragen."

„Ähm, ja. Sorry."

Ich kann es einem Mann nicht übelnehmen, wenn er es versucht. Ich meine, ich erwartete, dass er meine Nummer wollen würde, um noch einmal mit mir in die Kiste zu springen. Es war der Date-Teil, der mich überraschte.

„Nun, ich mag dich, Charlie. Ich will dich wieder sehen – wenn du deine Kleider an hast. Also wenn du deine Meinung änderst, gib mir Bescheid." Er reicht mir eine Karte.

„Äh… okay. Danke." Ich winke lahm mit der Karte, dann weiche ich zurück und wende mich ab, um meine Autotür zu öffnen.

„Ich meine, ohne Kleider ist auch in Ordnung", sagt Lance zu meinem Rücken.

Ich drehe mich kopfschüttelnd um, während sich ein widerwilliges Lächeln auf meinen Lippen ausbreitet. Da ist der Player.

„Ich bin absolut dafür zu haben, dich in jeglichem bekleideten oder unbekleideten Zustand zu sehen."

„Ich bin mir sicher, das bist du." Ich schenke ihm ein

Lächeln, während ich in mein Auto steige. „Man sieht sich."

Sein Lächeln verblasst minimal. Ich bin mir sicher, dass er es nicht gewöhnt ist, einen Korb zu kassieren. Er setzt den Helm auf und beobachtet mich, als ich das Auto anlasse und losfahre.

Während ich zurück zur Stadt fahre, schüttle ich verwirrt den Kopf. Es war merkwürdig, dass er versuchte, ein zweites Date zu kriegen. Player versuchen ihr Glück normalerweise nicht so bald ein zweites Mal.

Aber ich sollte der letzten Nacht nicht so viel Beachtung schenken. Es war eine einmalige Sache. Zum Spaß. Weil ich Geburtstag hatte.

Es wird nicht noch einmal vorkommen. Ich stimmte nicht zu, mich noch einmal mit Lance zu treffen. Ich werde ihn nicht anrufen, um dieses Date zu vereinbaren oder um ihn in mein Bett einzuladen oder aus irgendeinem anderen Grund.

Ich habe einen Plan und an den halte ich mich.

4

Lance

„Beweg dich."

„Welche Laus ist dir denn über die Leber gelaufen?", will Channing wissen, als ich ihn mit dem Ellbogen vor dem Kühlschrank wegschiebe. Der Kerl scheint dauerhaft in der geöffneten Tür eingezogen zu sein, wo er das Essen anstarrt.

Ich greife an ihm vorbei, schnappe mir drei Packungen Speck und mache mir nicht die Mühe, ihm zu antworten.

Ich gebe zu, ich war in letzter Zeit extrem mies gelaunt. Dass Charlie mir eine Abfuhr für ein zweites Date erteilt hatte, machte mir die ganze Woche zu schaffen. Ich verwarf meine regelmäßig aufkeimende Idee, loszuziehen und ein anderes ‚zufälliges' Treffen mit ihr in der Stadt zu arrangieren. Charlie ist klug – sie würde nicht darauf reinfallen und ich will nicht verzweifelt rüberkommen.

Was ich übrigens bin.

Diese Frau ist mir auf eindringliche, schlimme Weise

unter die Haut gegangen. Eine Ich-kann-nachts-nicht-schlafen-weil-ich-an-sie-denke-Weise. Und sich fünfmal am Tag einen von der Palme zu schütteln, lindert den zunehmenden Druck, wieder in sie zu gelangen, auch nicht.

Ich hätte das Ganze nicht schlimmer in den Sand setzen können. Ich reiße die Speckpackungen mit den Zähnen auf und werfe den Inhalt aller drei Packungen in eine Gusseisenpfanne.

„Im Ernst, Alter. Du warst die ganze Woche über ein Arschloch. Seit…“ Er stoppt mit einem überraschten Gesichtsausdruck, als dächte er, er hätte eins und eins zusammengezählt. „Ah…“

Ich will den Kerl umbringen.

„Seit was?“, fragt Rafe.

Fuck. Jetzt werde ich Channing wirklich umbringen.

„Mit wem hast du letzte Woche noch mal die Nacht verbracht?“, fragt Channing.

Rafe verschränkt die Arme vor seiner Brust und lehnt eine Schulter gegen den Türrahmen der Küche unserer alten Skilodge, die zu unserem Hauptquartier umfunktioniert wurde. „Ich glaube nicht, dass du es erzählt hast, oder?“ Er neigt den Kopf zur Seite und sein scharfer Alphablick ist plötzlich auf mein Gesicht gerichtet.

„Schert euch beide zum Teufel.“ Mann. Jetzt habe ich im Grunde genommen zugegeben, dass Charlie der Grund für meine schlechte Laune ist.

„Ich fasse es nicht. Hat dir das Schicksal in die Nüsse getreten, Lance?“, gluckst Channing.

Rafe versteift sich, auch wenn sich seine Haltung nicht verändert.

Ich reibe mir über den Nacken. Rafe wird ausrasten, aber wenn Charlie wirklich meine Gefährtin ist – und dass meine Fangzähne ausfuhren und ich sie in jener Nacht markieren wollte, beweist, dass sie es ist – dann wird dieser Scheiß ohnehin rauskommen.

Mein Rudel wird mich zurückhalten müssen, falls ich durchdrehe.

Ich habe es nicht vor, aber ein Knurren dringt aus meiner Kehle, als würden mich die zwei von meiner Gefährtin fernzuhalten versuchen.

„Hast du mich gerade angeknurrt?“, verlangt Rafe zu wissen. Er ist nicht nur mein großer Bruder, er ist der Rudelalpha, was bedeutet, dass seine Dominanz hier regiert.

„Wer ist es?“, will Channing wissen.

„Eine Freundin von Sadie“, gebe ich zu.

„Welche Freundin?“ Die Wildheit in Rafes Stimme wirft für mich die Frage auf, ob sein Interesse an Adele, der kratzbürstigen Chocolatier, nicht auch vom Schicksal gelenkt wird. Doch Rafe würde sich niemals paaren.

„Charlie. Die Blondine. Wir hatten einen One-Night-Stand. Das ist alles. Sie hat kein Interesse daran, sich noch einmal mit mir zu treffen.“

Rafes Augen werden schmal. „Aber du hast Interesse?“

Es macht keinen Sinn, zu lügen. Rafe würde es ohnehin riechen.

„Mein Wolf kam raus“, gestehe ich. „Er wollte sie beanspruchen.“

Rafe tritt einen Schritt zurück und schüttelt den Kopf. „Fuck.“

„Es tut mir leid. Es war nie meine Absicht, mich zu paaren. Ich war definitiv nicht auf der Suche. Ich meine, sie ist ein Mensch!“

„Das Schicksal hat dir in die Eier getreten.“ Channing ist so verdammt begeistert, dass er dahintergekommen ist.

„Halt die Fresse, Arschloch.“

„Was wirst du tun?“, fragt Rafe. Es schwingt eine Warnung in seinem Tonfall mit. Ein Hauch von Gefahr.

Ich zucke mit den Achseln. „Was kann ich schon tun? Ich muss sie davon überzeugen, sich wieder mit mir zu treffen. Mit jedem Tag, der vergeht… wird es schwieriger.“

„Verdammte Scheiße.“ Rafe wendet sich ab.

„Wem sagst du das.“

„Der Player wurde ausgetrickst.“ Channing ist noch immer viel zu schadenfroh über meine Situation.

„Von Charlie ausgetrickst?“, blaffe ich.

Sein perfektes Zahnpastalächeln wird noch breiter. „Vom Schicksal ausgetrickst, Trottel.“

„Ich weiß wirklich nicht, warum du das so witzig findest.“

„Ich auch nicht“, unterstützt mich Rafe ausnahmsweise einmal und bedenkt Channing mit einem düsteren Blick. Zu mir sagt er: „Bist du dir sicher? Sie ist dein?“

„Ich bin der Ihre“, sage ich kläglich. Ich wage es nicht, meinem Alpha zu erzählen, dass ich so tief gesunken bin, sie jeden Tag in Wolfgestalt auf ihrer Zustellungsroute zu stalken, nur um in ihrer Nähe zu sein. Nur weil das Bedürfnis, sie zu beschützen und andere Männer von ihr fernzuhalten, so stark ist, dass es mich verzehrt.

Rafes Brauen schwingen in die Höhe. „Nun. Ich schätze, du solltest besser herausfinden, wie du dieses zweite Date kriegen kannst.“ Er sagt es, als sei es ein militärischer Befehl.

Ich fahre mit einer Hand über meine kurzen Haare. „Ja, Sir.“

Ich wende den zischenden Speck und reiße eine Packung mit fünf Pfund Hackfleisch auf, das ich dazu essen will. Ich brauche all die Nahrung, die ich kriegen kann. Dieses Verlangen, Charlie zu meiner Gefährtin zu machen, zehrt mich aus.

Nachdem ich ein Dutzend Hamburger gekocht habe, auf denen sich der Speck hoch türmt, bringe ich sie zu meinem Arbeitsplatz. Ich habe an dem einzigen Hinweis gearbeitet, der mir einfiel, um Kontakt mit Charlie aufnehmen zu können: ihr Bruder Chad. Charlie macht sich Sorgen um ihn, weil er sich nicht mehr gemeldet hat. Das passiert beim Militär, vor allem wenn Soldaten im Einsatz sind. Es bedeutet nicht unbedingt, dass er in größerer Gefahr als sonst schwebt.

Ich rufe Oberst Johnson an. Er ist der Offizier, der unser Gestaltwandler-Spezialeinheit-Team zusammengestellt hat. Er ist selbst ein Löwe, weshalb er andere Gestaltwandler im Dienst im wahrsten Sinne des Wortes aufspürte und einlud, in einem Eliteteam für nächtliche Operationen zu dienen. Er setzte unsere Gestaltwandler-Fähigkeiten – Nachtsicht, Kraft, Geschwindigkeit, Selbstheilungskräfte – gezielt ein und indem er uns nur mit anderen unserer Art zusammentat, stellte er sicher, dass wir nicht verbergen mussten, was wir sind.

Nicht alle Gestaltwandler-Spezialeinheiten werden nach Tierart gruppiert, aber wir Wölfe wurden es, weil wir als Rudel gut funktionieren. Wir folgen unserem Alpha bedingungslos. Natürlich bedeutet das auch, dass unser Rudel einem Befehl von Rafe gehorchen würde, selbst wenn er dem des Obersts widerspräche, doch das war ein Risiko, das Oberst Johnson einzugehen gewillt war.

Oberst Johnson hebt beim zweiten Klingeln ab. „Korporal, ich habe Ihren Flieger lokalisiert."

„Klasse."

„Er ist im Kampfeinsatz in Syrien – aktive Luftangriffe."

Ich fluche innerlich. „Ich muss um einen Gefallen bitten – es ist ein ziemlich großer."

„Ich kann den Jungen dort nicht rausholen“, sagt Oberst Johnson sofort.

„Nicht so groß.“

„Was brauchen Sie?“

„Besteht irgendeine Chance, dass ich ein fünfminütiges Videogespräch mit ihm kriegen könnte?“

„Worum geht es hier?“, verlangt der Oberst zu wissen.

„Es geht um eine Frau, Oberst“, blaffe ich zurück, da mir der Geduldsfaden reißt.

„Ich verstehe nicht.“

„Er ist der Bruder meiner Gefährtin. Sie macht sich Sorgen um ihn. Ich würde ihr nur gerne eine Gelegenheit geben, sich mit ihm in Verbindung zu setzen. Können Sie das für mich arrangieren?“

Oberst Johnson lässt ein leises Glucksen verlauten. „Das Schicksal hat Sie eingeholt, was? Eine Menge Frauen werden Ihr Ausscheiden aus der Dating-Welt betrauern.“

„Nun, es ist noch nicht in trockenen Tüchern, weshalb ich diesen Gefallen zu schätzen wüsste.“

„Oh. Sie haben sie noch nicht beansprucht? Und sie ist ein Mensch? Das verheißt nichts Gutes.“

Ich verkneife mir das *Fick dich*, das mir auf der Zungenspitze liegt. „Nein, Sir.“

„Okay, Korporal. Ich werde sehen, was ich tun kann.“

„Ich schulde Ihnen einen Gefallen. Einen großen.“

„Danken Sie mir noch nicht. Ich sagte nur, dass ich sehen würde, was ich tun kann.“

„Das weiß ich zu schätzen, Oberst.“

Ich lege auf und bringe meinen leeren Teller in die Küche. Während ich ihn in die Geschirrspülmaschine stelle, denke ich an Charlie. Alles erinnert mich an Charlie.

Sie wird mittlerweile auf ihrer Route unterwegs sein.

Was bedeutet…, dass ich auch dort sein muss.

Ich schlüpfe aus der Tür und steige auf mein Motorrad, um den Berg hinab zu fahren. Als ich mich der Stadt nähere, verstecke ich das Motorrad, ziehe meine Kleider aus und verwandle mich.

Charlie

Ich steige aus dem Postwagen und stecke die Post in die Briefkästen, die an der Ecke an einer Wand befestigt sind. Anschließend hänge ich mir meine Tasche über die Schulter, um die festgefahrene Erdstraße entlang zu laufen und den Rest auszuliefern.

Ich bin nervös, weil ich in letzter Zeit einen Wolf auf meiner Zustellungsroute gesehen habe. Er ist groß und grau und hat einen weißen Fleck auf seiner Schnauze. Und er ist verdammt riesig. Wölfe sehen in den *Rette den Planeten* Kalendern, die ich mit der Post kriege, immer so niedlich aus – die Kalender mit den hübschen Naturfotos von Korallenriffen und Babyelefanten. Ich kann nie wiederstehen, *Rette den Planeten* Stiftungen Geld zu spenden, weshalb ich eine Menge dieser Kalender umsonst bekomme. In einem oder zwei der Monate wird immer ein niedlicher und flauschiger Wolf gezeigt.

Im echten Leben sind Wölfe nicht flauschig. Sie sind nicht niedlich. Sie sind riesige, anmutige, super tödliche Raubtiere und ihr Anblick aktiviert den *OH SCHEIßE* Teil deines Gehirns. Der Teil, der dir zubrüllt: *Flieh!*

Doch das Einzige, das ich tue, ist mitten im Schritt zu erstarren, während meine Posttasche schwer auf meiner Hüfte ruht.

Ich habe den Wolf in dieser Woche schon dreimal

gesehen, was geradezu verrückt ist, wenn man bedenkt, dass sie ein riesiges Territorium haben.

Ich habe drei Viertel der Straße hinter mich gebracht, als ich ihn entdecke. Ich erstarre und achte darauf, keinen Augenkontakt herzustellen.

„Lieber Wolfie“, rufe ich nervös. Meine Ausbildung zur Postlerin beschäftigte sich nie damit, was man tun soll, wenn man mit gefährlichen Tieren konfrontiert wird. Aggressive Hunde, ja. Eichhörnchen-Angriffe, ja (frag nicht). Verärgerte Leute. Regen, Graupel und Schnee.

Aber keine verflucht großen Wölfe mit *was hast du für große Zähne* Schnauzen und gelben Augen.

Fuck, fuck, fuck. Was soll ich tun?

Oh Gott, du wirst sterben, bietet mein Frontalhirn hilfreich an.

Ich gehe meine Optionen durch:

1. In die Hose machen.
2. Wegrennen und hoffen, dass mich der Wolf nicht verfolgt. Es ist zu viel verlangt, zu hoffen, dass ich ihm davonrennen kann.
3. Mich fallen lassen und totstellen.

Ich vermute, dass Option Nummer eins auf jeden Fall gegeben ist, ganz egal, wofür ich mich entscheide.

Ich entscheide mich für eine vierte Option. „Lieber Wolfie. Braver Wolfie.“ Ich schleiche davon.

Er wahrt seine Distanz zu mir und trottet neben mir her, aber gute fünfzehn Meter entfernt von mir. Er scheint mich nicht zu jagen. Ich meine, er würde sich vor mir aufbauen, würde er das tun, oder?

„Lieber Wolfie“, sage ich abermals und wage einen weiteren Blick in seine Richtung. Er stoppt und setzt sich mit einem leisen Winseln hin.

Hä?

Könnte er jemandes domestizierter Wolf-Hund sein?

Auf keinen Fall. Ich meine, dieser Wolf ist riesig.

Ich bin so sehr damit beschäftigt, mir den Kopf über den Wolf zu zerbrechen, dass ich vergesse, an meine Füße zu denken, und prompt über einen losen Stein stolpere.

Aah!

Ich gehe mit dem Gesicht nach unten zu Boden und falle auf Bauch und Hände. Die Briefe segeln aus der Posttasche, aber das ist nicht der Teil, der mir den Angstschweiß auf die Stirn treibt. Es ist der Wolf, der zu mir rennt.

„Nein!", kreische ich und rapple mich auf die Füße. Das Letzte, das ich tun sollte, ist auf dem Boden zu liegen und meinen Hals wie eine Opferziege darzubieten. Oder ein Lamm. Was auch immer.

Erstaunlicherweise hält der Wolf schlitternd und lässt ungefähr sechs Meter Abstand zwischen uns. Er senkt den Kopf, fast als würde er sich entschuldigen, dann macht er kehrt und trottet davon, wobei er ein paarmal über seine Schulter späht. Was zum Geier? Im Ernst – was ist mit diesem verrückten Wolf los? Als er hinter dem Salbeistrauch verschwindet, atme ich lange und zittrig aus und beuge meine schlotternden Beine, damit ich die Post einsammeln kann, die auf dem Boden verstreut ist.

Jetzt, viel zu spät, fällt mir ein, dass ein Pfefferspray an meiner Tasche befestigt ist. Dort hat er mir wahnsinnig viel genutzt. Nun, wenn es noch einmal passiert, werde ich bereit sein.

~

Lance

. . .

Ich fahre um 21:00Uhr vor Charlies Haus. Ich bin kribbelig und nervös. Ich habe das Gefühl, als solle ich mich verwandeln und die überschüssige Energie durch Laufen loswerden, aber das habe ich gerade erst gemacht. Buchstäblich. Ich rannte den ganzen Abend, dann duschte ich und wechselte meine Klamotten, um hierherzukommen.

Ich zucke noch immer zusammen, wenn ich nur daran denke, dass ich Charlie heute auf ihr Gesicht fallen sah. Ich bin das größte Arschloch. Es war nicht meine Absicht, ihr Angst einzujagen, aber natürlich tat ich das. Mein Wolf ist riesig und sie fühlte sich bedroht. Die Erinnerung daran, dass sie menschlich ist – zerbrechlich und gebrechlich und keinen blassen Schimmer von meiner Art hat – traf mich hart.

Das brachte mich zum Grübeln, ob ich mich vielleicht irre und sie nicht meine Gefährtin ist. Ich meine, warum sollte das Schicksal einen Menschen für mich aussuchen? Ich bin nicht der Alpha meines Rudels, aber ich könnte es sein. Ich würde definitiv jedem anderen Rudel vorstehen. Ein Alphamännchen mit einem Menschen zu paaren, ergibt keinen Sinn. Nicht, wenn es immer weniger unserer Spezies gibt.

Doch als ich vor ihrer Tür stehe, verfliegen all meine Zweifel. Ihr Geruch ist hier allgegenwärtig, kribbelt auf meiner Haut und schickt mein Blut gen Süden. Ihre Wirkung auf mich ist nicht zu leugnen.

Ich bin bereit, die Tür einzutreten, um zu ihr zu gelangen, sie anschließend über meine Schulter zu werfen und im Höhlenmensch-Stil nach Hause zu tragen.

Zu schade, dass das nicht gutgehen würde. Ich hebe meine Faust, um anzuklopfen. Sie wird denken, dass das hier nur ein Besuch ist, um schnell mit ihr im Bett zu landen. Dass ich um neun Uhr abends vor ihrer Tür auftauche? Das wird nicht gut aussehen.

Hätte sie mir ihre Nummer gegeben, hätte ich ihr schreiben können, bevor ich vorbeikam. Natürlich habe ich Zugriff auf ihre Nummer. Ich schlug sie nach und speicherte sie in meinem Handy in der Minute, in der ich am Morgen nach ihrem Geburtstag nach Hause kam. Aber ich dachte, ihr ohne ihre Erlaubnis eine SMS zu schicken, würde nicht viel besser ankommen, als einfach aufzutauchen, also bin ich jetzt hier.

Ich klopfe mit den Fingerknöcheln an ihre Tür und trete von einem Fuß auf den anderen.

Beim Schicksal, ich war noch nie zuvor so nervös bei einer Frau. Ich war das Kind, das schon im Alter von zehn Jahren Freundinnen hatte. Ich wurde buchstäblich mit Charme *geboren*. Rafe bekam das ernste Gen ab. Ich das Player-Gen.

Ne, das stimmt nicht. Wir wurden nicht in diese Rollen hineingeboren. Rafe kam nicht mit einem Stock im Arsch auf die Welt. Vor dem Mord an unseren Eltern war er ein normales Gestaltwandler-Kind. Doch das PTBS dieses Traumas zwang ihn viel zu früh in die Rolle des Alphas und er lud sich die Last der ganzen Welt auf seine Schultern. Er weigerte sich, mir irgendeine Verantwortung zu überlassen abgesehen davon, zu tun, was er sagte. Also schätze ich, dass ich absichtlich die Rolle des Unbedarften übernahm. Entweder das oder ich hätte mich wahnsinnig über Rafe geärgert, weil er mich wie ein verdammtes Baby behandelte.

Ich höre, dass sich Charlie im Haus bewegt. Sie späht durch das Guckloch auf mich.

Ich halte die Handflächen hoch. „Es geht nicht um Sex. Ich habe eine Überraschung für dich." Mir stockt der Atem, als sie einen Moment still im Haus stehen bleibt. Als sie die Tür öffnet, fängt mein Herz wieder zu schlagen an.

„Darf ich reinkommen? Ich verspreche, dass es dir gefallen wird.“

Charlie trägt ein fadenscheiniges, bedrucktes T-Shirt, das sich an ihre Brüste schmiegt, keinen BH und ein Paar lockerer Schlafanzughosen, die unterhalb ihrer Hüften sitzen, wodurch ich um ihre Mitte einen Streifen nackter Haut sehe, wegen dem mir das Wasser im Mund zusammenläuft. Sie verschränkt die Arme vor ihren apfelgroßen Brüsten und schiebt eine Hüfte vor. „Was ist es?“

„Bitte zwing mich nicht, die Überraschung zu verderben. Ich schwöre bei allem, das mir heilig ist, dass du froh sein wirst, dass du mich reingelassen hast.“ Ja, ich werde hier tatsächlich zum Betteln reduziert. Meine Frau hat null Interesse an mir. Wie kann das nur sein?

Doch das stimmt nicht. Denn ich sehe, dass sich ihre Nippel hart und steif unter diesem Shirt und hinter ihren verschränkten Armen abzeichnen. Das verschafft meinem Selbstbewusstsein Auftrieb und mehr brauche ich nicht, damit ich den Charme aufdrehe. Ich stütze eine Hand an ihrem Haus ab und schenke ihr mein bestes Piratenlächeln.

Sie beugt sich zu mir. Ich glaube nicht, dass sie das überhaupt wollte, aber es ist, als würde mein Körper ihren rufen. Ihr Gesicht kommt meinem näher und ich atme ihren Kiefern- und Pfirsichgeruch ein. Mein halber Ständer wächst. Mein Wolf ist sowohl besänftigt als auch erbost, weil er ihr so nah ist. Mein Herzschlag beschleunigt sich. Ich riskiere eine beiläufige Berührung, indem ich eine Strähne ihrer hellen Haare von ihren Augen wegstreiche.

„Komm, lass mich nicht hier draußen hängen.“

Charlies Lächeln ist widerwillig. Sie packt meine Lederjacke mit einer Hand und zerrt mich nach drinnen, wobei sie auf die niedlichste mögliche Art rückwärtsläuft. Ich weiß, dass Rückwärtslaufen eigentlich nicht niedlich sein sollte, aber fuck – bei dieser Frau – ist es wahnsinnig niedlich. Ich werfe einen Blick auf ihre nackten Füße. Ihre Zehen sind in einem Kaugummirosa lackiert und ich mache mir eine geistige Notiz, an jedem einzelnen zu saugen, sowie es möglich ist.

Ich tue so, als würde ich mir den Schweiß von der Stirn wischen. „Puh. Da hast du mich eine Minute ganz schön ins Schwitzen gebracht und wir haben nicht viel Zeit. Komm.“ Ich nehme ihre Hand und zerre sie zum Sofa, auf das ich mich setze. Als sie zögert, greife ich nach ihrer Taille und ziehe sie auf meinen Schoß.

„Oh!“, ruft sie, wobei einer ihrer niedlichen nackten Füße austritt.

„Siehst du, was passiert, wenn du mir nicht vertraust?“

Der Geruch ihrer Erregung erblüht, während sie sich auf meinem Knie windet und meine Schultern packt, um sich zu stabilisieren.

Ich brenne darauf, diese Position intimer zu erforschen, aber es ist keine Zeit dazu. Außerdem sollte ich doch beweisen, dass ich *nicht* wegen Sex hier bin.

Ich schalte mein Handy ein und rufe die E-Mail von Oberst Johnson auf, dann klicke ich auf den Link, den er mir geschickt hat.

„Was ist das?“

„Warte es einfach ab, Engel. Es kommt gleich.“ Der Kreis dreht sich auf meinem Display, während die Telefonkonferenz lädt. Dann wird ein leeres Display gezeigt.

Charlie schaut zu mir. „Ich verstehe wirklich nicht…“

Ein Bild erscheint. Ein gut, aber müde aussehender junger Mann in Uniform blinzelt uns aus dem Display entgegen. „Charlie?“

„Oh mein Gott, Chad!“ Charlie schlägt sich die Hand vor den Mund, reißt mir das Handy aus der Hand und schnellt von meinem Schoß. Sie wirbelt herum, um mich mit übertrieben großen Glubschaugen anzusehen.

„Ist alles okay? Was ist los?“ Chad klingt alarmiert.

„Ja! Alles ist okay! Ich weiß selbst nicht, was los ist. Ich habe mir Sorgen um dich gemacht und…“, sie bedenkt mich mit einem entschuldigenden Blick, „ich schätze mein Freund hat das hier für mich arrangiert.“ An mich gewandt formt sie mit den Lippen das Wort *Dankeschön*.

Ich werde später nach mehr ihrer Dankeschöns heischen.

Die ganze verdammte Nacht lang.

Nein – nein. Das ist falsch. Ich bin nicht hier, um meinen Schwanz in sie zu tauchen. Ich bin hier, um Charlie *den Hof zu machen*. Als hätte ich irgendeine Ahnung, was das bedeutet oder wie man es macht. Wäre sie eine Wölfin, wäre es so leicht. Einmal schnuppern und sie wüsste, dass sie zu mir gehört. Sie würde vielleicht ein wenig Rabatz machen, weil ich Anspruch auf sie erhob – sie würde mich ein wenig dafür arbeiten lassen, aber es bestünde kein Zweifel daran, dass ich siegen würde.

Aber bei einer Menschenfrau – fuck.

Ich weiß nicht einmal, wie ich anfangen soll, Charlie zu erklären, was sie mir bedeutet. Dass es biologisch von mir *verlangt* wird, mich mit ihr zu paaren, ob es ihr nun gefällt oder nicht. Ich meine, natürlich würde ich dafür *sorgen*, dass es ihr gefällt. Ich würde mein verdammtes Leben der Aufgabe widmen, zuzusehen, dass meine Frau in jeder Hinsicht befriedigt ist.

Aber ich weiß nicht, wie ich das Ganze anpacken soll. Von Punkt A, nach einem One-Night-Stand, zu Punkt B, sie als meine lebenslange Gefährtin zu beanspruchen, zu gelangen, fühlt sich momentan wie eine ziemlich einschüchternde Aufgabe an.

Wenigstens habe ich das hier richtig gemacht. Charlies

Gesicht strahlt und freudige Emotionen huschen darüber, während sie ihren Bruder mit Fragen bombardiert.

„Das kann ich dir auch nicht sagen, Sis“, sagt Chad, als sie ihn fragt, wo er ist. „Alles ist geheim. Deswegen habe ich mich auch nicht gemeldet. Und der Sarge sagt, dass ich nur noch zwei Minuten habe, bis sie diesen Anruf beenden müssen. Aber ich bin so froh, dass ich dir persönlich alles Gute zum Geburtstag wünschen konnte.“

„Ja, ich auch. Dich zu sehen, ist das beste Geburtstagsgeschenk aller Zeiten.“ Ihr warmer Blick flackert zu mir, woraufhin mein Schwanz steinhart wird.

„Also wer hat das hier arrangiert?“, erkundigt sich Chad.

Charlie errötet. „Ähm, dieser Kerl. Ein Freund.“ Sie wirft mir noch einen Blick zu, dieses Mal flackert Neugierde darin. „Ich weiß nicht einmal, wie er das geschafft hat. Er war früher bei der Spezialeinheit.“

„Mmmh, er hat Kontakte im Inneren. Klingt nach einer großen Nummer. Was für eine Art von Freund ist er?“

Charlie kehrt mir den Rücken zu. „Geht dich nichts an“, sagt sie scharf.

„Oh, so ist es also?“ Ihr Bruder gluckst.

„Die Zeit ist abgelaufen“, blafft eine barsche Stimme.

„Sorry, Sis, ich muss Schluss machen. Sag Mom und Dad ich liebe sie. Und dich auch.“

„Ich hab dich auch lieb. Pass auf dich auf, Chad.“

„Jepp, werde ich machen. Bye.“

Charlie bleibt noch einen Moment mit dem Rücken zu mir stehen und ich reibe mir über den Nacken, während ich grüble, ob ich gehen sollte. Als sie sich umdreht, glitzern Tränen in ihren Augen. „Dankeschön“, sagt sie.

„Hab dir doch gesagt, dass du es nicht bereuen würdest.“

Sie schüttelt den Kopf. „Ich bereue es nicht. Das war wirklich, wirklich nett von dir."

Ich erhebe mich von der Couch, weil es nicht so aussieht, als würde sie sich wieder zu mir setzen. Ich trete langsam auf sie zu. So nahe zu ihr, dass es anzüglich ist, aber weit genug weg, dass ich respektvoll bleibe. Ich strecke die Hand aus, lege meine Hand leicht auf die Kurve ihrer Hüfte und genieße es, diesen Streifen nackter Haut unter meiner Hand zu fühlen. „Gern geschehen."

„Wie hast du es gemacht? Hast du wirklich so gute Kontakte?"

Ich zucke mit den Achseln. „Einen fünfminütigen Anruf zu arrangieren, war nicht so schwer. Ihn dort rauszuholen, wäre schwer."

Ihr Gesicht umwölkt sich und ich trete mir selbst in den Arsch, weil ich die Stimmung verdorben habe, aber es ist nicht fair, nicht ehrlich zu ihr zu sein.

„Also ist er in einem gefährlichen Gebiet? Ich meine, ich dachte mir schon, dass es so sein muss, weil er mir nichts erzählen konnte."

„Ich kann dir auch nichts verraten, aber ja. Er ist gerade mitten im Geschehen."

Ihr entgleiten die Gesichtszüge. „Ich wusste, dass es so etwas sein musste."

Ich will etwas wie, *Er wird schon klarkommen*, sagen, aber die Wahrheit ist, dass ich es nicht weiß. Er ist ein Mensch wie sie. Ihre Leben sind so zerbrechlich. „Es tut mir leid, Engel. Ich werde seine Einheit im Auge behalten, okay?"

Sie mustert mein Gesicht, dann platzt sie heraus: „Warum?"

Ich zögere. Der Player Lance weiß ganz genau, wie er seine Karten jetzt ausspielen sollte. Wie er das hier in ein sexuell geladenes Gespräch wandeln könnte, das zum Schlafzimmer führt und dazu, dass ich in diese sexy Schlafanzughose gelange. Aber noch ein One-Night-Stand ist nicht mein Ziel.

„Ich habe es dir schon gesagt – ich mag dich, Charlie." Ich nehme mein Handy aus ihrer Hand und stecke es in meine hintere Hosentasche. Daraufhin trete ich nach vorne, um wieder ihre Taille zu berühren. Ich senke mein Gesicht und verharre zwei Zentimeter über ihrem. Unsere Blicke treffen sich. Ihr stockt der Atem und dann setzt er aus.

Ich schiebe meine Hand hinter ihren Kopf, um ihn zu umfangen.

„Scheiß drauf", sagt Charlie, packt das Revers meiner Jacke und geht auf die Zehenspitzen, um mich zu küssen.

Einen glorreichen Moment erwidere ich ihren Kuss, mein Mund senkt sich auf ihren und trinkt von ihren Lippen. Meine Zunge gleitet mit einer langsamen, sinnlichen Bewegung in ihren Mund. Es ist kein geübter Kuss. Ich vergesse jegliche Finesse. Es ist allerdings auch nicht der dominante, erobernde Kuss, zu dem mich mein Wolf anstiften will. Nein, ich bin ganz präsent. Ich lebe in dem Moment, koste von ihr und folge ihrer hübschen Führung. Schaue, wohin uns das führt. Ihre weichen Brüste streifen erneut meine Brust und ihr Geruch steigt in meine Nase.

Und dann dringt das *Scheiß drauf* zu mir durch.

Ich weiche langsam zurück. „Warte eine Sekunde, Engel. Was heißt *Scheiß drauf*?"

Charlies Pupillen sind geweitet, ihre Wangen gerötet. Sie reibt ihre geschwollenen Lippen aufeinander. „Ich meine… noch eine Runde kann nicht schaden, oder?", sagt sie.

Fuck.

Ich zwinge mich, etwas Raum zwischen uns zu bringen, damit ich atmen kann. Damit ich denken kann.

„Komm schon, Engel. Ich weiß, dass ich leicht zu

haben bin, aber dieses Mal möchte ich vorher ein Abendessen."

Etwas Konzentration kehrt in ihre Augen zurück. „Was?" Diese süßen Nippel salutieren mir durch ihr dünnes, blaues T-Shirt mit dem verblassten Regenbogen über ihren Titten. Ich kann nicht widerstehen und strecke die Hand aus, um leicht mit meinem Daumen über einen zu streichen.

Ich werde mit dem Geruch ihrer Erregung belohnt.

Ich bedenke sie mit meinem charmantesten Lächeln. „Du hast mich gehört."

„Lance…" Ich kann ihr die Unentschlossenheit vom Gesicht ablesen. Sie will es nicht, aber sie denkt wahrscheinlich, dass sie mir das jetzt schuldig ist. Ich weiß, dass ich ein Arschloch bin, weil ich sie so zu dem Abendessen dränge, aber ich kann mich einfach nicht dazu überwinden, sie vom Haken zu lassen. Wenn ich einknicke und heute Nacht Sex mit ihr habe, besteht die Chance, dass sie mich lediglich als einen guten Fick abschreibt.

Ich will – *brauche* – so viel mehr als das. Fuck, ich brauche alles von ihr. Ihr ganzes Leben, Zukunft, Existenz.

Entweder das oder ich muss mich dem Tod stellen.

„Ich schätze, das bin ich dir schuldig", sagt sie.

Mein Lächeln wird breiter. Meine Fingerspitzen schmiegen sich leicht um die Seite ihrer Rippen, wo mein Daumen nach wie vor ihren Nippel erreichen kann. Ich berühre ihn allerdings kein weiteres Mal. Mein Daumen schwebt dort nur, bereit, sie zu streicheln. „Das bist du."

Sie schaut auf meinen ausgestreckten Daumen. „Also wirst du mich nur antörnen und dann einfach gehen?"

„Irgendwie ganz schön mies, oder?"

Das entlockt ihr ein kehliges Lachen. „Irgendwie schon."

„Ich sag dir was. Ich werde bleiben und dir geben, was

du brauchst, wenn du mir versprichst, dass ich trotzdem das Abendessen kriege."

Ihr Zögern kostet mich Ozeane des Selbstrespekts. Um das Ganze noch schlimmer zu machen, bin ich mir sicher, dass ich an blauen Eiern sterben werde, wenn sie mir einen Korb gibt. Also tue ich, worin ich gut bin, trete in ihren persönlichen Raum und berühre ihre Taille. Ich lasse beide Hände unter ihrem T-Shirt über ihre Rippen nach oben gleiten und streichle ihre Nippel mit den Daumen. Ich berühre sie nur ganz leicht – nur ein hauchzartes Necken, genug, um sie in den Wahnsinn zu treiben und dazu zu bringen, sich danach zu sehnen.

Es funktioniert.

„Na schön", sagt sie, greift nach meiner Jacke und schiebt sie meine Arme hinab. Ich lasse sie auf den Boden fallen und ziehe mir mein Shirt über den Kopf, indem ich es mit einer Hand unterhalb meines Nackens packe.

Charlies Hände huschen bereits meine Bauchmuskeln hinauf. Die Plötzlichkeit ihrer Zustimmung sorgt dafür, dass ich all meinen Charme verliere. Ich bin gröber, als ich das sein will, als ich eine Handvoll ihrer Haare packe, um ihr Gesicht zu meinem zu führen. Mein Kuss ist ein Angriff – drängend, erobernd. So verdammt bedürftig. Ich sauge an ihrer Zunge, beiße in ihre Lippen. Sie kratzt an meinen Schultern, ihre Beine versuchen, an mir hochzuklettern.

Ich dränge sie geschickt rückwärts, bis sie gegen die Wand stolpert, woraufhin meine Hand in ihre Schlafanzughose taucht, um ihre süße Pussy zu umfangen. Sie hat kein Höschen an und sie ist tropfnass für mich.

„Lance."

Ich liebe, wie atemlos sie meinen Namen sagt.

„Ich bin es, Baby. Hör nicht auf, meinen Namen zu sagen."

„Du bist so kitschig“, beschwert sie sich, aber ihre Stimme ist so heiser, dass ich es nicht als Beleidigung auffasse.

„Möchtest du, dass ich die Klappe halte?“ Ich führe einen Finger in sie ein, während mein offener Mund über ihren Kiefer wandert. Ich beiße in ihr Ohr.

Sie wimmert und ihre inneren Wände ziehen sich um meinen Finger zusammen. „D-das habe ich nicht gesagt.“

Ich ziehe meinen Finger wieder raus, dann ficke ich sie mit zwei. Meine Handfläche presst sich auf ihre Klit, während ich mit den Fingern über ihre innere Wand streiche. „Magst du Dirty Talk, Charlie?“ Ich ziehe beide Finger raus und reiße ihre Schlafanzughose nach unten, ehe ich vor ihr in die Hocke gehe.

„Ähm…“

„Zieh dein Shirt aus.“ Ich lege einen Alphabefehl in meine Stimme. Nicht absichtlich – sie ist kein Wolf – es kam nur einfach so raus. Ich hebe eines ihrer Knie an und werfe es mir über meinen Bizeps, um Zugang zu ihrer Pussy zu erhalten.

Sie gehorcht sofort, obwohl ich nicht unbedingt sagen würde, dass meine Frau der gehorsame Typ ist. Vielleicht funktioniert ein Alphabefehl auch bei Menschen ein wenig. Oder vielleicht mag sie einfach einen Mann, der das Kommando übernimmt. Sie widersetzt sich mir nur, weil sie Angst vor dem hat, was passieren würde, wenn sie los und jemand anderen fahren ließe. Sie muss die Kontrolle behalten, damit sie sich sicher fühlen kann.

Ich werde ihr zeigen, dass es noch etwas anderes gibt. So viel mehr.

„Halte deine Brüste.“ Ich lecke in sie und sie kreischt bei der Berührung. Ihre Hände fallen auf meine Schultern. Ich entferne meine Zunge und fixiere sie mit einem strengen Blick. „Hände auf deine Brüste.“

Sie holt scharf Luft, als hätte sie meinen Alphabefehl wirklich tief in sich gespürt, so wie wir es tun. Ihre Hände zucken nach oben, um ihre Brüste zu umfangen.

Ich halte ihren Blick. „Spiel mit ihnen." Ich warte, bis sie anfängt, ihre Brüste zu drücken. Ihr Bauch erschaudert beim Einatmen, bevor ich meine Zunge erneut zwischen ihre unteren Lippen gleiten lasse.

„Ahh… uhn."

Ihre Schreie sind köstlich. Genauso wie ihr herber Geschmack. Ich zeichne ihre inneren Lippen nach, dann penetriere ich sie mit meiner Zunge, fixiere ihre Hüften mit einer Hand an der Wand, während ich die andere gegen die Wand stemme, um ihr Knie hochzuhalten. Ich lecke ihre Spalte hoch und runter, wirble mit der Zunge um ihre Klit. Ich fange an, wegen ihres Geruchs den Verstand zu verlieren, und lecke und sauge schneller, erbitterter.

„Oh… oh, *Lance*!" Ihre Hände packen meine Schultern erneut.

Ich hebe meinen Kopf. „Uh-oh." Ich fange ihre Handgelenke ein. „Ich habe dir gesagt, wo ich die hier haben will."

Ihre grünen Augen weiten sich vor Überraschung. Ich ziehe sie nach unten auf den Boden, fange sie jedoch um die Taille auf, um ihren Sturz abzufangen. Ich wirble sie herum und platziere sie auf ihren Knien.

„Jetzt steckst du in Schwierigkeiten." Gelächter schwingt in meiner Stimme mit. Ich verpasse ihrem Hintern einen leichten Klaps.

Sie keucht und schaut über ihre Schulter. Ihre Augen sind dunkel und sie hat eine wilde, ungezähmte Ausstrahlung an sich, die ich zuvor nicht gesehen habe.

„Gefällt dir das?"

„I-ich weiß nicht."

Ich versohle ihr erneut den Hintern, etwas fester. „Ich bin mir ziemlich sicher, dass du es weißt.“ Honig tropft aus ihrer Spalte. Ich gleite mit einem Finger durch ihre Säfte. Sie stöhnt.

„Runter auf deine Unterarme, Schönheit.“

Als sie sich nicht rührt, verpasse ich ihr einen scharfen Klaps, der sie zum Kreischen bringt. „Oh mein Gott. Du bist… verrückt.“

„Du liebst es.“ Ich presse zwischen ihre Schulterblätter, um sie dazu zu ermutigen, sich auf den Teppich zu senken. Sie folgt meiner Führung. „Das ist es, Engel. Jetzt erzähl mir, dass du gefickt werden willst.“ Ich öffne meine Jeans, um meinen steifen Schwanz zu befreien.

„Du bist so… versaut.“

„Mm hm. Du hast mir nicht geantwortet, als ich fragte, ob es dir gefällt.“ Ich rolle ein Kondom über meinen Schwanz und ziehe die Eichel durch ihre Spalte.

„Es gefällt mir“, gibt sie zu. Mein Wolf vollführt einen Siegessalto.

„Gut.“ Ich packe ihre Hüfte mit einer Hand und drücke mich in sie. Sie schiebt sich nach hinten auf mich und ich gleite tief in sie.

Sie stöhnt.

„Du fühlst dich so gut an, Charlie.“

„Oh mein Gott.“

Ich fülle sie und ziehe mich zurück, genieße es, wie fest ihre glitschigen Wände meinen Schwanz drücken. Mir wird bewusst, dass das genau die Szene ist, die ich eigentlich vermeiden wollte. Charlies Hände und Knie auf dem Teppich aufzuschürfen, während ich sie von hinten auf ihrem Wohnzimmerboden ficke, ist nicht die Art von Kennenlerndate, die ich im Sinn hatte. Aber jetzt, da wir hier sind, bin ich hilflos und kann mich nicht stoppen. Ich muss sie schreien hören. Brauche es so sehr, wie ich meinen nächsten Atemzug brauche, dass sie auf meinem Schwanz kommt. Meine Frau zu befriedigen, ist ein Bedürfnis, das nie vergehen wird. Nicht, dass ich das möchte.

„Ja", haucht Charlie.

„Fühlt sich das gut an, Engel?" Ich kann einfach nicht anders. Ich fange an, mich schneller in sie zu hämmern.

„J-ja. So gut."

Verdammt. Ich bin verloren. Ich ramme mich kraftvoll in sie und packe ihre Hüften, um sie festzuhalten.

„Oh, ja!" Sie klingt überrascht. Alarmiert.

„Wirst du auf meinem Schwanz kommen, Charlie? Ihn fest drücken, wenn du wie ein Feuerwerkskörper explodierst?"

Sie wimmert.

„Greif unter dich und massier deine Klit", befehle ich ihr, denn ich bin anscheinend Mr. Bossy, wenn es darum geht, Charlie zum Kommen zu bringen.

Sie greift zwischen ihre Beine und ihre Finger streifen meine Schwanzwurzel sowie die Stelle, an der wir miteinander vereint sind. Anstatt ihre Klit zu massieren, spreizt sie ihre Finger und legt sie um meinen Schwanzansatz, wodurch sie mir eine zusätzliche Empfindung beschert.

„Fuck!", fluche ich, denn ich komme dem Höhepunkt immer näher. Ich hielt kaum fünfzehn Minuten durch und meine Frau ist noch nicht einmal gekommen.

Ich strecke die Hand aus, packe eine Handvoll ihrer kurzen Haare und ziehe ihren Kopf nach hinten. „Komm für mich, Charlie. Komm auf meinem Schwanz."

Ihr biegsamer Rücken drückt sich durch, um die Position einzunehmen, in der ich sie festhalte. Sie schreit protestierend auf, aber wundersamerweise funktioniert es. Ihre Muskeln pulsieren und drücken mich. Ich bleibe tief in ihr und halte ihren Kopf gefangen, bis sie fertig ist, und in dem Moment ziehe ich mich aus ihr.

„Komm her, Engel. Ich will nicht, dass deine Knie blaue Flecken kriegen.“ Ich schlinge meinen Arm um ihre Taille und helfe ihr beim Aufstehen. Den Arm fest um sie gelegt, begleite ich sie zum Sofa und beuge sie über die gepolsterte Armlehne.

„Spreiz deine Beine für mich.“

Ich drücke ihre Pobacken weit auseinander, bevor sie gehorcht, und bewundere den Anblick ihrer intimsten Körperstellen. Ihre enge, kleine Rosette und diese geschwollene, tropfende Pussy. „So hübsch“, murmle ich.

Sie schiebt ihre Beine weiter auseinander und dreht den Kopf, um in meine Richtung zu schauen. Ein Hauch von Schock zeichnet sich auf ihrem Gesicht ab. Niemand hat sie jemals zuvor versaut oder grob genommen.

Ich sollte nicht stolz auf mich sein, weil ich es getan habe, aber ich merke, wie sehr sie es liebt, auch wenn es vielleicht außerhalb ihrer Wohlfühlzone ist.

Ich stupse mit meinem Schwanz gegen ihren Hintereingang, nur um sie zu reizen.

Sie keucht, greift mit einer Hand nach hinten und tritt mit einem Bein aus.

„Zu früh?“, witzle ich. Ich presse mich wieder in ihre Pussy. „Das nächste Mal werde ich diesen Hintern nehmen und dir wird es gefallen.“

„Es gibt kein nächstes Mal“, informiert sie mich und bricht mir mein verdammtes Herz.

Doch ich mache weiter. „Wir haben ein Date“, rufe ich ihr in Erinnerung. Ich zwinge mich, langsam in sie rein und raus zu gleiten.

„Ein *Dinner*-Date.“ Sie wäre glaubwürdiger, wäre sie nicht so atemlos. Würde ihre Kehle nicht heiser klingen, weil sie so viel schrie, während ich sie fickte.

„Wir werden sehen“, sage ich, obwohl Sex nach dem Date nicht mein Endziel ist. Mein Endziel besteht darin, noch ein Date zu ergattern. Und noch eines. Ich möchte meine hübsche Frau davon überzeugen, dass sie nicht ohne mich leben kann.

Ich schlängle meine Hand unter ihre Hüften, um ihre Klit zu finden. „Wie berührst du dich gerne, Charlie?“ Ich massiere die kleine Perle mit meiner Fingerspitze.

„Oh! Ja.“

„So? Oder lieber… so?“ Ich werde langsamer und streichle sie in kleinen Kreisen.

„Lance“, keucht sie.

„Ne-he“, säusle ich. *Sag meinen Namen, Schönheit.*

„Ich brauche mehr.“

„Mehr hier?“ Ich lasse meinen Finger noch ein wenig kreisen. „Oder mehr hier?“ Ich dringe mit einem tiefen Stoß in sie.

„Dort. Ich brauche dich. Härter.“ Sie klingt verzweifelt, obwohl sie bereits gekommen ist.

„Aw, Baby. Ich werde dir alles geben, das du brauchst. Ich verspreche es.“ Ich stütze eine Hand auf das Sofa und hämmere mich in sie. Mein Sichtfeld verschwimmt, während mich die Lust überwältigt. Aber ich denke auch an ihre. Ich tippe-tippe-tippe auf ihre Klit, dann massiere ich sie.

„Ja, *ja*!“, schreit sie.

Ich lasse ein eindeutig wolfähnliches Knurren verlauten, kurz bevor ich wie ein Springbrunnen komme. Ihre Muskeln drücken mich, während sie gleichzeitig mit mir kommt. Ich ziehe meine Hand unter ihren Hüften weg und streichle über ihren schlanken, nackten Rücken. Hübscher, hübscher Mensch.

Charlie

. . .

WHOA.

Einfach nur Wow. Es ist wirklich schwer, sich vorzustellen, dass irgendein Mann den Sex mit Lance toppen könnte. Ich meine, unsere Chemie ist nicht von dieser Welt. Oder warte. Liegt es nur daran, dass seine Erfahrung nicht von dieser Welt ist?

Ich darf nicht vergessen, dass dieser Mann ein Player ist. Er ist nicht der geerdete, gefestigte Mann, nach dem ich auf der Suche bin und mit dem ich mich niederlassen möchte. Ich will einen freundlicheren, sanfteren Mann, der mir Sicherheit bieten und für immer bleiben wird. Jemanden wie einen Lehrer. Einen liebenswürdigen Tierarzt. Sogar einen Zahnarzt.

Meinem Körper ist es anscheinend egal, dass ich Lance im Kopf zurückweise, denn er summt und schnurrt vor Lust. Man sollte meinen, dass mir ein Player wie Lance das Gefühl geben würde, dass ich ihm in sexueller Hinsicht nicht gewachsen bin. Aber das Gegenteil ist der Fall. Ich habe mich noch nie sexier gefühlt. Heißer. Er benutzt diesen herrischen Tonfall und ich werde zu Butter.

Lecker.

Es ist so falsch, dass ich das hier noch einmal mit ihm tun möchte. Bald. Sehr, sehr falsch.

Lance legt einen Arm unter meine Brüste, um mich nach oben zu heben, bevor er sich aus mir zieht. Dann verlässt er mich, um das Kondom im Mülleimer im Bad zu entsorgen. Es gelingt mir, mich auf meine wackligen Beine zu stellen, sodass ich meinen Schlafanzug aufheben und wieder anziehen kann, als er zurückkehrt.

„Gib mir deine Nummer, Engel.“ Da ist wieder dieser herrische Tonfall. Er ist verflucht eingebildet. Ich fände das nervig, wäre da nicht die Tatsache, dass es ihm auch gelingt, mir seine Aufmerksamkeit zu schenken. Etwas, das ich von einem Kerl wie ihm nie erwartet hätte.

Ich meine, er hat meinen Bruder aufgespürt!

Das war verflucht *genial*.

Ich bin ihm definitiv etwas schuldig. Es ist witzig, wie er das Ganze so gedreht hat, dass der Sex eher sein Gefallen an mich war und das Date mein Gefallen an ihn. Ich meine, das ist das Gegenteil von dem, wie es bei einem Player eigentlich sein sollte, oder nicht?

Was verstehe ich in Bezug auf Lance Lightfoot nicht?

Ich schiebe mir die Haare aus dem Gesicht. „Ja. Okay."

Er reicht mir sein Handy und ich gebe meine Nummer ein, wobei meine Finger leicht zittern.

Er nimmt es wieder an sich und steckt es ein. „Ich verlasse morgen die Stadt, aber wenn ich zurückkomme, gehen wir auf dieses Date." Seine Grübchen zwinkern mir zu. Er ist so verdammt charmant.

Oh. Ich sollte nicht enttäuscht sein, weil es nicht bald sein wird. Ich sollte überhaupt nicht enttäuscht sein.

„Wohin gehst du?"

„Mmh, das ist geheim, Engel."

Meine Stirn legt sich in Falten. „Du gehst auf eine Mission?"

Er nickt einmal.

Ich weiß nicht, warum etwas in meine Magengrube fällt. Ich habe Lance nicht einmal als Kandidat für den Großen Plan in Erwägung gezogen, aber ich hasse es, dass er wahrscheinlich in so großer Gefahr schweben wird wie mein Bruder. Männer wie er sind Adrenalinjunkies. Einen Tag hier, den nächsten Tag fort, wie es meine Eltern waren, als ich klein war.

„Also bist du noch immer in Missionen involviert?" Ich beäuge ihn und dieses Beben der Furcht, das mich stets wegen Chad erfasst, setzt jetzt auch für ihn ein. „Sind deine Missionen so gefährlich, wie sie das waren, als du noch im Dienst warst?“ Als er zögert, erkenne ich die Wahrheit. „Sogar noch gefährlicher?“

Er zuckt mit den Achseln. „Lass uns einfach sagen, als mein Bruder beschloss, dass unsere Einheit aufhören sollte, packte die Regierung die Gelegenheit gleich beim Schopf, uns auf Arten einzusetzen, wie sie es nicht tun konnte, als wir noch Teil des Militärs waren.“

Die Furcht packt mich fester.

Lance scheint das zu bemerken, denn er berührt die Stelle zwischen meinen Brauen, wo ich meine Stirn gerunzelt haben muss. „Du musst dir keine Sorgen um uns machen. Wir sind speziell für diese Art von Arbeit ausgerüstet.“

Ich schlucke, weil mir das Ganze nicht gefällt. „Ich denke, das bedeutet nur, dass ihr Gefahr gegenüber desensibilisiert seid.“

Lance öffnet den Mund, dann scheint er es sich anders zu überlegen und schluckt seine Worte. Er zuckt mit den Achseln. „So was in der Art.“ Er beugt sich nach vorne und drückt mir einen Kuss auf die Schläfe. „Bist du okay? Habe ich dich befriedigt oder brauchst du noch eine Runde?“

Mein Lachen klingt heiser. „Du hast mich definitiv befriedigt.“

„Wo das herkam, gibt es noch mehr, Engel.“ Er zwinkert, doch als ich das Gesicht verziehe, verrutscht sein arrogantes Grinsen. „Ich bin allerdings auch für mehr als Sex gut“, sagt er.

Huh. Das ergibt keinen richtigen Sinn. Warum macht es den Eindruck, als würde Lance nach einer Freundin suchen? Er kommt mir definitiv nicht wie der Typ Mann vor, der sich niederlassen möchte.

„Ein Date“, sagt er. „Versprich mir, dass du mir ein Date lang unvoreingenommen gegenübertreten wirst. Dann kannst du wieder all deine Annahmen über mich glauben, wenn du willst.“

Meine Lippen teilen sich und ein Luftschwall kommt mit meiner Überraschung heraus. Mein Gesicht wird warm. „Es tut mir leid. Ich bin nur verwirrt, was das hier ist.“

Lance setzt sich mit einer Pobacke auf die Armlehne des Sofas und sieht dabei sexier aus, als es einem Mann zusteht. „Okay, darf ich ganz ehrlich sein?“

Ich verschränke die Arme vor der Brust und wappne mich gegen seinen Charme und was auch immer er mir gleich erzählen wird. „Ich bitte darum.“

„Die Wahrheit ist, dass ich das Gefühl habe, dass ich es bei dir vermasselt habe.“

Der Schock seiner Aussage sorgt dafür, dass etwas Flauschiges in meiner Brust explodiert. Als würde ein Löwenzahn plötzlich zu einer Pusteblume werden. „Was meinst du?“

„Ich meine, ich habe dich wegen eines One-Night-Stands angesprochen, da hast du recht. Aber dann realisierte ich…“ Er kaut auf der Innenseite seiner Wange und schaut zur Seite. „Ich weiß nicht, ich habe das Gefühl, als hätten wir eine echte Verbindung und ich will mehr als eine einmalige Sache. Ich wünschte, ich hätte das hier auf die richtige Weise begonnen.“

„Wow. Ich weiß nicht, was ich sagen soll.“ Ich kaue auf meiner Lippe. Es stimmt, wir haben eine überraschend lockere – und megaheiße – Verbindung, aber ich habe das der Tatsache zugeschreiben, dass er kein echter Beziehungskandidat für mich ist. Ich bin mir nur nicht sicher, ob ich ihn in diese Kategorie verschieben könnte. Ich meine, er ist das Gegenteil von dem, wonach ich suche. Das

Gegenteil von meinem Mann-Plan. Er ist alles, das ich durch den Großen Plan vermeiden wollte. Er ist vermutlich ein Adrenalinjunkie – süchtig nach Geschwindigkeit, Gefahr und Frauen. Er fordert den Tod mit jeder gefährlichen Mission heraus, auf die er geht.

„Wie stehst du dazu, Steuern zu machen?"

Er zuckt mit den Achseln. „Weiß ich nicht. Hab sie noch nie gemacht. Warum?"

„Kein Grund." Das ist nicht mein Mann.

Aber ich bringe es nicht übers Herz, ihm das zu sagen. Ich bin es ihm schuldig, ihm eine Chance zu geben.

Ich muss unvoreingenommen zu unserem Date gehen.

„Sag einfach, dass du mir eine Chance gibst?" Lance schiebt beide Hände in seine Hosentaschen und wirkt plötzlich weit weniger selbstsicher als sonst.

Ich beuge mich nach vorne und gebe ihm ein Küsschen auf die Lippen. „Absolut. Ich freue mich auf unser Date."

Es ist keine Lüge.

Zeit mit Lance zu verbringen, ist keine Qual. Ich will ihm nur nichts vormachen…

5

Charlie

Adeles Schokoladengeschäft ist pracht- und geschmackvoll so wie Adele selbst. Meine hübsche Freundin steckt in einem ihrer umwerfenden Outfits, die ihr so gut stehen – eine Seidenbluse und ein grauer Wollbleistiftrock. Wenn sie kocht, bindet sie sich eine Schürze um, aber ansonsten sieht sie einfach nur hinreißend aus. Wie die CEO einer schweizerischen Bank oder eines Modelabels oder so etwas.

Ich trage eines meiner T-Shirts, ein schlichtes, schwarzes, dessen witziger Spruch von einer rosa und weißen Schürze verdeckt wird. Meine Brüste sind heute geschwollen und das Shirt fühlt sich ein bisschen zu eng an. Ich habe mich freiwillig gemeldet, Adele in *The Chocolatier* dabei zu helfen, alles für den Weihnachtsansturm vorzubereiten. Tabitha hat ebenfalls mehrere Tage geholfen, aber musste heute auf eine Schmuckausstellung. Ohne sie ist der Laden ruhig.

Was gut ist. Das gibt Adele und mir Zeit, uns zu unterhalten, wenn keine Kunden anwesend sind. Der Stress, den ich bei meinem Geburtstagsessen das erste Mal an ihr bemerkte, zieht ihre Stirn nach wie vor zusammen. Die Ringe unter ihren Augen sind dunkler und ihre hellbraune Haut leuchtet etwas weniger.

„Also was ist bei dir wirklich los?", platzt es schließlich aus mir heraus, als sich der Laden leert.

Adele zieht eine schmale Braue hoch, aber ordnet weiterhin die speziell zusammengestellten Pralinentütchen neu an. „Also was ist mit deinem Typen passiert? Mr. One-Night-Stand?", feuert sie zurück.

Ich beiße mir auf die Lippe. So wird es also ablaufen. Auge um Auge, Zahn um Zahn. Ein fairer Informationsaustausch. „Wir haben miteinander geschlafen."

„Und du hast es mir nicht erzählt?" Adele richtet sich auf und lehnt sich an die Theke. „Wie war es?"

„Es war gut." Röte kriecht meinen Hals hinauf. „Wirklich gut."

„Und warum hast du mir nichts erzählt?"

Ich zucke mit den Schultern. „Ich wollte keine große Sache daraus machen. Ich hatte Spaß. Und dann hatten wir noch einmal Sex."

„Wie bitte?" Adele hält sich die Hand ans Ohr. „Hast du gerade gesagt, dass Mr. One-Night-Stand noch eine Nacht wollte?"

„Ich weiß, stimmt's?" Die Hitze erreicht nun meine Wangen. „Wer hätte das gedacht?"

„Vielleicht bringt ihn ja die richtige Frau dazu, seine Lebensweise zu ändern." Sie widmet sich wieder den Pralinen, aber hebt den Kopf, als ich schweige.

„Ähm, ja, er will sich tatsächlich noch einmal mit mir treffen. Ich glaube… er will mehr. Mit mir. Ich weiß nicht, was ich tun soll."

„Und ich höre erst jetzt davon?“ Nun liegen Adeles Hände auf ihren Hüften. Ich stecke in Schwierigkeiten.

„Es sollte ein One-Night-Stand sein!“ Ich lasse meinen Kopf auf die Theke fallen. „Ich wollte es niemandem erzählen, weil es sich dann zu echt angefühlt hätte.“

„Aber er will mehr.“

„Ja“, stöhne ich.

„Und du nicht?“

„Ich… ich weiß es nicht. Der Sex war genial. Es ist nur… ich weiß nicht, ob ich es tun kann, weißt du? Ich meine, ich bin in dem Alter, in dem ich nach einem Lebenspartner suchen muss. Lance weiß wahrscheinlich nicht einmal, wie man die Steuern macht.“

Adele blinzelt. „Und warum spielt das eine Rolle?“

„Kein Grund“, murmle ich. „Ich dachte nur, es wäre nett, jemanden zu heiraten, der auch unsere Steuern machen könnte.“

„Nun, vielleicht ist es gar nicht so schlimm“, sagt Adele langsam. „Hast du ihn nach seiner Meinung zu einer Kakteenfarm gefragt? Oder Fici?“

Als ich meinen Kopf hebe, sehe ich den Hauch eines Lächelns auf ihrem Gesicht. „Du machst dich über mich lustig“, murre ich.

„Charlie, meine Mémère hatte einen Spruch: *Der Mensch denkt, Gott lenkt.* Ich weiß, du willst, dass sich dein Leben so entwickelt, wie du es dir vorstellst, aber…“

„Ich weiß“, ächze ich. „Ich weiß. Ich wollte nur mehr Stabilität in meinem Leben. Vor allem, weil ich Kinder will.“ Wie wäre es wohl, mit Lance Kinder zu haben? Sofort stelle ich mir eine Schar flachsblonder Kinder vor, die im Kreis um mich tollen. *Vergiss es*, mischt sich meine Vernunft ein. Lance würde in die entgegengesetzte Richtung jeglicher Verantwortung rennen.

„In Ordnung“, sage ich und gehe um die Theke, damit

ich ihr dabei helfen kann, die Pralinentütchen auszustellen. „Du bist dran. Ich habe dir mein Geheimnis verraten, jetzt erzählst du mir deins.“

„Na schön.“ Adele seufzt und akzeptiert meinen abrupten Themenwechsel. „Es geht um Bing.“

„Dein Geschäftspartner?“ Ich ziehe die Nase kraus. Ich habe Bing nie offiziell kennengelernt, ihn jedoch in der Stadt gesehen. Er ist ein Scheckbuchhippie – eine bestimmte Sorte Einwohner von Taos. Kein Job; nur ein Treuhandfond und reiche Eltern und eine Tendenz, Gras zu rauchen und Bob Marley Shirts zu tragen. Ich kenne keinen Scheckbuchhippie richtig gut, weil mir Patschuli-Öl, vor allem wenn es an Stelle eines Deos aufgelegt wird, Tränen in die Augen treibt.

„Ich glaube, er nimmt Geld aus unserem Konto“, sagt Adele. „Letzte Woche sollte ich eigentlich die Miete bezahlen. Das ist jetzt schon der dritte Monat in Folge, dass ich das Geld auf dem Konto hatte und es einfach verschwand, bevor ich den Vermieter bezahlen konnte.“

„Oh mein Gott.“ Mir dreht sich der Kopf. „Konntest du die Miete bezahlen?“ Das hier ist eine sehr gefragte Immobilie in Taos, da sie direkt an der Hauptgeschäftsstraße und so nahe an der Plaza liegt, dass *The Chocolatier* viel Laufkundschaft hat und von vielen Touristen aufgesucht wird. Adele muss kaum Werbung machen, aber ihre Miete ist wahrscheinlich hoch.

„Ich habe sie bezahlt.“ Adele winkt mit einer Hand ab. „Ich musste sie von meinen Ersparnissen bezahlen. Und das war das dritte Mal.“

Mir wird schlecht. „Adele, Bing bestiehlt dich.“

„Es ist auch sein Geld“, sagt sie abwehrend. „Er hob früher ständig Geld von dem Konto ab und sagte mir, dass es irgendeine Investition für das Geschäft sei. Aber jetzt hat er jegliche Heuchelei aufgegeben. Und ich kann ihn nicht einmal erreichen."

„Das tut mir so leid", sage ich. Ich hatte nie Interesse daran, mein eigenes Geschäft zu haben (abgesehen von einem Projekt, wenn ich in Rente bin). Ich war schon immer beeindruckt von Adeles Mut. Sie ist so klug und arbeitet so hart. „Wie kann ich dir helfen?"

„Du hilfst mir bereits", erwidert Adele. „Ich dachte eigentlich, dass ich mittlerweile in der Lage wäre, ein paar Leute einzustellen, die mir mit dem Laden helfen. Aber da das Geld verschwindet…" Sie schüttelt scharf den Kopf. „Und Bing ist keine Hilfe."

„Nein. Es klingt nicht so, als wäre Bing irgendeine Hilfe. Ganz im Gegenteil." Ich will mehr sagen, aber in meinem Magen rumort es. Sadie oder Tabitha wüssten genau, was sie sagen sollten – Sadie wäre lieb und Tabitha würde Pläne schmieden, Bing aufzuspüren und ihn auf einem Hügel Feuerameisen an einen Schandpfahl zu fesseln, bis er verspräche, das Geld zurückzugeben.

Ich lege eine Hand auf meinen Bauch und atme tief durch, um die Übelkeit zu vertreiben.

Wie sehen die nächsten Schritte für Adele aus? Ein Anwalt? Was, wenn sie sich keinen leisten kann? Was, wenn Bing so viel stiehlt, dass sie pleitegeht? Das Leben in Taos wird ohne *The Chocolatier* nicht das gleiche sein. Und was wird Adele tun?

Bevor ich irgendetwas sagen kann, klingelt die Glocke über der Tür und eine Kundin läuft herein. Sie ist eine schlanke Frau mit aschblonden Haaren, die sorgfältig frisiert sind, doch ihre Augen sind rot und ihr Mascara verschmiert.

„Ich bin gerade von Santa Fe hierhergefahren. Ich will eins von allem", verkündet sie und schlägt sich eine Hand vor den Mund, ist jedoch zu spät, um ihr Schluchzen zurückzuhalten. Sie beugt sich vornüber und legt ihren Kopf direkt auf die Theke in einer Position, mit der ich nur allzu vertraut bin.

„Ach, Schätzchen", summt Adele. Sie lässt alles stehen und liegen und geht zur Theke, um die Frau zu trösten. Ich drücke mich im Hintergrund herum, schnappe mir eine große Schachtel und mache mich daran, sie zu füllen, während ich nach wie vor in Habachtstellung bin, damit ich Adele helfen kann, falls nötig.

„Erzähl mir alles." Adele ist jetzt komplett im Bemutterungs-Modus. Innerhalb von Sekunden hat sie einen kleinen weißen Porzellanteller gezückt und einige Pralinenproben kunstvoll auf einer goldenen Tortenspitze arrangiert.

Die Kundin schnieft, doch Adele ist bereit und reicht der armen Frau ein Stofftaschentuch.

„Er schläft mit der Nanny", heult die Frau und wischt Tränen sowie verlaufenes Mascara weg, während Adele mitfühlende Laute von sich gibt. „Ich wäre nie dahintergekommen, aber Barbara vom Tennisdoppel hat es mir erzählt. Die Hexe."

Adele stimmt zu, ohne klar zu stellen, wer die Hexe ist: die Nanny oder Barbara vom Tennisdoppel. Sie bedeutet mir, eine zweite pinke und weiße Schachtel zu holen. Ich schnappe mir eine und fange an, sie mit den cremegefüllten Trüffeln zu bestücken.

„Wie konnte er mir das nur antun?", schluchzt die Frau. „Ich habe mir gerade erst die Brüste machen lassen!"

Nach einer halben Stunde hört die Frau zu weinen auf und beginnt, ihre Rache zu planen. Adele und ich schicken sie mit drei Tüten voller Schachteln mit Schokolade, Trüffeln und Pralinen auf den Weg, aber nicht ehe Adele der Frau das Versprechen abnimmt, mit einem Anwalt zu reden, bevor sie irgendetwas tut, wie beispielsweise die Golfschläger ihres Ehemannes in den Fluss zu werfen.

Man muss sie von den Golfschlägern ihrer Ehemänner fernhalten, erzählte sie Tabitha, Sadie und mir einst an einem Merlot-dramatischen Mittwoch. *Schlimme Dinge können passieren. Man will schließlich nicht, dass die Cops an die Tür klopfen und versuchen, einen des Mordes zu beschuldigen.*

„Das passiert oft, oder?“, murmle ich, während ich einige weiße Trüffel in niedliche, kleine Tüten mit dem Logo von *The Chocolatier* werfe.

„Ungefähr einmal pro Woche“, bestätigt Adele.

„Du bist wirklich gut darin.“

„Ich freue mich, dass mein Psychologieabschluss doch zu irgendetwas gut ist“, sagt sie mit einem schiefen Grinsen und wir lachen beide. Adeles Eltern wollten, dass sie Psychologin oder Ärztin wird wie sie. Es war ihre Mémère, die ihr das Startkapital gab, damit sie *The Chocolatier* eröffnen konnte. Wenn ich mich richtig erinnere, stellte Bing den Rest des Geldes und forderte einen Gefallen ein, um ihnen das perfekte Ladengeschäft zum Mieten zu besorgen.

The Chocolatier darf nicht pleitegehen. Ein Kloß steckt mir in der Kehle, als ich das Adele erzähle. Ich umarme sie, was sie annimmt, aber sie bedenkt mich mit einem strengen Blick, als wir uns voneinander lösen.

„Denk nicht, ich hätte vergessen, dass du vorhin das Thema gewechselt hast. Ich will wissen, was du wegen Lance unternehmen wirst.“

„Ähm, ja. Deswegen.“ Ich spiele an dem Glas mit Toffees herum, bis Adele die Arme vor ihrer Brust verschränkt.

„Charlotte Louise.“ Sie klingt mütterlicher, als es meine Mutter jemals tat.

„Na schön“, lenke ich ein. „Ich werde alles mit dir

durchsprechen, aber nur wenn ich einen Earl Gray Trüffel probieren darf. Ich bin in letzter Zeit irgendwie ganz verrückt danach."

„Mmmhmm", summt sie, aber greift nach einem zweiten weißen Porzellanteller und einer goldenen Tortenspitze.

Ein Geräusch in den Räumlichkeiten, die dem Verkaufsraum angeschlossen sind, lässt uns innehalten. Die Tür öffnet sich mit einem Klingeln – die Hintertür. Ich schaue mit großen Augen zu Adele.

„Warte hier", formt sie mit den Lippen und rennt nach hinten. „Bing?" Ihr frostiger Tonfall dringt bis in den Verkaufsraum. „Wir müssen reden." Sie klingt ruhig und professionell, aber ich renne trotzdem zur Eingangstür, schließe sie ab und drehe das Schild um, auf dem *Mittagspause* steht.

Daraufhin renne ich nach hinten, um sicherzustellen, dass Adele ihren Partner nicht ermordet.

Adele ist bereits dort und hat sich vor einem weißen Kerl mittleren Alters aufgebaut. Bing, der Geschäftspartner, hat seine langen Haare nach hinten zu einem Pferdeschwanz gebunden, und trägt ein verblasstes Grateful Dead Shirt, das nach Gras stinkt. Typischer Scheckbuchhippie. „Christopher Eugene Ford", sagt Adele und der Blick des Mannes sinkt auf seine Birkenstocks. Sie atmet geräuschvoll aus und dreht sich zu mir, um zu erklären: „Sein echter Name ist Chris. Aber als er nach Taos zog, benannte er sich in *Bing* um."

Ich verdrehe die Augen. Nur in Taos kommt so etwas vor. Wir haben eine Menge ‚Jims' und ‚Brendas', die sich in ‚Zen' und ‚Moonjuice' umbenannt haben.

„Hey, Adele." Der Geschäftspartner, ehemals bekannt als Christopher, schart mit den Füßen. Er sieht aus wie ein Kind, das mit der Hand in der Keksdose erwischt wurde.

„Hast du etwas für mich?" Adele verschränkt die Arme vor der Brust. „Wie zum Beispiel das Geld für die letzten drei Monatsmieten?"

„Ahh, ja." Er fährt sich über den Nacken. „Ich kann es dir besorgen. Ich brauche nur – es gibt da eine Investition, die ich gemacht habe, und…" Er verstummt, als Adele scharf mit ihrer Stiefelspitze auf den Boden klopft.

Ich halte die Luft an und mache mich darauf gefasst, dass sie ihn einen Kopf kürzer machen wird.

Doch ihre Schultern sacken bloß nach unten. „So kann es nicht weitergehen, Chris", sagt sie, wobei sie erschöpft klingt. „Wenn du weiterhin so viel Geld für deinen persönlichen Gebrauch abhebst, verlieren wir das Geschäft."

Ich trete zurück in den Verkaufsraum, bevor ich Bings/Chris' gemurmelte Antwort hören kann. Jetzt, da ich mir sicher bin, dass Adele ihn nicht umbringen wird, will ich ihr privates Gespräch nicht belauschen. Außerdem fühlt es sich falsch an, Adele so niedergeschlagen zu sehen.

Ich beiße mir auf die Lippe und frage mich, ob ich Sadie und Tabitha davon erzählen sollte. Ich will nicht, dass Adele das alles allein durchsteht, aber es ist ihr Geschäft.

Ich wünschte, es gäbe eine neutrale Person, der ich mich anvertrauen könnte. Jemanden, der mir seine starke Schulter anbieten würde, an die ich mich lehnen könnte, und der sich mutmaßlich dafür interessieren würde.

Es ist schon eigenartig, dass die erste Person, die mir in den Sinn kommt, Lance ist.

6

Santiago, Chile

Lance

„Lance, kannst du mich hören? Du musst etwas sagen.“ Die Anspannung in Rafes Stimme veranlasst mich dazu, die Augen zu öffnen. Nicht wegen des Alphabefehls, den er benutzte, sondern weil ich Angst heraushöre. Ein Tonfall, den ich nicht ertragen kann, wenn er von unserem Alpha kommt.

Von meinem Bruder.

Ich habe diesen Tonfall nur ein anderes Mal gehört und das war am schlimmsten Tag unseres Lebens.

„Ich höre dich“, gelingt es mir, hervorzubringen.

Diese Mission in Chile ist schnell schiefgegangen. Es war nicht wie letzten Monat in der Schweiz, als wir auf einer Aufklärungsmission waren und plötzlich aufflogen. Wir wissen noch immer nicht, wie das passierte – wer der Maulwurf war. Das war nur ein Fall von Pech. Manchmal gehen Dinge eben schief.

Für diese Mission wurden wir von der CIA losgeschickt, um den Waffenhändler Vincent Sarcero seiner enormen Geldvorräte zu berauben. Im Grunde genommen hoffte unsere Regierung, seinem Treiben ein Ende zu setzen und einen großen Deal zu stoppen, bevor er über die Bühne gehen konnte, indem wir sein Kapital stahlen. Warum wir ihn nicht einfach töten konnten, wurde uns nicht mitgeteilt, aber sie wollten ihn lebendig und handlungsunfähig.

Wir verbrachten zehn Tage damit, den Ort zu beobachten und unseren Plan zu schmieden. Zehn lange Tage, die ich von Charlie getrennt war. Meiner süßen Gefährtin. Derjenigen, die ich noch nicht für mich beansprucht habe. Die quasi nur unter Protest einem Date mit mir zugestimmt hatte.

Wir packten das Ganze an, als sei es ein Raubüberfall und wir gerissene Diebe. Wir observierten den Laden, kannten ihre Security und hatten einen guten Plan.

Wir kamen ohne Probleme rein. Das einzige Problem bestand darin, dass wir dachten, das Geld wäre im Safe. Unser Plan war, eine Bombe im Inneren zu entzünden und alles zu Asche zu verbrennen.

Aber wir hatten falsche Informationen zum Inhalt des Safes erhalten. Es war kein Geld darin. Er beherbergte Goldbarren. Also mussten wir den Plan spontan ändern und diesen Scheiß dort rausholen. Ich schlug vor, die Mission abzubrechen und uns neuzuformieren – wir hätten am nächsten Abend mit den nötigen Mitteln zum Transport des Goldes zurückkehren können. Rafe traf jedoch die Entscheidung, dass wir weitermachen sollten.

Also wurde unsere eigentlich dreißigminütige Operation zu einer Sache, die die ganze Nacht lang dauerte, weil wir wiederholt in die Villa laufen und Goldbarren rausschleppen mussten. Zum Glück waren wir stark und schnell. Wir hatten unsere Hausaufgaben in Bezug auf die Security gemacht. Die Wachhunde hatten wir betäubt; die Security-Kameras hatten wir angezapft und speisten sie mit einer falschen Aufnahme.

Doch um fünf Uhr heute Morgen, als der Wachwechsel stattfand, entdeckte jemand unser Fahrzeug, das in der Nähe der Mauer geparkt war, damit wir es besser beladen konnten.

Das gesamte Gelände veränderte sich innerhalb von sechzig Sekunden von totenstill in ein Kriegsgebiet. Ich war in dem Raum mit dem Safe und wurde auf frischer Tat ertappt.

Ich kassierte ein Dutzend Schüsse aus einer Halbautomatik und ging zu Boden, um mich totzustellen, bis ich mich verwandeln und von dort verschwinden konnte.

Das Problem war, dass sich der Raum nicht leerte. Immer mehr Arschlöcher kamen rein. Ich hätte dort drin festgesessen und wäre verblutet, bevor mich mein Wolf hätte heilen können. Ich verwandelte mich, was die Männer gerade so lange erschreckte, dass ich durch die Tür gelangen konnte. Doch ich fing mir noch ein Dutzend Schüsse in meinem Rücken ein, während ich der Szene entfloh.

Deke und Rafe kamen, um mich zu retten, und hatten keine andere Wahl, als die Männer zu töten, die mich gesehen hatten. Nicht ganz die heimliche, ruhige Geschichte, die es eigentlich hätte sein sollen.

Jetzt rasen wir im Truck davon, der wegen der Goldbarren, auf denen ich blutend liege, fast zu schwer ist.

„Um Himmels willen, wie viele Kugeln hat er sich eingefangen?“ Channing klingt auch panisch.

Ich muss wirklich schlimm aussehen.

„Zu viele.“ Und wieder ist es die Qual in Rafes Stimme, die mich dazu bringt, die Augen zu öffnen.

„Nicht zu viele“, röchle ich. „Gib mir nur eine Minute.“

„Warum kannst du dich nicht verwandeln?“, verlangt Rafe zu wissen.

Kann ich das nicht? Warum bin ich in Menschengestalt? Ich erinnere mich nicht einmal daran, dass ich mich zurückverwandelt habe. In Wolfgestalt heilen wir schneller.

Ich versuche, mich zu verwandeln, aber Rafe hat recht. Ich kann es nicht.

„Befehle es“, murmle ich.

„Denkst du, das hätte ich noch nicht versucht? *Verwandle dich.*“ Rafe benutzt einen Alphabefehl, was eine biologische Reaktion, ihm sofort zu gehorchen, in mir auslösen sollte.

Ich registriere den Befehl kaum in meinen Zellen. Was das angeht, ich registriere meinen Körper kaum.

„Wurde ihm in den Kopf geschossen?“, dringt Dekes blecherne Stimme durch das Funkgerät. Er fährt wohl den Truck.

Jemand bewegt meinen Kopf, als würde er ihn inspizieren. „Fuck.“ Es ist Channing.

„*Wurde ihm in den Kopf geschossen?*“, würgt Rafe hervor. Die Panik in seinem Tonfall ruft ein weiteres Mal die Erinnerung an unser Kindheitstrauma in mir wach. Der Klang der Stimme unseres Vaters, als er uns befahl, uns zu verwandeln und zu fliehen. Uns zu verstecken.

Der Klang von Rafes Stimme, als wir zurückgingen und die Leichen unserer Eltern fanden.

„Ja." Channing moduliert seine Stimme so, dass es lässiger klingt. „Aber die Kugel kommt schon raus, siehst du?"

„Verwandle dich, Arschloch", befiehlt Rafe erneut.

Dieses Mal gehorcht mein Körper. Ich nehme meine Wolfgestalt an. Der Geruch meines blutverklebten Fells ist zu stark für meine empfindliche Nase. Ich keuche und bin stark geschwächt, aber ich kehre in meinen Körper zurück. Ich fühle den Schmerz und auch die Heilung.

„Wie geht es ihm?", blafft Deke.

„Er hat sich verwandelt." Ich höre die Erleichterung, die in Rafes nach wie vor gestresst klingender Stimme mitschwingt.

„Gut. Dann zum nächsten Problem. Wie zum Henker sollen wir dieses Gold loswerden?"

Rafe schweigt einen langen Moment, dann befiehlt er: „Fahr direkt zum Flughafen. Wir werden ein Privatflugzeug nehmen."

„Wir nehmen es mit?" Channing klingt überrascht.

„Ich muss Lance nach Hause bringen, damit er heilen kann. Hast du eine andere Idee?"

„Wir könnten an irgendeinen abgelegenen Ort fahren und es vergraben."

„Ich will es nirgendwo zurücklassen, wo es Sarcero wieder in die Hände kriegen kann. Und ich bezweifle, dass er aufhören wird, danach zu suchen."

Verdammt. Das bedeutet, dass Sarcero noch am Leben ist. Ich hatte gehofft, dass er in dem Kampf ausgeschaltet wurde.

„Vielleicht können wir den US-amerikanischen Zoll dazu bringen, es zu beschlagnahmen. Sehr öffentlich, aber ohne dass unsere Namen genannt werden. Auf diese Weise stellt er seine Jagd ein. Er wird vielleicht versuchen, uns zu finden, um Rache zu nehmen, aber er wird nicht denken, dass wir es noch immer haben."

„Gute Idee, Channing, sie gefällt mir", sagt Rafe.

Mir gefällt gar nichts davon. Denn ich habe jetzt eine Frau, an die ich denken muss, wenn ich über irgendeinen Waffenhändler nachdenke, der alle Hebel in Bewegung setzen wird, um die Männer aufzuspüren, die er für Diebe hält. Tatsächlich wünsche ich mir, dass wir einfach reingegangen wären und Sarcero ein für alle Mal ausgeschaltet hätten. Ich bezweifle, dass es für die CIA einen Unterschied gemacht hätte. Es war wahrscheinlich Rafes Entscheidung, unsere Hände mit so wenig Blut, wie möglich, zu besudeln.

Ich denke, da hat er sich verkalkuliert.

~

Lance

Zwanzig Stunden später landen wir in Taos. Wir stoppten in Dallas, um durch den Zoll zu gehen, wo das Gold ‚beschlagnahmt' wurde – alles war vorher von der CIA arrangiert und öffentlich einem Drogenkartell in die Schuhe geschoben worden.

Ich blieb währenddessen in Wolfgestalt, womit ich einigen Zollbeamten und CIA-Agenten eine Scheißangst einjagte, die von der Entdeckung überrascht waren, dass unser Team einen sehr großen Drogen- und Geldspürhund auf Operationen einsetzte. Wenigstens hatten die Kerle das Blut von mir gewaschen, bevor ich ins Flugzeug stieg.

Jetzt, da wir zurück sind, nehme ich wieder Menschengestalt an und bin in sehr viel besserer Verfassung, als ich das noch vor einem Tag war.

Vor allem, als mir einfällt, dass ich ein Date habe.

Ich ziehe eine Hose und T-Shirt an und greife nach meinem Handy, um Charlie zu schreiben. *Ich bin wieder im Land. Dinner heute Abend?*

Rafe verengt die Augen. „Wem schreibst du?“

„Tu nicht so, als wüsstest du es nicht.“ Wegen der noch vorherrschenden Schmerzen in fast jedem Teil meines Körpers mangelt es mir ein wenig an meiner üblichen guten Laune.

„Du kannst dich nicht mit ihr treffen“, warnt er.

Er ist mein Alpha, was bedeutet, dass es nicht gut gehen wird, wenn ich ihm sage, er solle sich um seinen eigenen Scheiß kümmern. Dennoch will ich, dass er sich um seinen eigenen Scheiß kümmert.

„Mir geht's gut.“ Das ist eine Lüge. Es muss an der Kugel liegen, die ich in den Kopf bekam, oder vielleicht liegt es auch nur an der schieren Anzahl Kugeln, die ich einfing, aber meine Heilung verläuft langsamer, als ich das gerne hätte. Mein Atem geht noch immer röchelnd und ich bin schwach und überall angeschlagen.

„Den Teufel wirst du tun“, blafft Rafe. „Und du weißt, dass du dich ihr so nicht zeigen kannst.“

Ich ziehe eine Braue hoch, weil das nicht stimmt. Wenn Charlie irgendein beliebiger Mensch wäre, dann ja. Ich könnte sie nicht Zeugin meines Heilungsprozesses werden lassen. Aber Charlie ist meine Gefährtin. Ich habe vor, ihr zu erzählen, was ich bin, sowie ich der Meinung bin, dass es sie nicht verjagen wird. Dennoch hat Rafe vermutlich recht. Das hier ist nicht die Art und Weise, wie ich es ihr erzählen möchte.

Aber der Gedanke, unser Date noch einen Tag hinauszuzögern, weckt den Wunsch in mir, ein Loch durch die Wand dieses Flugzeugs schlagen zu wollen.

Wie sich herausstellt, ist die ganze Diskussion ohnehin

irrelevant. Denn als wir aus dem Flugzeug steigen, schreibt mir Charlie zurück: *Mir geht's heute nicht so gut – eine Magengeschichte. Können wir warten?*

Klar, antworte ich, aber mein Wolf knurrt bei der Vorstellung, dass es ihr nicht gut geht. Das Bedürfnis, mich sofort zu verwandeln und geradewegs zu ihr zu rennen, zwingt mich dazu, anzuhalten, die Augen zu schließen und tief Luft in meine noch heilenden Lungen zu ziehen.

„Geht's dir gut?“ Deke legt eine riesige Pranke auf meine Schulter.

„Yeah. Meiner Gefährtin geht es nicht gut.“

Fuck. Ich wollte das eigentlich nicht sagen. Dem Rest der Jungs habe ich noch nicht von Charlie erzählt.

Dekes Brauen senken sich. „Was jetzt?“

Ich schüttle den Kopf. „Nichts. Vergiss es.“

„Ne, ne. Du sagtest *Gefährtin*. Von wem zum Teufel sprichst du?“

Ich knirsche mit den Zähnen. „Sie hat mich noch nicht akzeptiert“, murmle ich.

„Wer ist es?“, verlangt Deke zu wissen, womit er jetzt auch Channings Aufmerksamkeit erregt. Wenigstens ist Rafe gegangen, um noch etwas mit dem Piloten zu besprechen.

„Haltet beide einfach die Klappe.“

Channing verschränkt die Arme vor seinen Hollywood-Brustmuskeln. „Wir bewegen uns nicht vom Fleck, bis du es ausspuckst.“

„Es ist Charlie.“ Ich schaue zu Deke und flehe ihn stumm nach etwas an, weiß jedoch nicht einmal wonach. Er hat eine menschliche Gefährtin. Ich hoffe, er wird irgendwie wissen, wie er mich vor den Qualen retten kann, die ich gerade verspüre. Ich sterbe, weil ich sie noch nicht beansprucht habe. Ich sterbe, weil ich sie seit zehn Tagen nicht gesehen habe. Und vor allem sterbe ich, weil sie mir jetzt erzählt hat, dass es ihr nicht gut geht.

Mein Verlangen, loszuziehen, ihr zu helfen und sie zu beschützen, überwältigt sämtliche Vernunft.

Dekes Augen weiten sich. „Sadies Charlie?“, fragt er.

„Yeah. Wir hatten einen One-Night-Stand.“

Dekes Augen verengen sich zweifelnd. „Ich weiß nicht, warum zum Henker du ein Gespräch über deine Gefährtin mit, *wir hatten einen One-Night-Stand*, beginnst. Nur du, Arschloch. Bist du dir sicher, dass sie deine Gefährtin ist? Ich meine…“

Ich knurre und packe sein Shirt, obwohl ich nicht in der Verfassung für eine Rauferei bin und ich gegen Deke niemals gewinnen würde – er ist riesig. „Meinst du, das weiß ich nicht?“ Ich bringe mein Gesicht ganz nah an seines. „Ich habe es granatenmäßig verbockt. Ich habe meine eigene verdammte Gefährtin erst erkannt, als ich sie nackt unter mir hatte, und jetzt weiß ich nicht, wie ich ihre Meinung über mich ändern kann.“

Dekes Miene wird mitfühlender. „Aw, Scheiße, Lance. Das hast du nicht getan.“

Ich nicke niedergeschlagen. „Das habe ich. Meine Zähne kamen runter, um sie zu markieren, und *erst da* wurde mir endlich klar, warum ich so scharf darauf war, sie flachzulegen.“

„Der Schürzenjäger kriegt endlich, was er verdient“, gluckst Channing.

Ich will ihm die Fresse polieren. „An dieser Situation ist gar nichts Witziges.“

Channing verbirgt sein Lächeln. „Stimmt. Ich fühle deinen Schmerz, Mann.“

„Nein“, ich schüttle den Kopf, „das tust du nicht. Du hast keine verdammte Ahnung.“

„Richtig. Nun, das stimmt.“ Channing sieht so aus, als genieße er das Ganze enorm.

„Nun, ich bin mir sicher, dass sich letzten Endes alles zum Guten wenden wird“, sagt Deke, doch Zweifel schwingen in seiner Stimme mit. „Versuche vielleicht, sie erst einmal kennenzulernen, bevor du dich wieder in die Horizontale mit ihr begibst.“

„Yeah, kein Sex, Mann.“ Klasse. Ich klinge wie ein Viertklässler. Diese Frau sorgt dafür, dass ich sämtliche Gehirnzellen verliere.

Rafe kommt zu uns und wir heben unsere Taschen auf und marschieren von der Landebahn zu dem Parkplatz, auf dem wir den Humvee zurückließen.

„Setz mich irgendwo ab, wo ich mich verwandeln kann“, sage ich zu Rafe, der sich hinter das Lenkrad schiebt.

„Was? Warum?“

Als ich nicht antworte, dreht er sich auf seinem Platz um, um zu mir zu schauen. „Nein.“

„Lass mich einfach raus.“

Ich höre, wie er mit den Zähnen knirscht, und ein Knurren setzt in meiner Kehle ein.

Ich rechne damit, dass mir Rafe eine Standpauke halten wird, die sich gewaschen hat, doch er bleibt ruhig. „Im Ernst, Alter? Du wirst wieder ihre Zustellroute stalken?“

„Fick dich.“ Definitiv noch immer ein Viertklässler. Ich wusste nicht, dass Rafe weiß, dass ich sie gestalkt habe.

„Lass dich nicht erwischen, Arschloch.“ Er fährt an den Straßenrand, wo ich in einem Salbeibusch verschwinden kann. „Ich erlaube dir das nur, weil du in Wolfgestalt am schnellsten heilen wirst.“

Ich sollte *Danke* sagen, aber seit dem Mord an unseren Eltern ist seine Sorge um mich erdrückend. Es ist schwer, immer der kleine Bruder zu sein. Er trägt die Verantwortung der ganzen Welt auf seinen Schultern. Ich überhaupt keine.

„Man sieht sich." Ich verwandle mich und renne davon, denn mein Wolf ist ganz wild darauf, endlich wieder Charlies Duft zu riechen.

7

Charlie

Meine Hände zittern, während ich den Inhalt der Plastiktüte auf mein Bett kippe. Ich kaufte einfach von jeder Marke, die sie bei Walgreens hatten, einen Schwangerschaftstest. Mir ist jetzt schon seit einigen Tagen übel, aber ich dachte mir nichts dabei, nicht bis ich mich heute Morgen übergab und realisierte, dass meine Periode auch überfällig ist.

Fuck, fuck, fuck.

Ich nehme doch die Pille! Das hier sollte nicht passieren. Ich meine, ich nahm die Pille und Lance benutzte ein Kondom. Wie groß ist schon die Wahrscheinlichkeit, dass ein Kondom reißt *und* die Pille nicht wirkt? Ziemlich klein, da bin ich mir sicher!

Ich hole tief Luft und stoße sie wieder aus. Schmetterlinge flattern in meinem Bauch. Oder vielleicht ist das die Morgenübelkeit.

Das war nicht der Plan. Versehentlich von einem Player schwanger zu werden, ist das Gegenteil des Plans.

Er ist vielleicht gar kein Player, flüstert etwas, das unter all der Panik lauert.

Bevor er ging, machte es den Anschein, als versuchte er, mir eine andere Seite von sich zu zeigen. Aber er ist nach wie vor kein solider Partner. Er ist ein Agent in einem höchstgefährlichen Feld. Nicht gerade der Typ Vater, den ich für mein Kind wollte.

Ich wollte sicher. Berechenbar. Jemanden, der nichts dagegen hätte, einen Minivan zu fahren und unsere Steuern zu machen.

Okay, ich bin zu voreilig. Das hier ist vermutlich nur falscher Alarm. Meine Gedanken gehen mit mir durch. Ich lese die Anleitungen zu allen Tests. Obwohl man für bestmögliche Ergebnisse auf den ersten Morgenurin warten soll, nehme ich jetzt schon eines der Teststäbchen mit ins Badezimmer und pinkle darauf.

Dann warte ich.

Und halte die Luft an.

Und warte noch mehr.

Tränen verschleiern mir die Sicht. Ist das eine zweite Linie, die da in dem Fenster erscheint?

Oh Scheiße. Ist es eine? Oh mein Gott.

Es ist eine.

Ich bin schwanger. Ich wollte nicht, dass es so passiert! Das war nicht der dumme Plan!

Tränen strömen mir übers Gesicht. Ich nehme das Handy in die Hand und suche nach Adeles Nummer, da sie diejenige ist, die weiß, dass ich mit Lance geschlafen habe. Doch stattdessen ertappe ich mich dabei, wie ich Sadie anrufe.

Ich weiß nicht warum. Ich vermute mal, weil sie praktisch dort drüben auf diesem Gelände mit Lance lebt, da sie so viel Zeit bei Deke verbringt. Sie kennt ihn – vielleicht sogar besser als ich. Ich kann das mit ihr durchsprechen.

Sie nimmt den Anruf an und ich muss ein Schluchzen unterdrücken.

„Sadie?"

„Charlie – was hast du in letzter Zeit gemacht, Mädel? Ich habe dich eine Weile nicht gesehen." Ist das ein Hauch von schlechtem Gewissen in ihrer Stimme?

„Ich war… beschäftigt. Aber –"

„Weinst du?"

„Was?" Ich wische mir über die Augen. „Nein. Natürlich nicht." Vielleicht wird sie es auf eine Allergie oder Erkältung oder etwas dergleichen schieben.

„Du klingst nicht gut."

„Ja, ich muss reden." Das hier ist beschissen. Es laut auszusprechen, macht es viel realer.

„Okay", sagt sie langsam.

„Ich habe ein klitzekleines Problem. Kennst du Dekes Freund – den heißen Blonden?"

„Du meinst Lance?" Sie klingt unsicher.

„Derjenige, der aussieht, als könnte er der Leadsänger einer Boygroup sein", sage ich, was nicht fair ist. Lance ist zwar ein Player und ziemlich entspannt, aber er ist kein Junge mehr. Er ist ein richtiger Mann.

„Er ist etwas muskulöser als das." Ich liebe es, dass Sadie ihn verteidigt. Sie sieht stets das Beste in den Menschen.

„Okay, dann eben eine Baywatch Neuauflage."

„Da gebe ich dir recht." Sie kichert. „Lance hat diesen Surfer-Vibe an sich. Was ist mit ihm?"

„Wir hatten eventuell einen One-Night-Stand."

„Oh. Oh meine Güte. Du und er?"

Ich halte ein halbes Schluchzen, halbes Lachen zurück. „Ja. Ich weiß. Es war aus einer Laune heraus."

„Gut für dich. Ich meine, es war gut, oder?“

„Besser als gut.“

„Das freut mich. Was ist dann das Problem?“

Ach, Mensch. Jetzt muss ich es ihr erklären. „Es sollte eigentlich eine einmalige Sache sein.“

„Okay.“

„Obwohl wir richtig gut zusammen waren.“

„Okay…“ Sadie klingt, als wolle sie, dass ich auf den Punkt komme, aber sie ist zu höflich, mir das zu sagen.

„Und jetzt habe ich ein Problem.“ Ich schlucke gegen den riesigen Kloß in meinem Hals an, bevor ich die Worte flüstere: „Ich bin schwanger.“

Es entsteht eine Pause. Dann: „Das bist du? Oh mein Gott, Charlie! Ich freue mich so für dich!“

Oh meine Güte. Deswegen wäre Adele meine erste Wahl für ein Gespräch gewesen. Sadie sieht das Beste an jeder Situation.

„Warte, ist Lance der Vater?“ Sadie ist atemlos. „Lance Lightfoot? Dekes Lance?“ Als ob wir mehr als einen Lance in Taos kennen.

„Ja. Kannst du das fassen? Ich meine, der Kerl ist eine richtige männliche Schlampe, oder?“ Ich spreche hastig weiter: „Aber es war mein Geburtstag und er ist so sexy und überzeugend, dass ich mir dachte, es könne ja nichts schaden, wenn ich mir ausnahmsweise einmal etwas Spaß gönne, weißt du? Einfach nur so. Aber das Kondom riss und ich schätze mal, die Pille hat auch nicht funktioniert, und jetzt bin ich schwanger!“

„Oh. Oh, es tut mir leid, Babe.“ Ihre Stimme wird sanfter. „Was auch immer du willst, egal, was du fühlst, ich bin für dich da.“

Ich lache wie eine Irre. „Ich weiß es nicht. Ich nehme an, ich bekomme ein Baby.“ Vielleicht kann ich es glauben, wenn ich es laut ausspreche. „Das war nicht unbedingt Teil meines Lebensplans.“

„Ich habe selbst noch keine Kinder, aber ich habe so viele Mütter sagen hören, dass das die eine Sache ist, bei der man einfach nicht alles kontrollieren kann. Du kannst dir nicht aussuchen, wann du schwanger wirst, oder das Geschlecht oder wann sie auf die Welt kommen. Du musst dich dem mehr oder weniger ergeben.“

Sadie ist so lieb. Das ergibt alles Sinn, aber ich bin noch nicht einmal so weit, dass ich glaube, dass ich schwanger bin. Über den Rest der Schwangerschaft nachzudenken, übersteigt momentan meinen Horizont.

„Also… was ist mit Lance? Wann erzählst du es ihm?“

„Ich weiß nicht. Das ist ja das Problem. Ich meine, Lance ist nicht gerade der Mann, den ich im Sinn hatte, als ich mir ausmalte, mit wem ich Kinder großziehen würde.“

„Warum nicht?“ Es liegt keine Anschuldigung in Sadies Stimme, obwohl sie perplex klingt.

„Nun, zum einen ist da die Sache, dass er eine männliche Schlampe ist. Und auch…“ Ich unterbreche mich, weil ich Sadie meine Sorgen nicht aufbürden möchte. Ich meine, ihre Beziehung mit Deke ist schon so innig. Ich wäre nicht überrascht, wenn sie heiraten und Kinder kriegen würden.

„Was auch?“

„Nun, sie arbeiten in einer gefährlichen Branche. Das ist nicht unbedingt das, was ich für meine Familie möchte. Ich wuchs mit den Sorgen auf, dass meine Eltern von ihren Kampfeinsätzen nicht nach Hause kommen könnten. Jetzt mache ich mir um meinen Bruder Sorgen. Ich will mir nicht auch noch Sorgen um meinen Ehem-“ Ich stoppe, weil *Ehemann* und *Lance* nicht zusammenzupassen scheinen. „Ich meine, es ist nicht so, dass wir überhaupt zusammen sein werden. Aber wir werden das Kind gemeinsam großziehen, vermute ich. Ich will mich nicht darum sorgen müssen, dass der Vater meines Kindes nicht von einer Mission nach Hause kommt."

„Hör zu, Charlie", sagt Sadie, in deren Worten Mitgefühl mitschwingt. „Es gibt sehr viel, das du über Lance nicht weißt, aber er sollte derjenige sein, der es dir erzählt. Du musst mit ihm reden – sofort."

„Ja, ich weiß…"

Das ist kein Gespräch, für das ich auch nur annähernd bereit bin.

„Ich meine, ich bin schrecklich darin, aufregende Neuigkeiten für mich zu behalten. Also musst du es ihm sofort erzählen oder ich platze."

Ich schlage mir mit der Hand auf die Stirn. „Sadie, bitte. Sag nichts zu niemandem. Nicht einmal zu Deke."

„Ähm…" Sie klingt schuldbewusst.

„Ist er neben dir?"

„Ja und er hat ein wirklich gutes Gehör."

Verdammt.

„Rede einfach mit Lance. Sofort, okay?"

Mein Magen verkrampft sich vor Beklommenheit. „Ja, okay. Das werde ich tun. Danke, Sadie."

Ich beende den Anruf und starre ins Leere.

Es gibt sehr viel, das du über Lance nicht weißt, aber er sollte derjenige sein, der es dir erzählt.

Was heißt das? Das war nicht das, was ich mir von dem Gespräch erhoffte. Ich bin mir nicht sicher, worauf ich hoffte – dass sie irgendwie die eine Sache weiß, die all das hier richtig macht?

Die existiert nicht.

Die Dinge sind alles andere als richtig.

Aber ich werde mit dem arbeiten müssen, was mir zur Verfügung steht.

Ich kreische, als es an meiner Eingangstür klopft. Hat

Sadie schon ein Notfalltreffen der Merlotdramatischen Mittwochsgruppe einberufen?

Nein, das war viel zu schnell.

Oh Gott, ich will jetzt keine Gesellschaft.

Ich jogge zur Tür und reiße sie auf, bereit demjenigen, der dort steht, zu sagen, dass jetzt kein guter Zeitpunkt ist.

Doch als ich das tue, kommt kein Ton aus meinem geöffneten Mund.

Lance ist dort, lehnt am Türrahmen und hat die Stirn in tiefe Falten gelegt.

Lance

Charlies neuer Geruch schlägt mir entgegen und rollt wie eine Flutwelle über mich hinweg. Ich fing ihn heute im Wind auf, als ich ihr folgte. Er hat sich verändert.

Sie hat sich verändert. Ihre Brüste sind geschwollen. Auf ihrem Gesicht sind Tränenspuren.

Fuck.

Meine Frau ist schwanger und will das nicht.

Kummer schwappt zähflüssig und heiß durch mich.

Ich bin vor ihrer Tür aufgekreuzt, aber die Worte verlassen mich.

„Lance." Sie klingt atemlos auf eine schockierte Art und Weise.

„Hey."

Hey – wirklich? Mehr fällt mir nicht ein?

Sie tritt nicht zurück, um mich hereinzubitten, obwohl die kalte Luft in ihr Haus zieht und dafür sorgt, dass sich ihre Nippel unter ihrem langärmligen T-Shirt abzeichnen.

„Ich will dich nicht stören, aber, äh, ich wollte mich vergewissern, dass es dir gut geht.“

Sie schluckt. „Ähm. Nein, nicht wirklich. Aber wie sich herausstellt, war es keine Magendarmgrippe – ich bin schwanger“, platzt es aus ihr heraus.

Ich lasse den Kopf wegen der Tränen, die ich in ihrer Stimme höre, sinken. „Ich weiß“, sage ich sanft.

„Du weißt es?“ Sie legt den Kopf auf die Seite.

Ich nicke. „Ja, ich habe es an dir gerochen. Darf ich reinkommen? Es gibt da etwas, das du über das Baby wissen musst, das du in dir trägst.“

Charlies grüne Augen weiten sich und werden ganz rund.

So hatte ich es ihr nicht erzählen wollen. *Dein Baby ist kein Mensch*, ist das Letzte, das man der Mutter seines Babys sagen möchte. Und *Mutter meines Babys* steht auch ganz oben auf der Liste der Dinge, die ich eigentlich niemals, jemals sagen sollte.

Gefährtin ist der einzige akzeptable Begriff.

Verdammt.

„Okay“, sagt Charlie, deren Stimme von Paranoia durchzogen ist.

Großartig. Ich mache ihr schon Angst.

Ich trete in ihren Eingangsbereich und ziehe meine Lederjacke aus.

„Hast du gesagt, *du hast es gerochen*?“ Sie klingt ungläubig.

„Ja.“ Ich hole tief Luft, doch mir fehlen noch immer die Worte. „Erinnerst du dich an den Wolf, den du in letzter Zeit bei der Arbeit gesehen hast?“

„Was? Woher weißt du davon?“ Charlie macht Trippelschritte nach hinten und wirkt hoffnungslos verwirrt.

Ich hebe meine Hand nach oben, ihr zugewandt. „Das bin ich.“

Sie stellt das Atmen ein.

Ich strecke meine Hand aus, um ihre beiden zu nehmen, weil ich Angst habe, dass sie ohnmächtig wird.

„Es tut mir so leid. So wollte ich es dir nicht erzählen."

Sie starrt mich mit ihren klaren, grünen Augen an. „Ähm… ich… was?" Ihre Hände sind klamm und sie versucht, sie meinem Griff zu entziehen.

„Ich bin ein Wolfgestaltwandler. Es ist keine Krankheit, wir sind eine Spezies. Also wird dein Baby – *unser* Baby – zur Hälfte Gestaltwandler sein."

Charlie beginnt, hysterisch zu lachen. „Oh mein Gott." Sie kichert noch mehr.

Ich lasse ihre Hände los und sie taumelt rückwärts, wobei sie sich den Mund zuhält.

„Wovon redest du? Der Wolf…" Sie erstarrt, lässt ihre Hände sinken und starrt mich an, als würde sie es erst jetzt verstehen. „Du bist der Wolf auf meiner Route?"

Ich nicke. „Hör zu, Charlie. Weißt du noch, dass ich sagte, ich hätte alles falsch angefangen?"

„Oh, wir haben mehr als das falsch gemacht Lance." Charlie wirft beide Hände in die Luft, dreht sich um und tigert auf und ab.

„Ja, ich weiß. Weißt du, die Sache ist die. Bei den heißen Quellen nahm ich nicht deinen gesamten Geruch wahr. Nein, das ist keine Entschuldigung." Fuck. Meine Worte ergeben nicht einmal Sinn und Charlie ist ohnehin schon am Durchdrehen. „Das ist es, das ich dir erzählen möchte. Warte. Können wir uns setzen? Oder – komm her." Ich fange Charlies Handgelenk ein, um sie hochzuheben, und setze sie auf den stabilen Esszimmertisch. Meine Hände ruhen leicht auf ihren Hüften. Ich muss sie einfach nur berühren und in meiner Nähe haben. Ich weiß, dass sie das scheinbar nicht möchte, aber mein Wolf ist außer sich.

Ihre Augen sind sogar noch runder als zuvor. „Wow. Du bist wirklich stark."

Das war nicht das, was ich ihr zu zeigen versuchte. Ich schüttle den Kopf. „Tut mir leid. Ich will dir keine Angst einjagen."

„Angst ist nicht die Emotion, die ich gerade empfinde. Erschrocken. Hysterisch. Von Sinnen… das trifft es besser."

Ich nehme plötzlich den Geruch ihrer Erregung wahr.

Was? Sie ist angetörnt? Sie ist aufgelöst und verwirrt, aber… anscheinend gefällt es ihr noch immer, grob von mir angefasst zu werden.

Ich fasse das als ein Zeichen dafür auf, dass ihr Körper mich als ihren Gefährten kennt, auch wenn sie es noch nicht sieht. Daher trete ich näher zu ihr und zwischen ihre geöffneten Knie. Sie trägt eine abgewetzte, graue Leggings, die ihre wohlgeformten Beine betont. Ich streiche mit der Rückseite meiner Finger über ihre Wange. „Ich weiß, dass du mich für einen Player hältst. Du denkst wahrscheinlich, dass ich kein guter Vater für unser Baby sein werde."

„Unser *Wolf*baby." Ihr Tonfall weist definitiv darauf hin, dass sie denkt, sie sei übergeschnappt.

„Wolfwelpe, ja."

Sie blinzelt.

„Jedenfalls liegst du nicht falsch – ich war ein Player. Das traf zu hundert Prozent auf mich zu. Aber du solltest wissen, dass Wölfe sich fürs Leben paaren. Wir haben eine Gefährtin, die wir mithilfe eines Instinktes erkennen, und wenn wir diese Gefährtin erst einmal gefunden haben, verlassen wir sie nie wieder. Wir werden alles tun, um unsere Gefährtin zu beschützen und für sie zu sorgen. Wir werden zusehen, dass sie stets zufrieden und glücklich ist."

Auf Charlies Gesicht zeigt sich offenkundige Ungläubigkeit darüber, was ich ihr erzähle.

„Erinnerst du dich daran, als ich sagte, ich hätte es vermasselt?“

Sie nickt.

„Ich bin so ein Vollidiot, weil ich erst bemerkte, dass du meine Gefährtin bist, als ich schon bis zu den Eiern in dir war.“ Ich schüttle den Kopf. „Ich habe, ehrlich gesagt, nie erwartet, meine Gefährtin zu finden. Die Chance, jemals die wahre Gefährtin zu finden, ist verschwindend gering und ich hätte nicht gedacht, dass sie ein Mensch sein würde.“ Ich lasse meine Hände die Außenseite ihrer Schenkel hoch und runter gleiten. „Was ich zu sagen versuche und dabei kläglich versage, ist, dass du meine Gefährtin bist, Charlie. Schwangerschaft hin oder her, mich wirst du nicht mehr los.“

Ihre weichen Lippen teilen sich und sie starrt mir in die Augen fast so, als wäre sie von mir hypnotisiert. „Lance… ich kann das nicht verarbeiten.“

„So wollte ich es dir natürlich nicht erzählen. Ich meine, ich wollte mit dir auf dieses Date gehen.“

Das hysterische Lachen sprudelt wieder über ihre Lippen.

„Richtig. Unser Date.“ Ihre Schenkel schlingen sich um meinen Hintern und sie zieht mich näher. „Das hier ist so verrückt.“ Ihre Arme legen sich um meinen Hals.

Ich umschließe sie mit meinen und halte sie fest. „Bitte gib mir eine Chance, Charlie. Ich will in jeder Hinsicht dein Mann sein – ein Vater für unseren Welpen, der Mann, der dich zum Schreien bringt, derjenige, auf den du dich immer verlassen kannst.“

Sie hebt ihre Wange von meiner Brust. „Ich bekomme einen Wolfwelpen?“ Jetzt schwingt ein Hauch Belustigung in ihrem Tonfall mit. Oder vielleicht ist es Freude.

Ich lächle zaghaft. „Halb-Gestaltwandler. Wir werden

erst in der Pubertät herausfinden, ob sich das Kind tatsächlich verwandeln kann oder nicht."

Charlie keucht plötzlich. „Ist Deke auch ein Werwolf?"

Ich nicke.

„Das hat Sadie also gemeint, als sie sagte, es gäbe vieles, das ich über dich nicht weiß."

Ich gluckse reumütig. „Vermutlich ja. Weiß sie es?"

Charlie nickt. „Also was heißt das? Wird die Schwangerschaft anders sein?"

Ich fahre mir mit den Fingern durch die Haare. Ich verbrachte den Abend damit, dieser Frage auf den Grund zu gehen. „Ich glaube nicht. Du kannst zu einem normalen Gynäkologen gehen. Sie sollten an unserem Baby nichts Außergewöhnliches feststellen, weil es in seiner oder ihrer Menschengestalt ist. Wenn überhaupt wird es eine sicherere Schwangerschaft als die meisten werden, weil meine Spezies über Selbstheilungskräfte verfügt."

Charlie setzt sich etwas aufrechter hin und ihre Hände streicheln über meine Brustmuskeln. „Das habt ihr?"

Mein Schwanz drängt sich nach vorne. War das ein Schnurren in ihrer Stimme?

„Mm-hmm."

„Und ihr seid extra stark?"

Definitiv ein Schnurren.

„Gestaltwandlerkraft. Ja. Und auch ein gutes Durchhaltevermögen." Ich zwinkere.

Sie lächelt. „Das hier ist so verrückt."

„Nicht so verrückt, wie ich nach dir bin."

Sie schüttelt den Kopf, aber lächelt noch. „Du kennst mich nicht einmal."

Ich werde nüchtern. „Ich möchte dich aber kennenlernen. Charlie, das möchte ich wirklich. Erlaubst du es mir?"

„Selbstverständlich", gibt sie nach und ihre Schultern

sacken nach unten. „Ob wir nun ein Paar werden oder nicht, du bist der Vater dieses Kindes."

Ob wir nun ein Paar werden oder nicht.

Sie widersteht mir noch immer. Ich muss herausfinden, welche Vorbehalte sie mir gegenüber hat, und diese aus dem Weg räumen.

Ich streichle mit der Rückseite meiner Finger vorne an ihrem Hals hinab. „Ist dir noch immer schlecht?"

Unsere Blicke verhaken sich. Sie schüttelt langsam den Kopf. „Im Moment nicht." Ihre Stimme ist heiser.

„Darf ich dafür sorgen, dass du dich gut fühlst? Darf ich dir helfen, etwas Stress abzubauen?"

Sie knöpft meine Jeans auf. „Damit?" Sie greift hinein und drückt meinen harten Schwanz.

Ein lustvoller Schauder durchläuft meinen gesamten Körper. „Ja", würge ich hervor.

„Kann ich vorher deinen Wolf sehen?"

„Alles für dich, Engel. Aber warum?"

„Ich will ihn nur aus der Nähe sehen."

Ich umfange ihre Wange. „Es tut mir leid, dass ich dir das eine Mal Angst gemacht habe. Ich hätte mich dir nie zeigen sollen."

„Oh, ich sah dich viele Male", prahlt sie. „Ich spielte jeden Tag auf meiner Tour *Finde den Wolf.*"

Ich grinse. „Ich konnte mich nicht von dir fernhalten." Ich ziehe mein Shirt aus, denn meine Wunden habe ich völlig vergessen, und sie keucht. „Lance! Oh mein Gott."

„Nein, nein, nein, nein." Ich wedle mit den Händen. „Dreh nicht durch. Ich wurde vor ein paar Tagen angeschossen, aber die hier werden bis morgen verschwunden sein. Ich verspreche es. Darüber musst du dir keine Sorgen machen. Normalerweise wären sie schon längst verblasst, aber ich habe mir ziemlich viele Kugeln auf einmal eingefangen."

„Ziemlich viele“, wiederholt sie benommen, wobei sie nach wie vor entsetzt eine Hand auf ihren Mund presst.

Da ich nicht möchte, dass sie sie länger anschaut, schlüpfe ich aus meiner Jeans sowie Boxershorts und verwandle mich.

„Lance“, haucht sie erneut und greift dieses Mal nach mir. Ich hebe den Kopf, um ihn zwischen ihren Knien zu platzieren und sie streichelt meine Ohren. „So weich. Oh mein Gott, dein Fell ist so weich. So hübsch. Und furchterregend. Ich meine, du bist riesig.“

Das hat man mir schön öfter gesagt. Ich wedle mit dem Schwanz.

Sie verdreht die Augen, als wüsste sie genau, was ich gerade denke. „So meinte ich das nicht. Allerdings bist du in der Kronjuwelen-Abteilung auch recht gut ausgestattet.“

Ich lecke über ihre Finger.

„Also unser Baby… wird so sein?“

Ich verwandle mich zurück und verdecke meine Erektion mit einer Hand. „Wenn es genug von dem Gestaltwandler-Gen mitkriegt. Manche Halb-Gestaltwandler verwandeln sich nie.“ Ich packe ihre beiden Knie. „Wirst du mich jetzt zwischen deine süßen Schenkel lassen?“

„Gehen wir ins Schlafzimmer.“

„Wie du wünschst.“ Ich hebe sie ohne Weiteres hoch, setze sie auf meine nackte Taille und trage sie zum Schlafzimmer, wo ich zusehe, dass jedem Zentimeter ihres Körpers die Wonne widerfährt, die sie verdient.

8

Charlie

Der Geruch von Kaffee am Morgen veranlasst meinen Magen eigenartigerweise nicht dazu, sich zu verkrampfen. Vielleicht liegt es auch an all dem „Stressabbau" der letzten Nacht. Ich meine, all das zusätzliche Oxytozin, das bei den multiplen Orgasmen freigesetzt wurde, hilft vermutlich bei allem, oder?

Jetzt fällt es mir schwer, mich daran zu erinnern, warum ich mich Lance dermaßen widersetzt habe. In der einen Minute war er dieser selbstgefällige Schürzenjäger, den ich an meine Wäsche ließ, und in der nächsten Minute erzählt er mir, dass er ein Wolf – *ein Wolf!* – ist und ich seine Gefährtin bin. Dass er sein Leben der Aufgabe widmen wird, mich glücklich zu machen.

Das ist alles zu verrückt, aber diese heftig flatternden Flügel der Furcht sind beinahe vollständig aus meinem Bauch verschwunden. Ich weiß nicht, ob ich wirklich glauben kann, dass er ein geläuterter Player ist, aber ich kann zugeben, dass er große Anstrengungen unternimmt, mir das zu beweisen.

Mehr als das kann ich im Moment wirklich nicht verlangen.

Ich steige aus dem Bett. Ich bin nackt, aber das Haus wirkt für einen Novembermorgen sehr warm. Wie ich feststelle, hat Lance ein Feuer in dem Kiva-Kaminofen in meinem Wohnzimmer entzündet. Er steht in seiner Boxershorts in meiner Küche und kocht am Herd.

„Hey, Schönheit." Er bedenkt mich über seine Schulter mit einem sexy Lächeln. Im Ernst. Der Mann sollte nicht so unverschämt gut aussehen. „Ich weiß, dass dir in letzter Zeit übel war, aber ich habe Nachforschungen angestellt. Es klingt so, als könnte die Morgenübelkeit am besten vermieden werden, indem wir nicht zulassen, dass du jemals einen leeren Magen hast. Das widerspricht der Intuition, aber das Internet schwört darauf." Noch ein Grinsen, das in mir die pure Lust hervorruft.

„Was kochst du?"

„Deine Entscheidung. Ich habe Pancakes; ein Spinat, Tomaten und Käse Omelett; oder ich könnte dir auch French Toast machen."

„Omelett", sage ich und mir läuft bereits das Wasser im Mund zusammen. Eine leichte Übelkeit schwappt über mich hinweg. Ich werde seine neugewonnenen Erkenntnisse testen und ausprobieren, ob Essen das Ganze verschlimmert oder verbessert. Es stimmt, dass ich gestern das Frühstück ausließ, weil ich keinen Hunger hatte. Vielleicht übergab ich mich deswegen. „Das ist lieb von dir", sage ich und nehme den Teller, den er mir reicht.

„Gewöhn dich daran. Ich werde buchstäblich nicht ruhen, bis ich der Meinung bin, dass du gut versorgt bist."

Ich starre ihn an. „Das ist so… komisch."

„Und wenn du keine Kleider anziehst, wirst du auch

noch einmal gefickt. Hart." Er wackelt mit den Augenbrauen und senkt den Blick auf seine Boxershorts, wo sein Schwanz die weiche Baumwolle ausgebeult hat.

Ich zögere und wäge ab, ob ich lieber essen oder wieder Lances Hände auf mir haben möchte.

„Iss", verlangt er. „Ich will, dass du satt bist, bevor ich über dich herfalle." Er zwinkert mir zu.

Ich streichle mit den Fingern über seinen Oberkörper. Er hatte recht – die Schusswunden sind deutlich verblasst. Der Mann heilt schnell.

Er stöhnt, als ich ihn berühre. „Iss", murmelt er. „Bitte."

Ich setze mich und nehme einen Bissen von dem Omelett. „Mmmh. Köstlich." Das Essen scheint genau das zu sein, was mein Körper braucht.

Ich beobachte Lance, der zurück in meine Küche geht. Bei ihm sieht Kochen wie die maskulinste Aufgabe aus, die jemals erfunden wurde. Ich merke, dass ich mich ihm nach wie vor widersetzen möchte. Denn es ist einfach schwer zu glauben, dass das hier wirklich das ist, was er behauptet. Dass er so etwas ein Leben lang mit mir will. Dass er sich meinem Glück verschreiben wird.

Und dennoch…, wenn ich an Sadie mit Deke denke, wird mir bewusst, dass es bei ihnen das Gleiche ist. Deke wendet den Blick nie von Sadie ab, wenn sie in seiner Nähe ist. Niemals.

„Ist Sadie Dekes Gefährtin?", frage ich, obwohl mein Mund noch voller Omelett ist.

„Ja. Fuck sei Dank. Deke stand kurz davor, wild zu werden, bevor er sie fand."

Ich will gerade das nächste Stück auf die Gabel schieben, aber halte inne. „Was meinst du damit?"

Lance bringt einen Teller, auf dem sich Essen türmt – ich meine, es ist ein richtiger *Berg* – und setzt sich zum

Essen neben mich. „Dominante Wölfe können Probleme kriegen, wenn sie ihre Gefährtin nicht rechtzeitig finden. Ihr Wolf wird verrückt und übernimmt das Ruder. Daher haben Menschen vermutlich die verzerrten Legenden über Werwölfe.“ Lance schiebt sich eine große Gabel voller Eier in den Mund.

Ich beäuge seinen Teller. „Wirst du das alles essen?“

Er schenkt mir dieses Grinsen, das sogar in Hollywood für Furore sorgen würde. „Jepp. Wir essen sehr viel.“

„Kein Wunder, dass du das Gefühl hast, du müsstest für deine Frau sorgen. In biologischer Hinsicht, meine ich.“

Seine Augen liegen mit einem sanften Ausdruck auf mir. „Ja. Absolut.“

„Keine Sorge, ich esse nicht so viel.“

Sein Lachen ist kräftig und warm und schickt Schauder der Lust bis in meine Zehenspitzen. „Engel, ich würde mir keine Sorgen machen, selbst wenn du wie ein Pferd essen würdest.“

„Oder wie ein Wolf.“

Er zwinkert. „Richtig.“

„Wenn ihr eure Gefährtin gefunden habt, seid ihr also besessen davon, euch um sie zu kümmern, und wenn ihr es nicht tut, dreht ihr durch? Klingt nach einer Win-win-Situation für die Frauenwelt.“ Ich strecke die Hand aus und spieße ein Stück seines riesigen Pancake-Stapels auf.

„Nun, wir sind eine Spezies, die am Aussterben ist. Vielleicht paarte das Schicksal Deke und mich deshalb mit Menschen. Um ein wenig Abwechslung in den Genpool zu bringen.“

Ich schüttle den Kopf. „Ich bin mir nicht so sicher, ob ich wirklich an diese Schicksalssache glaube.“

Lance zuckt mit seinen muskulösen Schultern. „Schicksal. Biologie. Nenn es, wie du willst. Der Instinkt ist real. Auch wenn ich so dumm war, es beim ersten Mal, als ich dich sah, nicht zu erkennen. Zu meiner Verteidigung muss gesagt werden, dass du im Wasser warst, weshalb ich nicht deine volle Duftnote abbekommen habe."

Ich lächle, denn die Erinnerung an unsere erste Begegnung ist jetzt, da ich ihn besser kenne, sogar noch süßer. Ich mochte ihn damals schon wider besseres Wissen. Jetzt, da ich mehr über ihn erfahre, mag ich ihn sogar noch mehr.

„Was du nicht weißt, ist, dass ich in Wolfgestalt von dem Felsen über dir sprang." Er schenkt mir ein Piratengrinsen. „Ich wusste nicht, dass du dort drin warst, und musste mich mitten in der Luft verwandeln."

Ich schlage mir die Hand vor den Mund und lache. „Oh nein, das ist zu witzig. Nun, du hast mich auch ganz schön überrascht."

„Eine angenehme Überraschung, hoffe ich." Seine Augen werden sanft.

„Sehr angenehm", murmle ich. „Ich muss sagen, es war einer meiner besten Geburtstage." Meine Hand gleitet zu meinem Bauch. Trotz dem, dass diese Schwangerschaft nicht geplant war, mindert das nicht, was für ein Geschenk sie ist. Ich wollte schon immer Kinder. Hatte immer vor, eine Familie zu haben.

Ich werfe einen Blick auf die Uhr und küsse seine Schläfe. Er lässt ein eindeutig tierähnliches Knurren verlauten und seine Hände legen sich auf meine nackte Taille. Ich vermute, meine Brüste, die in der Nähe seines Gesichtes schwingen, sind eine Versuchung. „Möchtest du mir beim Duschen helfen?" Meine Stimme wird heiser.

Lance springt aus seinem Stuhl, hebt mich an der Taille hoch und schwingt mich in seine Arme, sodass er mich wie ein Bräutigam trägt. „Ich verspreche, dass ich dich pünktlich zur Arbeit bringen werde", schwört er, während er mich rasch zum Bad trägt.

Ich lache und Wärme durchströmt mich.

~

Lance

Rafe bedenkt mich mit einem Blick von der Seite, als ich ins Wohnzimmer trete und nach Charlies Duschgel rieche. Ich rieche vermutlich auch nach Charlie, obwohl ich mich unter dem Wasserstrahl um ihre Bedürfnisse gekümmert habe.

Rafe sitzt an dem Computertisch in der Ecke.

„Wie läuft es mit dem Menschen?“

Hätte ich nicht gerade erst beim Sex mit Charlie Dampf abgelassen, würde ich ihn wahrscheinlich angreifen. Ich stoppe und fixiere ihn mit einem Blick. Er ist vier Jahre älter und trägt seit dem Tag, an dem unsere Eltern ihr Leben ließen, um unseres zu retten, die Verantwortung für mich. Ich gebe ihm nur selten Kontra, aber wenn es um meine Gefährtin geht, wird mein Wolf nicht klein beigeben. „Nenn sie nie wieder *den Menschen*“, sage ich so bedrohlich, dass Rafe die Brauen hochzieht. „Ihr Name ist Charlie. Du wirst sie Charlie nennen. Ich werde sie hierher einladen, damit sie euch alle kennenlernen kann, und ich erwarte, dass du die Freundlichkeit in Person bist.“

„Also hast du sie markiert?“

Ich knurre. Es ist, als würde mein Wolf denken, Rafe würde sich an sie ranmachen, bevor ich das kann, was natürlich Quatsch ist. „Noch nicht.“ Ich habe ihr noch nicht einmal von der Sache mit dem Paarungsbiss erzählt. Sie hatte schon genug daran zu knabbern, dass unser Baby kein Mensch ist.

„Richtig.“ Rafe reibt sich über das Gesicht. „Wie genau

stellst du dir vor, dass das alles funktionieren soll, Lance? Denkst du, du taugst zum Gefährten? Bei dem Leben, das wir führen? Wie willst du dieses Mädel überhaupt dazu bringen, dass sie dich ernst nimmt?"

Scham durchströmt mich heiß. Ich wende mich ab, damit er nicht sieht, dass er zu mir durchdringt. Rafe piekt mich dort, wo es wehtut, weil mich niemand ernst nimmt. Dafür habe ich gesorgt, indem ich die Rolle des Players übernahm. Des Nichtsnutzes. Des Frauenhelden, der nie irgendetwas allzu ernst nimmt.

Ich schätze, ich tat das, um Rafe auszugleichen, der alles viel zu ernst nimmt. Einschließlich meiner Paarung.

„Sie ist eine Frau, kein Mädel." Ich werde mit jeder Minute gereizter. „Und das andere werde ich rausfinden."

„Bist du dir sicher, dass sie deine Gefährtin ist?"

„Sie ist meine Gefährtin und sie ist schwanger mit meinem Welpen."

Rafes Kiefer klappt einen Augenblick nach unten, dann springt er auf die Füße. Die Arbeit am Computer hat er vergessen. „Was?"

Ich stelle mich ihm mit gestrafften Schultern. „Du hast mich richtig gehört."

„Was ist mit deinem Kondom passiert?"

Oh um Himmels willen. Er denkt noch immer, ich sei fünfzehn und er müsste mir eintrichtern, dass man immer einen gottverdammten Gummi benutzt. „Es ist gerissen, weil sie meine verdammte Gefährtin ist und mein Wolf sie markieren wollte. Willst du sämtliche Einzelheiten wissen?", frage ich sarkastisch. „Die Stellung, in der wir waren? Wie oft ich sie zum Höhepunkt gebracht habe? Denn du steckst deine Nase gerade viel zu tief in meine Angelegenheiten."

„Wenn du eine Familie gründest, geht das alle etwas an, Lance", blafft Rafe und stolziert zu mir. Seine Augen leuchten bernsteinfarben auf, weil sich sein Wolf zeigt. „Wir sind Söldner für die gefährlichsten Operationen in der Welt und du denkst, es wäre ein guter Zeitpunkt, einen Men-“, er unterbricht sich klugerweise, bevor ich ihm die Nase zertrümmere, „deine Frau zu schwängern?“

Ich fahre mit einer Hand über meine kurz geschorenen Haare. „Ich habe dir bereits gesagt, dass es ein Unfall war. Wir haben nicht darüber *nachgedacht, eine Familie zu gründen*. Mein Wolf wollte sie für sich beanspruchen. Ich konnte mich gerade so davon abhalten, nicht meine Zähne in ihrem Hals zu versenken und sie für immer zu verlieren.“

Dieser Gedanke sorgt dafür, dass ich etwas meiner Selbstbeherrschung zurückerlange. Ich habe eine Menschenfrau. Ich werde mehr Kontrolle denn je brauchen, um sicherzugehen, dass ich ihr nicht wehtue oder sie verletze. Wenn ich sie markiere, werde ich mir sicher sein müssen, dass ich vollkommen bei Bewusstsein bin und die Kontrolle habe, denn es zu vermasseln, könnte bedeuten, dass ich eine Arterie treffe und sie verblutet.

Rafe beruhigt sich ebenfalls und seine Augen nehmen wieder ihre Menschenfarbe an. „Lance, das ist ein Problem“, sagt er leise.

„Warum?“

„Wie wirst du sie beschützen?“ Nur der gequälte Ausdruck in Rafes Augen hält mich davon ab, Anstoß an seinen Worten zu nehmen.

Wir wurden von den dominantesten Eltern als Waisen zurückgelassen, weil sie starben, damit wir nicht von Gestaltwandler-Sklavenhändlern mitgenommen wurden. Rafe fürchtet seit dem Moment, als er im zarten Alter von fünfzehn Jahren die Verantwortung für mich übernahm, dass er mich so verlieren wird, wie wir sie verloren. Er trägt dieses Gewicht und die Verantwortung, alle in unserem kleinen Rudel zu beschützen, auf seinen Schultern und diese Aufgabe wird unendlich schwieriger werden, wenn Welpen involviert sind.

Ich zwinge mich zu schlucken, obwohl es mir die Kehle zuschnürt. „Ich werde sie beschützen“, informiere ich ihn. „Das ist nicht dein Problem.“

„Natürlich ist es mein Problem“, explodiert er. „Es mag nur noch eine Frage von Tagen sein, bis Sarcero die schwachsinnige Geschichte durchschaut, die die CIA gesponnen hat, und unsere Identität aufdeckt. Er wird Rache wollen, worüber ich mir normalerweise keine großen Sorgen machen würde, aber ich habe gerade erst gesehen, wie du von dreißig Kugeln durchsiebt wurdest und es fast nicht rausgeschafft hast, und du bist ein verdammter Gestaltwandler. Wie zur Hölle sollen wir Charlie vor so einem Mann beschützen? Wie sollen wir diesen ungeborenen Welpen beschützen?“

Furcht schlägt in den Ansatz meiner Wirbelsäule ein. Echte Furcht. Die Sorte, die ich verspürte, als wir durch den Wald und um unser Leben rannten, während uns der Befehl unseres Vaters noch in den Ohren klingelte.

Charlie und mein Welpe schweben jetzt in Gefahr, nur weil ich existiere. Wenn sie irgendjemand jemals mit mir in Verbindung bringt, könnten sie als Druckmittel benutzt werden. Oder vielleicht würden sie als Rache an mir getötet werden. Und wir haben dort draußen vermutlich mehr Feinde als Sarcero. Es könnte hunderte von Leuten geben, die uns den Tod wünschen nach all den Dingen, die wir für unsere Regierung getan haben.

„Verdammt.“ Rafe läuft von mir weg. „Ich habe uns aus dem aktiven Dienst geholt, damit wir etwas Freiraum haben, aber das könnte meine bisher schlechteste Entscheidung gewesen sein.“

Ich starre meinen Bruder überrascht an. Fuck, ich wusste nicht, dass er so sehr an seinen Entscheidungen zweifelt. Er verbirgt seine Zweifel und Verletzlichkeit unter seiner ruppigen, herrischen Sergeant-Persona, aber ich kann sehen, wie sie bröckelt.

Ich sehe auch, wie sehr wir gemeinsam in dieser Sache hängen. Er und ich, so wie es immer war. „Ist ein Welpe wirklich das Schlimmste, das unserer Familie passieren konnte?“, frage ich sanft. Das Wort *Familie* habe ich vor ihm nicht mehr erwähnt, seit wir unsere verloren. Ich habe uns nie so genannt. Er und ich waren keine Familie; wir waren Überlebende. Kämpfer. Super-Krieger für unsere Regierung. Wir waren ein Rudel, aber keine Familie. Aber es ist eindeutig, dass er sich so verantwortlich für meinen Welpen fühlt wie ich, denn er trägt das Gewicht der Verantwortung für mich.

Als Rafes Blick zu mir schwenkt, sehe ich einen unfassbaren Schmerz darin. Einen langen Moment antwortet er nicht, dann wendet er sich ab. „Nein. Vielleicht nicht.“ Seine Stimme klingt barscher als üblich.

Plötzlich blitzt das Bild von Rafe als Onkel, nicht als der ruppige, abgehärtete Alpha, zu dem er geworden ist, in meinem Kopf auf. „Vielleicht ist dieser Welpe genau das, was uns gefehlt hat“, meine ich.

„Ich weiß es nicht, Lance.“ Rafe klingt erschöpft. Er läuft aus dem Raum und lässt seine Sorgen über mein ungeborenes Kind bei mir zurück, sodass sie in mir Wurzeln schlagen können.

Charlie

Lance holt mich in einem Humvee von der Arbeit ab. Er will, dass ich mit ihm fahre, damit ich mir das Gelände des

Rudels anschauen und sie alle richtig kennenlernen kann. Es fühlt sich verrückt und zu früh an, aber nun, dieses Baby war auch verrückt und zu früh, weshalb ich annehme, dass das Timing richtig ist.

Er tauchte heute wieder an der üblichen Stelle meiner Route auf, aber dieses Mal trottete er wie ein riesiger Wachhund neben mir her. Es dauerte ein paar Minuten, bis ich die instinktive Angst vor so einem großen und gefährlich aussehenden Tier abschütteln konnte, doch ich empfand seine Anwesenheit recht schnell als sehr angenehm. Es half mir auch, alles zu glauben, das ich gestern Abend erfahren habe.

Lance ist wirklich ein Wolf. Ich bekomme ein Wolfbaby.

Ich sollte meine Eltern anrufen, aber dazu bin ich noch nicht einmal annähernd bereit. Es ist alles noch viel zu neu und verrückt. Ich weiß nicht einmal, was ich in Bezug auf Lance empfinde. In Bezug auf unsere Situation.

Nein, das stimmt nicht. Ich weiß nicht, was ich *denke.*

Ich weiß, was ich empfinde.

Ich habe das Gefühl, als würde ich mit rudernden Armen, ohne Plan und Fallschirm einen Berg hinabpurzeln, aber ich habe diesen Mann an meiner Seite. Diesen Mann, dessen Piratenlächeln dafür sorgt, dass mir innerlich ganz warm und wohlig zumute wird. Diesen Mann, der mir das Gefühl gibt, dass wir es vielleicht schaffen könnten und alles gut werden wird. Er ist entspannt genug für uns beide.

Doch dann gerät mein Verstand wieder ins Schleudern. Lance mag entspannt sein, aber das bedeutet nicht, dass er das sein sollte. Er hat einen extrem gefährlichen Beruf. Einen Beruf, der ihn Wochen am Stück von uns fernhalten wird. Ja, er ist im Grunde genommen kugelsicher, aber was ist, wenn er in Gefangenschaft gerät? Wenn er ein Kriegsgefangener wird?

Lance schaut zu mir. „Was geht in deinem hübschen Kopf vor sich?"

Ich schüttle den Kopf. „Es ist nur so viel zu verarbeiten."

„Du sahst besorgt aus."

Für einen Player ist er wahnsinnig auf mich eingestellt. „Hattest du zuvor schon mal eine Freundin?", bricht es aus mir hervor, bevor ich realisiere, dass ich mir nicht sicher bin, ob ich die Antwort hören möchte.

Er bedenkt mich mit einem Blick von der Seite und ein leichtes Grinsen umspielt seine Lippen. „Nie."

Seine Antwort überrascht mich nicht, aber meine Erleichterung schon. „Wirklich niemals? Bist du einfach nur der *liebe sie und verlasse sie* Typ?"

„Stecke ich in Schwierigkeiten?"

Er ist so verdammt sexy, wenn er mich wegen jeder Einzelheit zur Rede stellt. Ich schüttle den Kopf. „Nein. Ich habe mich nur gefragt, wie es kommt, dass du mich so gut lesen kannst."

Das Grinsen kehrt zurück. „Du bist meine Gefährtin. Das ist meine Aufgabe, Engel." Dann senken sich seine Brauen. „Also bist du besorgt?"

Ich zucke mit den Achseln. „Ich wollte niemanden beim Militär heiraten."

Verwirrung huscht über sein gut aussehendes Gesicht. „Ich bin draußen, Engel."

„Bist du das? Wirklich? Auf mich macht es den Eindruck, als wärst du noch immer in den gefährlichsten Aspekt des Jobs verwickelt."

„Um mich musst du dir keine Sorgen machen", sagt er im Brustton der Überzeugung.

„Was ist mit den langen Reisen?"

Lances Miene wird ernst. „Ich werde nie weg sein, wenn du mich brauchst. Das verspreche ich dir."

Ich kaue auf der Innenseite meiner Wange.

Er streckt seine Hand zur Seite und nimmt meine. „Hey", sagt er leise. „Schreib mich nicht ab, bevor wir es versucht haben, okay? Gib mir eine Chance, dir zu zeigen, dass ich derjenige sein kann, den du dir wünschst."

„Und wer ist das?"

„Das versuche ich ja, herauszufinden."

Ich lache trotz allem. Es ist wirklich unmöglich, Lance auszusperren. Er ist zu hartnäckig. Zu perfekt.

„Gibt es irgendetwas anderes, das ich wissen sollte?"

Lance schweigt einen Moment zu lang.

„Was ist es?" Mein Puls hat sich bereits beschleunigt.

Lance reibt sich über den Nacken. „Ah, ja. Es gibt da etwas. Ich wollte dich gestern Abend nicht zum Ausflippen bringen."

„Ich bin schon am Ausflippen", sage ich und hebe die Hände in die Luft.

Er zuckt zusammen. „Okay, es ist Folgendes. Wenn sich ein Wolf mit seiner Frau paart, markiert er sie. Mit seinen Zähnen."

„Wie bitte?"

Lance zeichnet mit seinem Zeigefinger eine Linie von meinem Hals zu meiner Schulter. „Normalerweise hier. Bei einer Gestaltwandlerin ist das nicht weiter tragisch. Es verheilt sofort. Bei einem Menschen…"

„Das machen wir nicht", sage ich sofort.

Lance verstummt.

Nach einem Augenblick kann ich die Stille nicht mehr ertragen. „Lance?"

„Wenn ich dich nicht markiere, könnte mein Wolf durchdrehen." Er verzieht das Gesicht. „Es ist ein biologischer Drang, weißt du. Damit wird sichergestellt, dass sich kein anderer Mann an dich ranmacht."

Ich stoße ein *Pfft* aus. „Das ist lächerlich."

„Ich weiß", stöhnt er. „Aber es ist echt. Jede Minute, die ich mit dir verbringe, ohne Anspruch auf dich zu erheben, wird mein Wolf ruheloser. Es besteht die Möglichkeit, dass ich die Kontrolle verliere, was schlimm wäre." Er blickt durch das Führerhaus zu mir. „Wirklich schlimm."

Ich rutsche auf meinem Sitz hin und her. „Okay, jetzt bringst du mich wirklich zum Durchdrehen."

„Ja. Deswegen habe ich es dir gestern Abend nicht erzählt. Ich dachte, die ganze *Ich bin ein Wolf* Sache wäre bereits eine recht große Enthüllung."

Ein weiteres Mal entlockt er mir ein Lächeln. „Okay, warte eine Minute. Wie wird anderen Männern mitgeteilt, dass ich zu dir gehöre, indem du mich beißt? Erkennen sie deinen Zahnabdruck oder so etwas?"

Lance gluckst. „Mein Geruch. Der Biss würde meinen Geruch in dir einbetten."

Ich erschaudere. „Das gefällt mir nicht."

„Ja." Er sieht so unglücklich aus, dass ich meine Hand ausstrecke, um sein Bein zu berühren.

„Gib mir einfach noch etwas mehr Zeit, damit ich mich an all das gewöhnen kann, okay?"

„Natürlich." Er klingt erleichtert.

Ich will auf seinen Schoß krabbeln und seinen Hals küssen. Nie in zwanzig Millionen Jahren hätte ich gedacht, dass ein Mann wie Lance an jedem meiner Worte, jedem meiner Blicke hängen würde. Ich hätte nicht gedacht, dass er etwas von mir brauchen würde – nein, dass er alles von mir brauchen würde.

Es ist eine eigenartige, exotische Macht und ich kann noch immer nicht glauben, dass ich sie besitze, denn ich weiß tief in meinem Inneren, dass sie wertvoll und heilig ist.

Ich verstehe die Bindung nicht, die Lance zu mir verspürt, aber ich glaube, dass sie echt ist. Ich glaube an ihn.

Lance parkt vor etwas, das wie eine Ski-Lodge im Wert von einer Million Dollar aussieht. Sie liegt hinter einem Fluss und steht vor einigen Kiefern, womit sie meilenweit das einzige Gebäude ist, was vermutlich der Grund dafür ist, dass das Rudel es auswählte.

„Das ist idyllisch. Gehört euch das Haus?“, erkundige ich mich.

„Jepp.“ Wow. Okay, sie müssen ziemlich viel Geld haben. Ich schätze, in der Privatsicherheitsbranche wird man besser bezahlt als beim Militär.

„Fahrt ihr Ski?“

Lance nickt. „Klar.“ Er öffnet seine Tür und steigt aus. Anschließend läuft er um den Wagen, um meine Hand zu nehmen, während ich auf meiner Seite aussteige.

„Langlauf oder Abfahrt?“

Ein Achselzucken. „Beides.“ Er sagt es, als sei es nichts. Es gibt vermutlich keine Sportart, in der diese Männer nicht brillieren. Sie sind immerhin übermenschlich. Aber das verrät mir, dass sie dieses Haus nicht wegen seiner Nähe zum Ski-Berg kauften. Oder besser gesagt, das taten sie – aber nicht zum Skifahren. Vermutlich zum Rennen und Jagen.

„Oh mein Gott, jagt ihr?“

Lance stoppt und betrachtet mich vorsichtig. „Mit Waffen? Nein.“

Ein halb hysterisches Lachen sprudelt aus meiner Kehle. „Mit euren Zähnen?“

Ein verschmitztes Grinsen breitet sich auf seinen sinnlichen Lippen aus. Er zuckt mit den Schultern. „Das liegt in unserer Natur.“ Er legt einen Arm in meinen Nacken und neigt mein Gesicht nach oben zu seinem, ehe er seine Lippen senkt. „Stört dich das?“ Die Worte sind nichts Besonderes, aber seine Stimme ist eine samtene Liebkosung, die mich genau zwischen meinen Beinen leckt.

„I-ich vermute nicht.“

Er streicht mit seinen Lippen über meine, dann knabbert er an meiner Unterlippe. „Komm rein.“ Er führt mich die Holztreppe hoch.

An der Tür zögere ich. „Werden sie mich mögen?“

„Rafe ist sauer auf mich, weil ich das alles falsch angegangen habe, aber er würde für dich töten oder sterben.“

Ich starre ihn mit großen Augen an. „Dein Bruder?“

Er nickt. „Unser Alpha. Das bedeutet also, dass sie es alle tun würden. Ich verspreche es.“ Er stößt die Tür auf und scheucht mich hindurch.

Lance

Ich gab dem Rudel Bescheid, dass ich Charlie heute Abend vorbeibringen würde, und es sieht so aus, als hätten sie sich die Mühe gemacht, präsentabel auszusehen. Rafe riecht frisch geduscht. Channing bedient auf der Terrasse vor der Küche den Grill und wendet Burger.

Sadie ist hier bei Deke, was Charlie sofort beruhigt. Die zwei Frauen umarmen sich und beginnen, miteinander zu plaudern, während Sadie eine riesige Salatschüssel auswickelt, die sie mitgebracht hat. Es ist ein Gourmetsalat – die Sorte mit Spinat und Birnen und kandierten Pekannüssen. Sie zieht einen Behälter mit Gorgonzola hervor und schüttet den Inhalt über den Salat, während sie

Charlie ein Dutzend Fragen darüber stellt, wie sie sich fühlt.

Deke stößt mir seinen Ellbogen in die Seite. „Ich weiß nicht, ob ich es offiziell schon wissen sollte, aber herzlichen Glückwunsch", sagt er mit leiser Stimme.

Ein Schauder der Freude und ein extremer Beschützerinstinkt durchfahren mich gleichermaßen. Einen Augenblick kann ich kaum sprechen. „Ja, danke."

Channing tritt neben mich, wobei er einen Teller in der Hand hält, auf dem zwei Dutzend Burger gestapelt sind. „Herzlichen Glückwunsch zu was?", verlangt er zu wissen und schaut von Charlie zu mir. Er hebt die Nase in die Luft und schnuppert, dann sieht er verwirrt aus. „Du hast sie nicht bean-"

„Wirst du wohl die Klappe halten?", blaffe ich. Meine Fresse. Ich habe Charlie erst vor zwei Minuten von dem Paarungsbiss erzählt. Was, wenn ich ihn noch nicht erwähnt hätte?

„Gereizt." Channing schüttelt den Kopf, ehe er an Charlie gewandt die Augenbrauen hochzieht. „So ist er schon, seit ihr zwei –"

„Bitte beende diesen Satz nicht", falle ich ihm ins Wort und zwicke mir in den Nasenrücken.

Charlie wirkt jedoch belustigt. „Ach Wirklich? Bei mir war er Mr. Charming."

„Oh, er ist immer Mr. Charming", wirft Rafe ein, der gerade den Deckel von einem Wolf Ridge India Pale Ale entfernt und es unserem Gast anbietet. „Das kann er am besten."

Ich reiße ihm das Bier aus der Hand. „Sie will kein Bier. Ich meine", ich drehe mich entschuldigend zu Charlie und rudere zurück, „ein halbes Bier würde nicht schaden." Sie mag mich zwar im Bett herrisch, aber ich bezweifle irgendwie, dass sie die Art von Frau ist, die es gut findet, wenn man ihr sagt, was sie tun soll. „Das bleibt natürlich dir überlassen."

Charlie winkt ab. „Nein. Es ist schon schlimm genug, dass ich die Pille ein paar Wochen lang nahm, bevor ich bemerkt habe, dass ich schwanger bin."

„Schwanger!", explodiert Channing, der endlich mitkommt. „Beim Schicksal, warum bin ich immer der Letzte, der die Neuigkeiten erfährt? Und du hast sie noch nicht einmal mark-"

„*Halt die Fresse, Channing.*" Dieses Mal schließt sich mir Deke an, sodass wir im Chor brüllen. Ich vermute, der Kerl hat Mitleid mit mir. Er ist schließlich der einzige verpaarte Wolf hier.

„Ich werde uns alkoholfreie Cocktails machen", trällert Sadie, geht zum Kühlschrank und zieht eine Flasche Selters und Limonade heraus.

Rafes Lippen werden schmal, als wäre er nach wie vor gestresst von der größeren Verantwortung, die er seiner Meinung nach wegen dieses Welpen auf sich nehmen muss.

„Ja, ich bin mir in Bezug auf diese ganze Markierungssache nicht so sicher. Sadie wird mir das Wichtigste verraten müssen. Später. *Unter vier Augen.*" Charlie bedenkt Channing mit einem warnenden Blick. Ich liebe es, dass sich meine Frau nichts sagen lässt.

Dennoch gelange ich allmählich zu der Überzeugung, dass es zu früh war, sie heute Abend hierherzubringen. Das Rudel ist viel zu viel für jemanden, der vor zwei Tagen noch nicht wusste, dass Gestaltwandler existieren.

„Es tut mir leid." Ich berühre ihren unteren Rücken und stelle mich hinter sie. „Das Rudel neigt dazu, zu denken, dass die Angelegenheiten eines Wolfs die jeden Wolfes sind."

„Nun, das sind sie ja auch irgendwie“, erinnert mich Rafe. „Deine Taten wirken sich auf uns alle aus.“

Fuck.

Charlies Augen verengen sich auf Rafe. „Das klingt ein wenig wertend.“

Rafes Bier stoppt auf halbem Weg zu seinen Lippen und einen kurzen Moment lang glaube ich, dass es einen Kampf geben wird. Denn ich würde meine Frau verteidigen – komme, was wolle – wenn Rafe nicht nett antwortet, auch wenn er unser Alpha ist.

Aber Rafe ist kein Arschloch. „Es tut mir leid“, sagt er. „Das war nicht meine Absicht. Ich weiß, die Schwangerschaft war ein Unfall und ich freue mich für euch beide. Für uns alle.“ Er hebt sein Bier, aber die Anspannung um seine Augen und Mund strafen die Geste und Worte lügen.

Sadie hebt ihr Glas mit – etwas Hübschem und Mädchenhaftem – einer sprudelnden Limonade mit Erdbeeren sowie einem Minzblatt und stößt mit Charlies identischem Glas an. „Ich freue mich so sehr.“

Deke schlingt seine Arme von hinten um seine süße Vorschullehrerin und küsst sie auf den Scheitel. „Das tut sie. Sie redet ohne Unterbrechung davon, Patentante zu werden. Ich hoffe, du hast vor, sie zu fragen.“

Charlies Hand legt sich auf ihren Bauch und sie lacht schwach. „So weit habe ich noch nicht gedacht, aber natürlich wäre Sadie meine erste Wahl.“ Sie blickt rasch zu mir. „Ist das okay?“ Sie zuckt mit einem witzigen, übertrieben hilflosen Gesichtsausdruck die Achseln.

„Wir haben keine Paten, also ist das deine Entscheidung. Unter Wölfen funktioniert es so, dass sich das gesamte Rudel als Paten betrachtet. Das ist alles, was Rafe vorhin meinte.“ Ich bedenke meinen Bruder mit einem Blick, um ihm mitzuteilen, dass er geliefert ist, wenn er meine Frau noch einmal beleidigt.

„Ich wünschte nur, dass Lance das alles etwas ernster genommen hätte. Das ist alles“, brummt Rafe. „Eine Gefährtin und Welpen sind eine große Verantwortung.“

Charlie runzelt die Stirn. „Willst du damit sagen, dass es Lance nicht ernst meint oder der Verantwortung nicht gewachsen ist?“

Ich unterdrücke geradeso ein Knurren – nur um Charlies Willen. Ich will nicht, dass sie denkt, es wäre gegen sie gerichtet. Aber beim Schicksal, ich würde jetzt wirklich gerne meine Zähne in Rafes Hinterteil versenken.

„Das habe ich nicht gesagt“, rudert Rafe zurück. „Lance führt jede Aufgabe gut aus. Ich hege keinerlei Zweifel daran, dass er einen großartigen Vater und Gefährten abgeben wird. Ich habe das nur nicht kommen sehen.“

„*Keiner von uns hat das kommen sehen*“, knurre ich, dann fahre ich mit einer Hand über mein Gesicht.

Charlie dreht sich mit finsterer Miene zu mir und mir sinkt der Magen in die Kniekehlen. Doch dann tritt sie an meine Seite, legt eine Hand auf meine Brust und schlingt einen Arm um meinen Rücken. „Im Ernst. Wenn ihr Teil dieser Schwangerschaft sein wollt, müsst ihr alle einhundert Prozent positiv sein. Ansonsten tun wir das mit meiner Clique.“

Tun wir das.

Nur die Tatsache, dass sie ‚wir‘ sagte und mich scheinbar für sich beanspruchte, bevor sie sprach, hält mich davon ab, an die Decke zu gehen.

„Ihr habt sie gehört.“ Ich lege ein Knurren in meine Stimme, um all meine Rudelbrüder zu warnen.

Alle drei heben ergeben die Hände. Kein kluger Wolf würde sich zwischen einen Wolf und seine Gefährtin stellen.

„Charlie, wir stehen dir zur Verfügung.“ Channing

verbeugt sich wie ein Idiot. „Wir versprechen, während der gesamten Schwangerschaft einhundert Prozent positiv zu sein."

„Jepp", stimmt Deke zu.

„Entschuldigung", sagt Rafe. „Wir sollten heute Abend eigentlich dafür sorgen, dass du dich mit dem Rudel wohlfühlst, und ich glaube, das habe ich verbockt."

Ein Großteil der Anspannung in meinen Schultern lockert sich, vor allem als Charlie sagt: „Das ist in Ordnung. Ich setze nur Grenzen."

„Sie ist sehr gut darin, Grenzen zu setzen", sagt Sadie. „Jetzt lasst uns essen. Die Burger werden kalt."

„Ja, ich sollte besser etwas essen." Charlie sieht zu mir hoch, als würde sie sich an meinen Ratschlag erinnern, dass sie keinen Hunger zulassen sollte, und das stellt etwas Komisches mit meiner Brust an. Ich beeile mich, ihr einen Stuhl rauszuziehen und hole einen Teller von dem Stapel in der Mitte des riesigen Ahornholztisches, dessen Kanten naturbelassen sind – mein einziger Beitrag zu unserem Heim und das einzige Möbelstück, das ich wirklich liebe.

Charlie fährt bewundernd mit ihren Fingern über die glänzende Oberfläche. „Das ist wunderschön", murmelt sie.

Es bedeutet die Welt für mich, dass sie den Tisch zu schätzen weiß. Ich will ihn sofort auseinanderbauen und zu ihrem Haus bringen, damit sie sich daran erfreuen kann. Oder wird sie hier einziehen? Fuck, es gibt so vieles zu besprechen, bevor der Welpe auf die Welt kommt.

„Danke. Ich habe ihn von einem Schreiner gekauft, mit dem ich mich in Arroyo Seco angefreundet habe. Er stellt unglaubliche Gegenstände her."

„Das tut er wirklich. Ich liebe den Tisch."

Ihren Teller belade ich als ersten mit Essen, wobei ich ihr alles auflade, das auf dem Tisch steht, als liefe sie

Gefahr jede Sekunde zu verhungern. Erst, als sie sich über ihr Essen hermacht, kann ich darüber nachdenken, meinen Teller zu füllen.

~

Lance

Nach dem Abendessen bitte ich Charlie, zu bleiben, und bringe sie zu meinem Schlafzimmer im oberen Stockwerk. Ich habe ein Zimmer unter dem Dach, dessen Decke spitz zuläuft. Die westliche Wand besteht aus bodentiefen Fenstern, durch die man hinaus auf den verschneiten Wald sehen kann. Die Sonne ist vor Stunden untergegangen, aber der Mond ist aufgegangen, um den Wald in seinem hellen Licht zu baden.

„Lance, das ist unglaublich", haucht Charlie. „Die Aussicht!"

„Ja, ich liebe es", gestehe ich. Die Böden bestehen aus polierter Eiche und meine Möbel sind schlichte, geradlinige Stücke. Ein großer, türkiser und ziegelsteinfarbiger Teppich mit einem geometrischen Muster bedeckt den Boden.

„Aber was machst du morgens? Weckt dich die Sonne nicht auf?"

Ich grinse. „Doch. Es stört mich allerdings nicht. Ich bin Frühaufsteher. Ich kann deinen Kopf morgens mit einer Decke zudecken."

Charlie lächelt und legt beide Hände auf meine Brust. „Was ist mit deinem Bruder los? Ist er wegen der Schwangerschaft sauer?"

Ich lege meine Hände auf ihre. „Nein", antworte ich, aber die Interaktion war auch für mich komisch. Ich will nicht, dass Charlie denkt, es ginge dabei um sie oder den Welpen. Ich will nicht, dass sie Rafe nicht mag oder sich in unserem Rudel nicht willkommen fühlt. Ich mag es auch nicht, wenn Themen zu ernst werden. Doch das scheint jetzt notwendig zu sein.

„Ich sollte dir etwas erzählen“, sage ich.

Sie mustert mein Gesicht. „Und was wäre das?“

„Ehrlich gesagt, denke ich, dass ich die Geschichte noch nie jemandem erzählt habe. Ich glaube, Channing und Deke kennen das Meiste, aber das liegt nicht daran, dass ich darüber gesprochen habe.“

Charlie zieht besorgt die Brauen zusammen. „Was ist es?“

Ich drehe mich, um aus dem riesigen Fenster auf die dunklen Umrisse der Bäume zu schauen, die vom Mondlicht erhellt werden. „Rafe und ich wurden zu Waisen, als ich elf war. Unsere Eltern waren…“ Ich stoppe, denn mein Magen rumort bei den Erinnerungen, die auf mich einprasseln. „Unsere Eltern starben und Rafe übernahm irgendwie die Rolle meines Vaters. Er war gerade mal fünfzehn Jahre alt.“

„Lance.“ Charlies Stimme ist sanft und zieht mich wieder aus der Dunkelheit. „Es tut mir so leid.“

Ich drehe mich um, schaue ihr ins Gesicht und sehe mich daran satt. Ich bewundere ihre Schönheit, ihr Leuchten, ihren Geruch, die mich alle beruhigen. Ich schüttle den Kopf. „Das war vor langer Zeit. Aber Rafe denkt noch immer, dass er für alles verantwortlich ist, wenn es um mich geht. Als wir jünger waren, versuchte ich immer wieder, ihm zu beweisen, dass ich auf eigenen Beinen stehen kann, dass ich meine eigenen Schlachten schlagen und selbst klarkommen kann, ohne dass er ständig auf mich aufpasst, aber es drang nie zu ihm durch. Irgendwann gab ich auf und wurde zu demjenigen, der sich um nichts schert. Ich meine, wir können nicht beide die ganze Zeit so angespannt sein. Ich dachte, einer von uns sollte wenigstens losziehen und leben."

Charlies Augen werden rund.

Fuck. Diesen Teil hätte ich ihr nicht erzählen sollen. Sie wird denken, dass ich nicht verantwortungsbewusst bin und kein guter Vater für unser Kind sein werde. Ich habe ihr gerade mehr oder weniger gesagt, dass ich der Tunichtgut des Rudels bin. Was früher der Wahrheit entsprach.

„Also ist Rafe Mr. Ernsthaft und du bist Mr. Entspannt?" Ihre Stimme ist sanft vor Verständnis. Ich höre keine Verurteilung darin.

Ich zucke mit den Schultern. „Ja, ich schätze schon. Er ist nun da draußen und denkt, dass er sich jetzt auch noch um unseren Welpen Sorgen machen muss, als wäre ich kein erwachsener Wolf, der in der Lage ist, sein eigenes Junges zu beschützen." Ich wedle mit einer Hand in die Richtung von Rafes Schlafzimmer.

„Ja, mir gefiel seine Andeutung nicht", sagt Charlie.

„Fuck, es tut mir so leid, dass er dich beleidigt hat. Ich werde sicherstellen, dass er das wiedergutmacht."

Charlie schüttelt den Kopf. „Ich war nicht beleidigt. Ich meine, ich war *für dich* beleidigt. Ich hatte das Gefühl, als würde er dich schlechtmachen."

Einen Moment kann ich über das Donnern meines Herzens nichts hören. Seit dem Tag, an dem unsere Eltern starben, hat Rafe die Überzeugung in mir gesät, dass ich mich nicht um meine eigenen Angelegenheiten kümmern kann. Niemand hat jemals diese angebliche Tatsache abgestritten.

„Ich glaube nicht, dass es stimmt, dass dir alles scheißegal ist. Ich denke, du hast einfach nur die Kunst perfektioniert, entspannt zu sein. Etwas, von dem ich hoffe, dass es ein wenig auf mich abfärbt." Sie schenkt mir ein verlegenes Lächeln.

„Echt?" Ich nehme ihre Hände in meine und wende mich ihr zu, als würden wir vorm Altar stehen.

„Definitiv. Du weißt bereits, dass ich dazu neige, mir Sorgen zu machen. Du bist vielleicht das Gleichgewicht, das ich brauche."

Ich kann keine weitere Sekunde warten. Ich lasse ihre Hände fallen, damit ich ihren Hinterkopf umfangen und ihren Mund zu meinem ziehen kann. Ich erobere sie mit einem hungrigen Kuss. „Engel, ich freue mich, für deinen Stressabbau sorgen zu dürfen. Jederzeit, überall."

Ihre Augen funkeln, während sie zu mir aufsieht. „Zeig, was du draufhast", murmelt sie und es geht los.

Ich lege meinen Unterarm unter ihren Hintern und trage sie zu meinem Bett, wobei ich sie um den Verstand küsse. „Du wirst gleich lang und hart gefickt werden", warne ich sie.

Ihr Lachen ist heiser. „Solange du mich nicht beißt." Sie hält einen Finger zwischen uns hoch. Ich tue so, als würde ich mit den Zähnen danach schnappen, und sie kreischt leise, ehe ihr Lachen zu einem Kichern wird.

Ich drehe sie auf den Bauch und verpasse ihrem sexy Hintern einen Klaps.

„Ooh." Sie schaut über ihre Schulter. „Ja, bitte."

Ich gluckse, trete die Stiefel von meinen Füßen und ziehe mein Shirt aus. „Ich weiß, dass du gerne planst, Engel, also werde ich dir jetzt sagen, wie das hier ablaufen wird." Ich verpasse ihr noch einen Schlag, bevor ich sie wieder umdrehe, um ihre Jeans zu öffnen. „Ich werde meine Zunge benutzen, um dich zur gleichen Zeit zum Höhepunkt zu bringen, wie ich dir den Hintern versohle." Ich zerre ihre Jeans samt Höschen nach unten, während sie ihre Schuhe auszieht. „Daraufhin werde ich dich mit diesem Wolfpenis füllen, bis du nach Erlösung schreist.“ Ich helfe ihr aus ihrem Shirt und BH. „Und dann werde ich dich in meine Arme nehmen und sicherstellen, dass nichts deinen süßen Schlaf stört, nicht einmal die Morgensonne.“ Sowie ich sie nackt ausgezogen habe, drehe ich sie wieder auf ihren Bauch und hebe ihre Hüften hoch, bis sie auf ihren Knien ist. „Kapiert?“

„Klingt für mich nach einem guten Plan.“

„Spreiz deine Knie weiter.“

Sie lässt ein sexy Stöhnen verlauten, während sie ihre Knie auf dem Bett auseinanderrutschen lässt, was ihren Hintern anhebt und für mich spreizt. Ich packe ihre Pobacken, um sie hochzuheben und zu teilen, womit ich sie für meine Zunge öffne. Ich lasse den ersten Schlag in dem Moment auf ihre nackte Haut fallen, in dem meine Zunge zwischen ihre Falten gleitet.

Sie schreit auf und ihre Beine zucken leicht, bevor sie den Rücken durchbiegt, um mir mehr zu geben.

„So ist's recht, meine kleine Planerin. Lass mich lecken, was mir gehört.“

Ein leises, protestierendes *Uhn* erklingt, als wolle sie Einwände gegen die Tatsache erheben, dass sie jetzt mein ist, weshalb ich ihrem Hintern drei Schläge verpasse, um es zu beweisen. Sie atmet zittrig und verzweifelt ein. Ich lecke an ihren Säften, die jetzt frei fließen, presse meine Zunge zwischen ihre Falten und penetriere sie damit. Alle paar Sekunden schlage ich auf ihren Hintern, damit sie nervös bleibt und weiterhin keucht.

Ich finde ihre Klit – das ist in diesem Winkel schwer, aber ich bin engagiert – und umkreise sie mit meiner Zunge. Im Anschluss versetze ich ihr einen weiteren Schlag, dieses Mal auf ihre andere Pobacke. Ich sauge ihre Schamlippe in meinen Mund und knabbere daran. Ich weiche zurück und versohle ihre Pussy ein paar Mal, dann lasse ich kurze, schnelle Schläge auf ihre Kehrseite prasseln.

„Lance", wimmert sie, wobei sie bedürftig klingt.

„So ist's recht, Engel. Ich will, dass du meinen Namen sagst, während ich dich richtig rannehme." Ich presse meine Daumenkuppe auf ihren Anus, während ich meinen Mund wieder an ihre Mitte führe.

„Oh mein Gott, Lance."

Noch ein Schlag.

„Bitte", wimmert sie. „Es ist so gut. Oh mein Gott, bitte."

„Musst du kommen, Engel?"

„Ja!"

„Komm auf meiner Zunge, Charlie, und dann gebe ich dir meinen Schwanz." Ich massiere ihren Anus und penetriere sie mit meiner Zunge.

Sie greift mit ihren Fingern nach hinten, um ihre Klit fester zu massieren. Ich schlage einmal auf ihren Hintern. Zweimal. Beim dritten Mal kommt sie, ihre süße Pussy verkrampft sich und erbebt um meine Zunge, während sie ihre Hüften nach hinten drückt, um mehr davon zu kriegen.

„Das ist es, Engel." Ich versenke zwei Finger in ihrem Kanal, um ihr etwas Substanzielleres zu geben, um das sie sich zusammenziehen kann.

„Oh… oh! Lance."

„Jepp. Nur Lance", sage ich zu ihr, tackle sie sachte auf ihre Seite und drücke sie auf den Rücken.

~

Charlie

. . .

Lance schwebt über mir und starrt mit leuchtenden Augen auf mich hinab – sie sind so hellblau.

„Dein Wolf zeigt sich", wispere ich.

Er blinzelt und berührt mit seiner Zungenspitze einen seiner Fangzähne, die länger als üblich wirken. „Ich werde dich nicht markieren", verspricht er.

Ich habe nicht einmal an das gedacht, was er mir auf der Fahrt hierher erzählte. Dass mich sein Wolf beißen will, um seinen Geruch für immer in mir einzubetten. Aber so wie er redet, spüre ich diese besitzergreifende Art überall.

Und ich muss sagen… ich hasse es nicht.

Ich meine, es ist das Letzte, das ich von einem Player wie Lance erwartet hätte. Ich wies ihn einzig und allein aus dem Grund zurück, dass ich dachte, er sei ein Typ, der jede Nacht eine andere hat. Aber jetzt hat sich alles verändert. Er sagt, dass er das hier ein Leben lang will. Er nennt meine Pussy sein.

Das drückt genau die richtigen Knöpfe bei mir. Knöpfe, von deren Existenz ich nicht einmal wusste. Ich wollte einen sicheren, gefestigten und geerdeten Mann.

Ich bin mir nach wie vor nicht sicher, ob er das ist, aber er ist auf jeden Fall mit Haut und Haaren dieser Sache verschrieben. Mehr als das kann ich eigentlich nicht verlangen. Er kann nicht ändern, wer oder was er ist, womit er seinen Lebensunterhalt verdient, aber er ist gewillt, mir einhundert Prozent zu geben.

Und er ist fünfhundertmal aufregender als mein Fantasie-Buchhalter.

Und der Sex.

Guter Gott.

Er reibt mit seiner Schwanzspitze über meinen Eingang, womit er mich dazu veranlasst, den Rücken durchzubiegen und nach mehr zu stöhnen, obwohl ich gerade erst gekommen bin.

„Ja", ermutige ich ihn.

„Sag meinen Namen noch einmal." Seine Stimme ist leise und knurrig. Er hält seinen Penis zurück und neckt mich jetzt.

„Lance", antworte ich wie aus der Pistole geschossen.

„Nur Lance", korrigiert er.

„Nur Lance", stimme ich zu.

Sein Lächeln ist animalisch. Er stößt sich mit einer geübten Hüftbewegung in mich und die Empfindung, von ihm gefüllt zu sein, bringt mich dazu, die Augen nach hinten zu rollen.

„Oh…", stöhne ich lustvoll, als er sich zurückzieht, dann wieder in mich rammt.

„Oh-ha. Willst du es tief?"

„Ja", bestätige ich. Nicht, dass ich mich beschweren würde, wenn er es mir auf andere Weise gäbe. Ich meine, der Kerl hat praktisch ein magisches Glied. Alles, das er tut, bringt mich zum Schreien.

Ich beobachte ihn in dem mondbeschienenen Zimmer. Seine Bauchmuskeln spielen, während er seine Hüften kreisen lässt, und seine Brustmuskeln zeichnen sich wie ein Relief in dem silbernen Licht ab.

Er hält meine Schultern mit einer Hand fest, wobei er mit dem Daumen leicht über meinen Hals streicht – eine sanfte Bewegung, die in großem Kontrast zu seinen tiefen, festen Stößen steht. Seine Bewegungen haben eine meditative Eigenschaft an sich, fast schon wie Tantra – nicht, dass ich viel darüber weiß. Aber so stelle ich mir tantrischen Sex vor.

Vielleicht konzentriert er sich, damit er mich nicht markiert. Der Gedanke sollte mich ernüchtern, aber das tut er nicht. Es ist schwer, vor irgendetwas Angst zu haben, wenn ich mit Lance zusammen bin. Ich meinte ernst, was ich ihm vor dem Sex erzählte – er bildet ein Gleichgewicht zu mir. Er lindert meine Furcht. Gibt mir das Gefühl, als sei alles möglich. Als sei meine Welt nicht ganz so klein, wie ich sie zu machen versuche. Dass ich die Kontrolle loslassen kann und er sicherstellen wird, dass nichts Schlimmes passiert.

Ich unterwerfe mich der köstlichen Süße seiner Bewegungen in mir und rolle mit den Hüften, um mich seinen Stößen anzupassen und ihn aufzunehmen.

Er umfängt meinen Busen, streichelt mit seinem Daumen über meine aufgerichtete Brustwarze, zwickt und drückt sie.

Die Entspannung von meinem ersten Orgasmus schwebt davon und wird von angespanntem Verlangen ersetzt. Ich fange zu wimmern und zu stöhnen an. Ich packe Lances Arme und meine Nägel bohren sich in seine Haut.

Er lässt wieder dieses verschmitzte Lächeln auf mich los. „Willst du mehr, Charlie?"

„Ja", flehe ich.

Er beschleunigt sein Tempo und verkürzt seine Stöße, sodass sie schnell und hart sind. Das Geräusch von Haut, die auf Haut klatscht, durchdringt den Raum.

„Lance…"

„Ne-he. Sag meinen Namen, Charlie. Wer bringt dich zum Schreien?"

„Du tust das. Oh Gott, bitte, Lance."

Seine Augen leuchten in der Dunkelheit und er starrt ruhig auf mich hinab, wobei er das schnelle Tempo aufrecht hält, aber nicht seine Selbstbeherrschung verliert. Er scheint auf mich zu warten. Es ist alles für mich.

„Wirst du…", keuche ich.

Sein Lächeln wird breiter. „Bei dir ist das selbstverständlich, Engel. Ich versuche nur, mich zurückzuhalten."

„Nicht", murmle ich.

„Fuck." Lance scheint daraufhin die Kontrolle zu verlieren und rammt sich mit groben, ruckartigen Stößen in mich, bis er einmal tief in mich stößt und so verharrt.

Ich komme im gleichen Moment wie er und meine Pussy melkt seine Härte. Obwohl wir bereits ein Kind gezeugt haben, stelle ich mir vor, dass dies der Moment ist, in dem wir das Baby machen. Ich sehe in meinem Kopf bildlich die Perfektion unserer Vereinigung – wie mein Körper seine Essenz aufnimmt, sie willkommen heißt und tiefer in mich zieht, um mein Ei zu befruchten.

Es ist ein hübscher Akt, eine hübsche Kreation.

Was wir gemeinsam machten, ist wunderschön, ob wir das zum damaligen Zeitpunkt nun planten oder nicht.

Lance hält Wort, senkt sich auf mich, nimmt mich in seine Arme und rollt uns auf die Seite, sodass ich an ihn gekuschelt bin.

Die Worte *Ich liebe dich* schwimmen in meinem Kopf umher. Es ist zu früh, sie zu sagen, aber sie sind trotzdem da. Was ich in diesem Moment für Lance empfinde, ist definitiv Liebe.

Ich küsse seinen Hals, seine Brust. Er gibt einen beinahe verwundeten Laut von sich und streichelt meine Haare.

Ich weiche zurück. „Bist du okay? War es schwer, mich nicht zu markieren?"

Sein Lächeln ist leicht gequält. „Es ist schwer." Sein Glied regt sich an meinem Bauch und Lance zwinkert. „Ich bin immer hart für dich."

„Ha ha." Ich berühre sein Gesicht. „Aber im Ernst – tut es weh?"

Er schüttelt den Kopf. „Nein, Engel. Ich habe nur

Angst, dass ich dir wehtun werde. Ich will nicht die Kontrolle verlieren und dich ohne dein Einverständnis markieren. Es ist eher wie eine Raserei, kein Schmerz."

Ich nicke und kuschle mich dichter an ihn. So verrückt das alles ist, ich liebe es, Teil davon zu sein. Ich liebe es, mehr über seine Art zu erfahren. Sein Rudel. Seine Wunden.

„Was ist mit dir?" Er streicht einige Haare aus meinem Gesicht. „Bist du entspannt? Brauchst du irgendetwas?"

„Mir geht's gut. Definitiv entspannt. Du hast mir damit geholfen. Ich habe das Gefühl, als könne ich ein Stückchen der Kontrolle aufgeben, wenn ich mit dir zusammen bin, und einfach Spaß haben."

„Mmmh. Meine kleine Planerin. Wir haben Spaß." Er küsst meinen Kopf. „Woher kommt dieses Verlangen, alles zu planen und vorzubereiten?"

Es ist witzig. Meine Freundinnen scherzen und necken mich deswegen schon seit Jahren, aber niemand hat gefragt, warum ich eigentlich ein Kontrollfreak bin. Es wurde einfach akzeptiert, dass ich so bin.

Ich hole tief Luft. „Meine Eltern traten beide nach 9/11 der Air Force bei. Meine Kindheit bestand nicht nur aus zahlreichen Umzügen und der monatelangen Abwesenheit meiner Mom oder meines Dads. Manchmal waren beide im Einsatz und wir blieben bei meiner Oma. Außerdem hatte ich immer Angst, dass Mom oder Dad nicht nach Hause kommen würde – denn das war anderen Kindern, die ich auf der Basis kannte, passiert. Ich träumte von meiner Mom und Dad, dass sie nach Hause kamen und uns erzählten, sie würden sich neue Jobs suchen. Ich wollte einfach nur, dass sie in Sicherheit sind. Und ich wollte in einer Kleinstadt mit einer tollen Gemeinschaft leben. Deswegen wählte ich auch Taos aus.

Ich konnte mir vorstellen, hier zu heiraten und Kinder großzuziehen."

„Und der Mann, den du dir vorstelltest?"

Bilde ich mir das nur ein oder klingt Lances Stimme leicht erstickt? Ich schlucke. „Nun, ganz ehrlich? Ich stellte mir jemanden sehr Bodenständigen vor. Einen Zahnarzt oder Buchhalter." Lance rümpft bei diesen Worten die Nase und ich lache. „Ich weiß, das klingt langweilig. Aber mir schwebte hauptsächlich jemand vor, der geerdet ist und gerne Vater sein würde. Jemand, der mit den Kindern Baseball in der Little League trainiert und ein Pfadfinderführer ist und all dieses dumme Zeug."

Es ist witzig, wie irrelevant das alles jetzt wirkt.

„Ich werde *auf jeden Fall* beim Training der Little League helfen", sagt Lance in der feierlichsten Eid-Stimme.

Ich lache und Wärme breitet sich in meiner Brust aus. „Ich wette, das wirst du tun."

Und irgendwie klingt der Gedanke, Lance dabei zu beobachten, wie er lernt, Kinder für die Little League zu trainieren, viel aufregender als das Bild, das ich im Kopf hatte. Das Bild mit dem langweiligen Buchhalter, der denkt, er wüsste bereits alles über die Little League, das es zu wissen gibt.

Ich reibe meine Nase an seiner Brust und seufze, während sich Zufriedenheit wie eine Decke über mich legt. Ich kann mich nicht daran erinnern, wann ich mich jemals so wohlgefühlt habe, aber das tue ich jetzt. In Lances Armen fühle ich mich sicher und beschützt. Als würde alles – sogar unerwartete Schwangerschaften und mit einem Werwolf verpaart zu sein – nicht nur leicht, sondern ein Spaß werden.

9

Lance

Nachdem ich Charlie am nächsten Morgen bei der Arbeit abgesetzt habe, finde ich Rafe im Wald, wo er gerade mit dem Rest des Rudels Schießübungen macht. Er lässt uns gerne in schlechtem Wetter trainieren und vor einer Stunde begann, Schnee in dicken, lautlosen Flocken zu fallen.

Ich rechne mit der üblichen Zurechtweisung, die ich stets erhalte, wenn ich fort war und Spaß hatte, während der Rest trainierte. Daher schließe ich mich ihnen einfach wortlos an und nehme eine Armbrust in die Hand.

Ich betrachte die Zielscheibe, warte und lasse meinen Pfeil eine Sekunde, nachdem Rafe seinen abgegeben hat, fliegen, woraufhin ich den hölzernen Schaft seines Pfeils in der Mitte spalte, weil wir beide die Mitte der Scheibe treffen.

„Arschloch“, schimpft er.

Ich sage nichts. Stattdessen lege ich einen neuen Pfeil ein und warte.

„Versuchst du, zu beweisen, dass du kein Training brauchst?“, blafft er.

„Nein. Ich versuche, zu beweisen, dass ich nicht so inkompetent bin, wie du denkst.“

„Jetzt geht das wieder los.“ Rafe besitzt doch die Unverschämtheit, zu schnauben.

Channing schießt einen Pfeil, ich lasse meinen fliegen, womit ich seinem Volltreffer ebenfalls den Ruhm raube, denn ich zerstöre auch seinen Pfeil.

„Arschloch.“ Channing grinst mich an, um zu zeigen, dass er es anders als Rafe nicht ernst meint.

Trotz meiner normalerweise gelassenen Art kann ich mich nicht zum Lächeln überwinden. Gestern Nacht Charlies Perspektive zu hören, veränderte alles. Sie bestätigte mir, was ich mein gesamtes Erwachsenenleben gefühlt habe. Ich wusste jedoch nie, ob ich es mir nur einbildete.

Rafe denkt, dass ich nicht für mich selbst sorgen kann.

„Niemand hält dich für inkompetent“, meint Deke, der einen Pfeil schießt, bevor ich meinen Schuss abgeben kann. Er ist normalerweise der Schweigsame, weshalb mir die Tatsache, dass er versucht, Frieden zu stiften, verrät, dass ich missmutiger bin, als ich weiß. Mein Verlangen, Charlie zu markieren, wirkt sich auf jeden wachen Moment aus. Es sorgt dafür, dass ich allzeit bereit bin, zu kämpfen, zu ficken oder zu sterben.

„Ach, wirklich? Denn ich glaube, Channing wird hier mehr Respekt entgegengebracht als mir und er ist kaum seinen Trainingsstiefeln entwachsen.“

Channing wirbelt herum und zielt mit seinem Pfeil direkt auf mein Auge. „Sag das noch mal, Arschloch.“ Sein albernes Grinsen ist das Einzige, das meinen Wolf davon abhält, in gleicher Weise zu reagieren.

„Oh, ich bin bereit.“ Ich ziehe an ihn gewandt die Augenbrauen hoch.

„Vielleicht weil Channing nicht herumrennt und Menschen schwängert –“

Mit einem Knurren mache ich einen Satz und reiße Rafe zu Boden. Ich bin so wütend, dass ich nicht einmal weiß, ob ich in Wolf- oder Menschengestalt bin.

Mensch, wie es scheint. Ein Mensch, auf dem drei sehr große andere Menschen sitzen und ihn nach unten drücken.

„Beim Schicksal, ihn hat es schlimm erwischt“, kräht Channing.

„Fick dich.“ Ich wehre mich, aber kann nicht aufstehen. Nicht, während sie all meine Gliedmaße mit ihrem gesamten Körperwicht fixieren.

„Du solltest dein Mädel markieren, bevor du vollkommen durchdrehst“, rät mir Deke.

„Hör mir zu“, sagt Rafe. *„Hör zu.“* Er legt einen Alphabefehl in diese zwei kleinen Worte und mein Körper wird instinktiv reglos. „Das habe ich nicht ernst gemeint. Es tut mir leid. Ich weiß, dass sie deine Gefährtin ist. Aber du hast das alles auf jeden Fall rückw-“

„Ich würde gerne sehen, wie du alles perfekt machst, wenn es um eine Frau geht“, knurrt Deke und überrascht mich, indem er meine Seite wählt und sich gegen seinen Alpha stellt.

Zu meinem größten Erstaunen setzt Rafe seine Dominanz nicht durch. Eine Sekunde lang wird seine Miene geistesabwesend, als würde er tatsächlich an eine Frau denken. Aber das ist unmöglich. Rafe hatte nie Interesse daran, seinem Alpha eine Wolfgefährtin zu suchen. Und es ist schwer vorstellbar, dass er sie jemals finden wird, während wir uns in dieser kleinen Stadt verkriechen und nur selten mit anderen Gestaltwandlern interagieren.

„Nein“, sagt er barsch und steigt plötzlich von mir. Die anderen zwei folgen seinem Beispiel und stehen auf. Rafe reicht mir eine Hand, um mir aufzuhelfen.

Ich nehme sie bloß, weil es ihm nicht ähnlichsieht, versöhnlich zu sein.

„Ich hoffe nur, du denkst an alles, das schiefgehen könnte.“ Rafe wendet sich von mir ab und reibt mit einer Hand über seine kurz geschorenen Haare, wodurch er die Schneeflocken auf seinem Kopf mit seiner Körperhitze zum Schmelzen bringt.

„Warum sollte er das tun?“, fragt Channing leise.

„Sarcero ist dort draußen. Er könnte auf Rache aus sein und was wäre besser dazu geeignet, es uns heimzuzahlen, als einer Frau zu schaden? Oder deinem Kind?“

Mein Magen verkrampft sich.

Fuck.

Ich schlucke schwer. „Ich werde mir überlegen, wie ich sie beschützen kann“, schwöre ich.

Rafe nickt. „Das werden wir alle tun.“

Sofort tut es mir leid, dass ich einen Streit vom Zaun gebrochen habe. Ich weiß, dass Rafe das Gewicht der Welt auf seinen Schultern trägt. Mehr als er sollte, selbst als Alpha eines so kleinen Rudels. Ich trete für eine brüderliche Umarmung zu ihm und klopfe ihm auf den Rücken. „Ich liebe dich, Mann.“

„Armleuchter“, brummt Rafe, denn von Intimität hält er nicht viel.

Channing und ich lachen beide.

10

Charlie

Heute Abend ist Mädelsabend und Sadie, Adele, Tabitha und ich haben vor, uns bei Tabitha zu treffen. Ich werde ihnen erzählen, dass ich schwanger bin. Sadie weiß es bereits und Adele kennt einen Teil der Geschichte zwischen Lance und mir, aber es ist an der Zeit, ihnen alles zu verraten.

Tabitha lebt in einem umgebauten Eisenbahnwagon außerhalb von Taos. Ihr Dekorationsstil kann als wirklich cooles Durcheinander beschrieben werden. Es hilft nicht, dass die Hälfte ihres Heims interessanten, alten Gegenständen oder Kleidern gewidmet ist, die sie online verkauft.

Ich schiebe den Perlenvorhang beiseite und laufe zu einem der drei Sitzsäcke. Es gibt noch ein stabileres, modernes, Chaiselongue ähnliches Möbelstück, auf das man sich setzen kann, aber das meide ich. Tabitha nennt es eine ‚Yoga-Couch', aber ich habe die Marke im Internet gesucht und es ist definitiv eine Sex-Couch. Das rote Kunstleder lässt sich leicht abwischen, aber trotzdem. Sogar Adele hat sich für einen Sitzsack entschieden.

Adele ist bereits da und hält für drei schlafende Katzen Hof, während eine vierte auf ihrem Schoß liegt. Zusätzlich zu ihrem Online-Laden passt Tabitha auf die Haustiere anderer Leute auf, um ihre Lebensmittel bezahlen zu können. Sie arbeitete auch schon als Model, als Schmuckkünstlerin und Geländewagen-Rennfahrerin und half bei der Erstellung von Earthship-Gebäuden. Karriereziele bedeuten für Tabitha nicht das Gleiche wie für mich.

Sie hat definitiv keinen Lebensplan.

„Hey Lady“, begrüße ich Adele. Meine Freundin sieht etwas entspannter aus als zuletzt. Ich will mich nicht in ihre Geschäftsprobleme einmischen, außer sie spricht sie von sich aus an, weshalb ich mich für ein „Wie geht es dir?“ entscheide.

„Spitze.“ Adele streichelt die riesige Tigerkatze. „Ich bekomme eine Schnurr-Therapie.“

„Oh, stört dich Winston Churchill?“, ruft Tabitha aus der Küche.

„Überhaupt nicht“, murmelt Adele. Der Kater schnurrt so laut, dass ich ihn von meinem Platz aus hören kann. „Charlie ist gerade gekommen.“

„Willkommen Charlie“, ruft Tabitha. „Fühl dich wie zu Hause. Möchtest du etwas trinken? Adele hat Wein mitgebracht.“

„Für mich nur Wasser, danke.“ Ich strecke meine Hand aus und locke eine der Siamkatzen zu mir.

Tabitha tänzelt mit einer Chipstüte und einer Schüssel Salsa herein. Sie scheucht die zweite Siamkatze von dem niedrigen Wohnzimmertisch und stemmt anschließend die Hände in die Hüften. Sie trägt einen knallgelben Jumpsuit, womit sie wie Uma Thurmann in *Kill Bill* aussieht. Sie mag

Cosplay, kauft massenweise Vintageklamotten bei Haushaltsauflösungen und macht sich ihre Nähkünste zunutze, um etwas Neues aus ihnen zu zaubern. Der Jumpsuit ist vermutlich ein Ergebnis von alldem.

„Wie zum Geier geht es dir, Charlie?“, fragt Tabitha, die noch immer hin und her eilt, Bierdeckel verteilt und die Snacks neu anordnet. „Ich habe dich schon ewig nicht mehr gesehen.“

Wahrscheinlich weil ich mit Lance geschlafen habe, anstatt Adele im Laden zu helfen. Der Kerl verbrachte jede Nacht dieser Woche damit, sicherzustellen, dass ich sexuell gründlich und gut befriedigt wurde, sowohl vor dem Schlafengehen als auch jeden Morgen vor der Arbeit. Den Rest der Zeit verbringt er damit, mir Essen anzubieten oder in Wolfgestalt auf meiner Zustellroute aufzutauchen. „Mir geht's gut.“

„Du siehst klasse aus. Hast du Makeup aufgelegt oder so etwas?“ Tabitha betrachtet mich. „Du leuchtest richtig.“

„Ja, das tust du“, stimmt Adele zu und zieht hinter Tabithas Rücken eine Braue hoch.

Ich berühre meine Wangen und hoffe, dass das schwache Licht der Lavalampe mein Erröten verbirgt. Zum Glück bohrt Tabitha nicht weiter nach. Sie tunkt einen Chip in die Salsa und nimmt ihn mit zu der Yoga/Sex-Couch, wo sie sich auf der gewölbten Oberfläche ausstreckt. „Oh, bevor ich es vergesse, Adele, ich hab neulich deinen Geschäftspartner gesehen. Er sah aus, als hätte er ein blaues Auge.“

Ich werfe Adele einen besorgten Blick zu. Bing hatte kein blaues Auge, als ich ihn sah, aber sie sieht nicht überrascht von der Neuigkeit aus.

„Oh?“ Adeles Stimme ist neutral.

„Ich rief seinen Namen, aber er hörte mich anscheinend nicht.“ Tabitha zuckt mit den Achseln. „Alles okay?“

„Ja, ich hab ihn heute angerufen, aber noch nichts von ihm gehört“, sagt Adele langsam. „Danke für das Update, Tabitha. Ich werde sehen, ob er zurückruft.“

„Kein Problem.“ Tabitha scheint keine Ahnung zu haben, also hat Adele ihr noch nicht alles verraten. „Charlie? Was gibt es Neues bei dir?“

„Ähm…“ Soll ich sie jetzt aufs Laufende bringen oder auf Sadie warten? Ich kann mich nicht entscheiden. Meine Pause dehnt sich zu sehr in die Länge und mir wird bewusst, dass mich meine zwei Freundinnen erwartungsvoll anstarren. „Ich habe Neuigkeiten.“

Adele verbirgt ihr Lächeln in ihrem Weinglas. Sie denkt, sie weiß, was ich sagen werde.

Ich öffne den Mund und die Tür schwingt auf.

„Hey Ladies“, trällert Sadie. „Bereit, Patentanten zu werden?” Sie trägt eine große Tupperdose in den Händen – die, die sie für Backwaren benutzt – und eine Tüte voller klirrender Flaschen. „Ich dachte, wir könnten feiern. Ich habe Cupcakes gebacken! Und Zutaten für alkoholfreie Cocktails mitgebracht!“

Adele setzt sich so schnell auf, dass Winston Churchill der Kater von ihrem Schoß fällt. Er landet mit einem dumpfen Knall auf seinen Pfoten und läuft mit hoch erhobenem Schwanz davon. Adele bemerkt es nicht. „Patentanten?“ Sie mustert Sadie, als würde sie nach einem Babybauch suchen.

„Alkoholfreie Cocktails?“ Tabitha rümpft die Nase. Sie dreht sich zu mir. „Ist das deine Neuigkeit? Entgiftest du?“

„Oh nein“, keucht Sadie. Ich schnappe mir den Plastikbehälter mit den Cupcakes, bevor sie ebenfalls durch die Luft fliegen, und stelle ihn in Sicherheit auf den Wohnzimmertisch. „Du hast es ihnen noch nicht erzählt?“ Sadie ist entsetzt.

Adeles haselnussbraune Augen weiten sich, während sie von Sadie zu mir huschen. „Charlie?“

„Überraschung“, sage ich schwach zu Tabitha und Adele.

Adele schlägt sich die Hand vor den Mund.

„Warte, was?“, fragt Tabitha und schaut von meinem Gesicht zu Adeles. „Was ist los?“

Ich räuspere mich. „Ich bin schwanger.“

„Herzlichen Glückwunsch“, platzt Sadie heraus genau wie beim ersten Mal, als ich es ihr erzählte. „Sorry. Ich bin einfach so aufgeregt.“

„Oh mein Gott, wirklich?“, fragt Tabitha. Ich nicke und sie stößt die Faust in die Luft. „Rizzo hat’n Braten in der Röhre!“

Oh mein Gott.

„Charlie, geht es dir gut?“, fragt Adele.

„Ja?“, antworte ich. „Ich meine, es wird allmählich. Es ist noch immer ein Schock für mich.“

„Es wird alles gut werden.“ Sadie lässt sich neben mir auf einen Sitzsack sinken. „Dafür sind wir schließlich da.“ Sie tätschelt mein Knie.

Tabitha fällt sofort über die Cupcakes her, die Sadie mit hellblauem, rosa und gelbem Frosting verziert hat.

„Ja“, sagt Adele. „Wir sind für dich da. Was auch immer du brauchst…“

Ich erschlaffe ein wenig, da ich ganz schwach vor Erleichterung werde.

„Warte, ich wusste nicht einmal, dass du dich mit jemandem verabredet hast.“ Tabitha leckt blaues Frosting von ihrem Finger.

„Das habe ich nicht.“ Bah, ich werde Tabitha alles erzählen müssen.

„Also was ist passiert? Wer ist der Glückliche?“ Sie grinst und fügt schelmisch hinzu: „Weißt du es?“

„Stopp." Adele schaut Tabitha finster an.

Tabitha zwinkert mir zu.

„Ja, ich kenne den Kerl", gifte ich. Tabitha und ich tun gerne so, als würden wir streiten. „Es ist Lance Lightfoot."

Tabitha hält inne, bevor sie in einen Cupcake beißt. „Warte, wer?"

„Einer dieser Biker", sagt Adele.

„Dekes Freund", wirft Sadie rasch ein.

Ich kann Adeles Gesichtsausdruck nicht lesen. Ich bin mir nicht sicher, ob sie Lance billigen wird.

Tabithas Mund klappt auf. „Der blonde Schürzenjäger? Das ist der Daddy deines Babys?"

„Ja und wir verstehen uns wirklich gut. Wir wollen es miteinander versuchen."

„Yay." Sadie klatscht in die Hände und macht sich daran, Flaschen mit edlem Selters und Sirupe aus ihrer Tüte zu ziehen.

Adele sieht skeptisch aus.

Tabitha kommt zu mir und stellt einen Cupcake vor mich. „Spul die Baby-Kassette mal eine Sekunde zurück", sagt sie. „Ich habe das Gefühl, dass ich eine ganze Menge nicht weiß. Lass mich das klarstellen: du bist mit Lance zusammen? Dem Typen, der vor uns eine ganze Gruppe Skihäschen angebaggert hat?"

Ich verziehe das Gesicht. Wir beobachteten Lance tatsächlich einmal dabei, wie er das tat. Und alle Mädchen gaben ihm ihre Nummer. Eine drückte seine Muskeln und fragte, ob sie sein Motorrad fahren könnte. Er versicherte ihnen, dass er sie alle auf sein Gerät steigen lassen würde.

Ich ächze und lege den Kopf in die Hände. Sofort umringen mich meine Freundinnen. Drei sanfte Hände legen sich auf meinen Rücken. Sogar Tabitha ist für mich da.

„Es ist okay", sagt Adele. „Wir stehen hinter dir."

„Ja, Charlie“, fügt Tabitha hinzu und Sadie beendet ihre Aufmunterung, „wir werden das durchstehen.“

„Ich weiß, dass er ein Player ist. Es war nur ein Geburtstagsspaß. Er kaufte mir einen Drink, nachdem wir meinen Geburtstag gefeiert hatten – wir begegneten uns auf dem Parkplatz. Tatsächlich begegneten wir uns schon an jenem Morgen bei den heißen Quellen – nackt. Und das ebnete den Weg für den Rest.“ Ich kann mir ein verdorbenes Grinsen nicht verkneifen, das meine Freundinnen zum *Oohen* und Lachen bringt.

„Also“, sagt Tabitha, „muss er gut sein.“

„Wirklich gut“, gestehe ich mit einem Seufzen. „So gut.“

„Aber?“, hakt Adele nach, die meine Zurückhaltung heraushört. Sie hält mir den Teller mit Cupcakes hin und ich nehme einen.

„Aber ich wollte jemanden Bodenständigen. Einen häuslichen Typen wie mich. Lance ist nicht mehr beim Militär, aber ich glaube, sein Job ist genauso gefährlich – oder vielleicht noch gefährlicher als beim Militär.“ Ich ziehe das Papierförmchen des Cupcakes nach unten und beiße ab. Er ist perfekt: saftig und locker mit der genau richtigen Menge Frosting. Die zuckrige Süße schmilzt auf meiner Zunge.

Sadie wird ernst. „Darüber mache ich mir auch Sorgen“, gesteht sie, während sie ebenfalls einen Cupcake auswickelt. „Aber sie sind starke Männer.“ Sie wirft mir einen bedeutungsvollen Blick zu. Ich weiß, dass ich Tabitha und Adele nicht von dem Rudel erzählen darf – was sie sind. Ich weiß nicht, wie Sadie das ertragen konnte, als es keine von uns wusste. Wenigstens können wir jetzt miteinander darüber reden.

Ich mixe mir einen alkoholfreien Cocktail. Adele und Tabitha versetzen ihre mit ein wenig Alkohol. „Das sind sie… aber es ist trotzdem ein gefährliches Geschäft.“ Ich kann nicht aufhören, an diese Einschusslöcher in Lance zu denken. Letzte Nacht hatte ich einen Alptraum, in dem ich nachts aufstand, um das Baby zu stillen, und Lance blutend auf meinem Küchenboden fand.

„Aber es scheint ein recht lukrativer Job zu sein“, wirft Tabitha ein. „Ich meine, diese Männer haben dieses Multimillionen-Dollar-Grundstück auf dem Weg zum Skital gekauft und es zu ihrem Hauptquartier gemacht. Sie müssen finanziell gut aufgestellt sein.“

Ich nicke. „Ja, ich denke du hast recht. Was meine Überzeugung, dass es sehr gefährlich ist, nur bekräftigt. Vielleicht ist es nicht einmal legal.“

„Es ist legal“, sagt Sadie streng. „Oder zumindest finden ihre Aufträge auf Geheiß der U.S. Regierung statt.“

„Das ist nicht zwangsläufig das Gleiche“, entgegne ich.

Sadies Stirn legt sich vor Sorge in Falten und ich würde mir am liebsten selbst in den Hintern treten, weil ich meine Ängste auf sie übertragen habe. Wenn sie mit ihrem neuen Wolfgefährten glücklich ist, sollte ich ihr das nicht kaputtmachen.

„Also steht er hundertprozentig hinter der Schwangerschaft? Ich meine, was hat er gesagt?“, will Tabitha wissen.

Ich nehme einen großen Schluck von meinem alkoholfreien Cocktail. „Ja. Er steht voll und ganz dahinter. Er ist jede Nacht bei mir und stellt sicher, dass ich gegessen habe, und massiert mir die Füße. Ehrlich gesagt, ist es ziemlich unglaublich.“

„Also glaubst du ihm?“, fragt Adele. Sie klingt nicht wertend, nur so, als würde sie versuchen, die Fakten zu klären. „Meint er es ernst?“

Wäre da nicht der Wolfteil, würde ich nichts davon glauben. Aber dieser Kerl ist kein Mensch. Das bedeutet also, dass ich ihn nicht einfach in eine Schublade stecken kann, in die er meiner Meinung nach gehört. „Ja, ich glaube schon. Er ist nicht der Mann, den ich gewählt hätte – ganz im Gegenteil – aber es besteht so viel Chemie zwischen uns, dass ich es versuchen möchte."

„In Ordnung", sagt Tabitha. Ich weiß, dass sie mich unterstützen wird. Und wenn Lance mich jemals betrügt, wird sie die Erste sein, die sein Haus mit Eiern bewirft, Glitzerbomben zu seiner Arbeit schickt und Zucker in Dukes Benzintank kippt.

„Was ist mit Babynamen?", sagt Sadie. „Hast du schon über welche nachgedacht?"

Ich werde wieder fröhlicher. „Tatsächlich habe ich das."

„Richtig." Tabitha verdreht die Augen. „Dein perfekter Lebensplan." Sie setzt *Lebensplan* mit den Fingern in Gänsefüßchen.

„Benimm dich", warnt Adele sie.

„Es ist ja nicht so, als hätte sie ihren Lebensplan aufgeschrieben und in einem großen Ordner abgeheftet, der farblich nach Jahrzehnten gekennzeichnet ist", spottet Sadie.

Es entsteht Stille, während mich meine drei Freundinnen anschauen.

„Er ist nicht farblich gekennzeichnet", murmle ich. „Das ist eine gute Idee."

Tabitha prustet los.

„Was?" Ich werfe die Hände in die Luft. „Ich habe meine Ziele gerne alle an einem Ort."

„Und daran ist nichts verkehrt", sagt Adele.

„Nun, wenn du Hilfe mit dem Babynamen brauchst, ich habe ein paar auf Lager." Tabitha schüttet etwas Brombeersirup in ihr Glas, nimmt einen Schluck und schmatzt genießerisch.

„Ach, hast du das?“ Ich verschränke die Arme vor der Brust.

„Und schon geht es wieder los“, murmelt Adele.

„Gorgon“, sagt Tabitha mit ernster Miene. „Guter, starker Name.“

„Was? Nein!“, heult Sadie.

„Scheherazade. Noch ein großartiger Name. Starke Frau. Boudicca. Noch eine starke Kriegerfrau.“

„Ich mag altmodische Namen“, unterbreche ich Tabitha, bevor sie so richtig in Fahrt kommt, aber ich grinse. „Wie Opal und Jonas.“

„Boudicca ist ein guter, altmodischer Name“, argumentiert Tabitha. „Oder wie wäre es mit etwas Biblischem? Wie Rahab oder Belshazzar.“

„Nebuchadnezzar“, brummt Adele.

„Ja.“ Tabitha deutet auf Adele. „Genau. Spitzname *Nebu* oder *Nezzar*.“

„Du meinst das doch nicht ernst, Tabitha“, sagt Sadie, klingt jedoch unsicher.

„Ich finde Nebuchadnezzar ist ein genialer Name“, sagt Tabitha ganz unschuldig. Ich funkle sie finster an und sie grinst in ihr Glas.

„Tatsächlich dachte ich daran, einen Namen mit ‚J‘ zu wählen“, sage ich ganz liebenswürdig.

„Oh Grundgütiger“, sagt Adele. „Ich ging mit einer Familie zur Schule, in der jedes Kind einen ‚J‘-Namen hatte. Von Joshua über Jordan zu Josiah. Gott sei Dank hörten sie nach acht Kindern auf; ihnen wären sonst ohnehin die Namen ausgegangen.“

„Jael und Jehoshaphat“, schlägt Tabitha vor.

„Jafar und Jasmine“, kontere ich.

„Ja“, brüllt Tabitha über Sadies Lachen hinweg. „Tu es, Charlie. Ich fordere dich heraus.“

„Wenn du dieses Kind Nebuchadnezzar nennst“, beginnt Adele und ich halte eine Hand hoch.

„Das werde ich nicht tun, ich verspreche es.“ Meine Wangen tun vom Lächeln weh.

„Dann denke ich, dass du klarkommen wirst“, meint Adele.

„Oh ja, Charlie, du hast das alles im Griff“, sagt Tabitha.

„Gib uns Bescheid, wenn du irgendwelche komischen Gelüste hast, dann helfen wir dir“, fügt Sadie hinzu. „Ich bin in Backlaune.“

„Und wenn dir nach etwas Leckerem ist, werden wir dir sogar beim Essen helfen“, verkündet Tabitha. „Aber nicht, wenn es eklig ist – wie Salzbrezeln, die in Essiggurkensud getunkt wurden.“

Ich strecke Tabitha die Zunge raus. Sie schneidet eine Grimasse und dann lächeln wir beide. Ich fühle mich viel besser. Meine Freundinnen sind fantastisch und sie werden mir helfen. Auch wenn mein Leben auf den Kopf gestellt wurde und ich mich noch nicht bereit fühle, Mutter zu werden, wird mein Kind die besten Patentanten auf der ganzen Welt haben.

11

Charlie

AM SAMSTAGMORGEN INFORMIERT mich Lance darüber, dass er mir über das Wochenende beim Entspannen helfen möchte. Er scheucht mich in den Humvee seines Bruders. „Komm schon", sagt er, „ich habe eine Überraschung für dich."

Überraschung. Ich hasse Überraschungen. Ich meine, wie plant man da richtig?

Aber es geht hier um Lance, der mir das Gefühl gibt, ich wäre überall sicher, und dem ich vertraue, dass er sich um all meine Bedürfnisse kümmert, denn das hat er sich zu seiner Lebensaufgabe gemacht.

„Fliegen wir irgendwohin?", frage ich und bohre die Fingernägel in meine Jeans, damit ich sie nicht abknabbere.

„Vielleicht."

Lance fährt über die Straße zu dem winzigen Flughafen von Taos. Dass ich nicht Bescheid weiß, treibt mich in den Wahnsinn. Lance sitzt unterdessen vollkommen entspannt im Auto, eine große Hand liegt auf dem Lenkrad, während die andere mein Knie bedeckt. Vielleicht färbt seine Ruhe noch auf mich ab.

Er fährt am Terminal vorbei und zu einem kleineren Gebäude in der Nähe der Startbahn. Dort stehen einige kleinere weiße Flugzeuge, die auf ihre Flüge warten.

„Wir nehmen ein Privatflugzeug?“, frage ich.

„Das stimmt, Baby. Nichts außer dem Besten für dich. Aber es ist ein Militärflugzeug, also ist es ziemlich kahl im Inneren. Komm schon.“ Er steigt aus und öffnet mir die Tür.

Ich schnappe mir meine Handtasche. „Ähm, muss ich irgendetwas mitbringen?“

„Nein, nur dich.“ Er küsst mich und nimmt meine Hand, ein breites Grinsen auf dem Gesicht. Er sieht wie ein kleiner Junge aus, der mir gleich seine Spielzeuge zeigen wird. Seine sehr teuren Erwachsenenspielzeuge.

Unser Flugzeug ist das Letzte auf dem Rollfeld, ein kastenförmiges Teil, das in einem matten Graugrün gestrichen wurde. Militärgrün. Im Inneren ist es ziemlich leer. Es verfügt über ein offenes Cockpit und einige schlichte harte Sitze, die zwischen herunterbaumelnden Gurten hochgeklappt sind.

Mir kommt ein Gedanke. „Lance“, sage ich nervös, „wir werden aber nicht Fallschirmspringen, oder?“

„Nein, Engel. Nichts Derartiges. Dieses Wochenende geht es nur darum, dass du und ich gemeinsam entspannen.“ Er führt mich zur Mitte des Sitzbereiches, wo zwei bequemer aussehende Sitze im Nachhinein zwischen die schlichten Sitze eingebaut wurden.

„Wohin gehen wir dann?“ Ich umklammere meine Handtasche und frage mich, wie zur Hölle es Lance geschafft hat, mich hierher zu bringen, ohne mir irgendwelche Einzelheiten zu verraten. Ich fühle mich nackt, weil ich ohne einen Koffer in einem Flugzeug bin. Ich hätte wenigstens ein Handgepäcksstück mit einigen der wichtigsten Dinge packen sollen.

„Du wirst schon sehen."

Er küsst mich auf die Stirn, dann senkt er den Kopf, um mit seinem Mund über meinen zu streichen. Ich neige mich ihm und dem Kuss entgegen und fahre zusammen, als sich die Türen zu schließen beginnen. Jemand ist in das Cockpit geklettert.

„In Ordnung, das ist es." Lance schnallt mich an. „Ich muss dich schön fest anschnallen."

Noch ein Kuss und der Flugzeugmotor fängt zu brummen an.

„Könnte etwas lauter sein, als du es gewöhnt bist", brüllt Lance über den Lärm hinweg. Aber seine Aufregung ist ansteckend und mein Herz hämmert nach dem Kuss wie verrückt. Lance schnallt sich direkt neben mir an und legt seine Hand auf mein Knie. Ich lehne mich mit einem Lächeln nach hinten. Vielleicht wird das hier doch ein Spaß.

„Also was meint ihr?", ruft der Pilot. „Wollt ihr ein paar Fassrollen machen?"

„Nur den einfachsten Flug für mein Mädchen", brüllt Lance zurück.

„Ist das Teddy?" Ich deute nach vorne. Sadie erzählte mir von ihm und dem epischen Helikopterflug, zu dem Deke sie bei einem Date mitnahm.

„Das ist mein Name", schreit der Pilot. Irgendwie hat er mich trotz des Lärms gehört. „Weil ich kuschlig wie ein Teddybär bin."

Ich recke den Kopf an Lance vorbei. Teddy ist ein riesiger Kerl in einem kurzärmligen T-Shirt, das seine tätowierten Arme zeigt, auf denen sich Muskeln wölben. Er ist definitiv nicht weich und flauschig wie ein Kuscheltier. Seine Muskeln haben Muskeln.

„Flirte nicht mit meiner Gefährtin", brüllt Lance. Sein Körper ist noch entspannt, aber in seinen Worten schwingt der Hauch einer Drohung mit.

„Ist er auch ein Wolfgestaltwandler?", rate ich, da Lance bei ihm das Wort *Gefährtin* benutzte.

„Bär, Baby", ruft Teddy, der mich anscheinend selbst dann noch hört, wenn ich es für unmöglich halte.

„Nenn sie noch einmal Baby", bringt Lance zähneknirschend hervor, „und ich kastriere dich."

„Wer tut hier wem einen Gefallen?", stichelt Teddy.

„Das heißt nicht, dass du irgendwelche Grenzen übertreten kannst."

Teddy grinst über seine Schulter. „Immer mit der Ruhe. Ich foppe dich doch nur ein bisschen." Er zwinkert mir noch einmal zu.

Ich entspanne mich. Diesen Männern kann ich vertrauen, auch wenn ich den Plan nicht kenne. Wegen des Lärms und meiner neuen Schwangerschaftsmüdigkeit döse ich während des restlichen Fluges.

Einige Stunden später wache ich auf, als das Flugzeug auf einer kleinen Landebahn aufsetzt. „Hey, Engel, wir sind da." Lance hebt meine Hand und küsst meine Knöchel. Als wir aussteigen, winke ich Teddy. Er salutiert mit zwei Fingern.

„Lass es ruhig angehen, Baby-Mama", sagt er, während die Fliegersonnenbrille über seinem Grinsen aufblitzt. Er grinst breiter, als Lance knurrt.

Wir treten aus dem Flugzeug und warme Luft weht mir ins Gesicht. Ich neige mein Gesicht zur Sonne. „Wo sind wir?"

Ich hätte eigentlich die Landschaft beobachten und es

erraten sollen, aber es gab keine Fenster und ich schlief ein.

„Ich dachte, ein Tag am Strand wäre nett.“ Er zuckt mit den Achseln. „Du arbeitest zu hart. Du musst dich entspannen und etwas Sonne tanken. Komm. Ich habe ihnen gesagt, dass sie uns ein Auto dalassen sollen.“

Wir sind definitiv an einem warmen Ort. Einige Palmen sprenkeln die Landschaft und ein paar Berge zeichnen sich vor dem Horizont ab.

Wir laufen über die Rollbahn, gehen an dem winzigen Gebäude vorbei, das als Terminal fungiert, und begeben uns in Richtung Parkplatz. Dieser Flughafen ist so klein wie der, den wir hinter uns ließen, und das will schon etwas heißen. „Wer sind *sie*?“

„Unsere Freunde. Ich habe einen Gefallen eingefordert.“ Er nimmt meinen Arm sowie meine Handtasche und führt mich zu einem großen, schwarzen Escalade. Er tippt an dem Ziffernblock an der Tür einen Code ein und sie entriegelt sich. Nach einer Minute passieren wir ein Schild, auf dem steht: ‚Willkommen in Cabo San Lucas‘.

„Oh mein Gott“, kreische ich. „Wir sind in Cabo? Einfach so?“

„Einfach so“, bestätigt er. Daraufhin greift er über mich zum Handschuhfach, zieht eine Fliegersonnenbrille heraus und setzt sie auf. Mir reicht er eine zweite.

„Was ist mit Pässen? Und der Grenzkontrolle?“

„Ich forderte einige Gefallen ein. Alles ist gut. Es kann einfach sein, Charlie. Das Leben kann so sein.“ Er fährt mit einer Hand, sodass seine rechte Hand meinen Nacken kurz massieren kann. „Entspann dich einfach.“

Die Fenster sind geöffnet und als wir über die Bergkuppe fahren, dringt mir eine Wolke Salzluft in die Nase. *Entspann dich, Charlie. Es ist ein Tag am Strand.* Blauer Ozean, strahlender Sonnenschein und Eiscreme. Nicht einmal ich kann mich dabei stressen.

Wir fahren durch die Resort-Stadt. Ich rechne ständig damit, dass Lance zu einem der Hotels abbiegen wird, aber wir sausen an ihnen vorbei und biegen auf eine private Straße. Vor uns ist ein Tor. Lance stoppt, um einen Code einzugeben und in die Kamera zu winken. Das Tor öffnet sich und wir fahren hindurch.

„Wer genau sind deine Freunde?“, erkundige ich mich. Die Häuser in dieser geschlossenen Wohnanlage sind keine Häuser. Es sind Villen, die auf der Seite des Berges stehen, die den Ozean überblickt.

„Sie sind Gestaltwandler. Wir neigen dazu, einander kennenzulernen. Wir helfen ihnen ab und zu bei ihrer Security, weshalb es keine große Sache ist, einen Gefallen einzufordern.“

Großartig. Millionär-Gestaltwandler. Vielleicht hätte ich mich schicker anziehen sollen. Zumindest hätte ich nicht mein Bigfoot ‚Versteckweltmeister‘ T-Shirt anziehen sollen.

Wir biegen auf eine private Einfahrt, die mit Steinen geplättelt ist und von Palmen sowie Kakteen gesäumt wird. Das Haus wurde auf einem Felsvorsprung über dem Hafen gebaut. Es breitet sich über mehrere Stockwerke aus, hat ein mehrfarbiges Ziegeldach und Stuck in den verschiedenen Farbschattierungen eines Sonnenuntergangs.

„Das ist riesig“, stelle ich fest. „Ist es ein Hotel?“

„Nein, Privatresidenz. Zehn Schlafzimmer, glaube ich. Infinity Pool.“ Er parkt und ich rechne halb damit, dass bewaffnete Sicherheitsleute zum Auto eilen und uns vom Gelände eskortieren. „Was meinst du, Babe? Wird das für uns reichen?“

„Oh mein Gott“, murmle ich.

Er stolziert voller Selbstvertrauen zu dem Haus. Noch

ein Eingang ohne Schlüssel. Die Tür öffnet sich lautlos und ich klammere mich an seine Hand, während ich über die Marmorböden schlurfe.

„Ist irgendjemand zu Hause?“, flüstere ich. Wenn ich hier leben würde, würde ich nie gehen.

„Nur wir.“

Wir betreten ein riesiges Zimmer, das den Ozean zeigt. In alle Richtungen hat man eine fantastische Aussicht. Es gibt eine riesige Terrasse mit Marmorsäulen, zwischen denen Hängematten gespannt sind. Wir können uns hier hinsetzen und den Sonnenuntergang beobachten.

Lance deutet auf die Feuerstelle und Grillbereich draußen. Der Infinity Pool wurde so gebaut, dass es den Eindruck macht, als würde er im Ozean schweben.

Ich schlendere durch das Haus auf der Suche nach einem Bad und kehre kopfschüttelnd zurück. „Die Suite der Hauseigentümer ist größer als mein Haus.“

„Sie sind alle so groß, Engel.“ Lance hat bereits den Kühlschrank geplündert. Er reicht mir eine Wasserflasche, bevor er aus seiner trinkt. „Und dann gibt es noch zwei Gästehäuser.“

Ich packe mein Wasser fester. Bin ich gerade wirklich in das Haus eines Reichen gelaufen und habe mich an seinem Wasser bedient? „Das ist unglaublich. Und du kennst die Leute, die hier wohnen?“

„Sie wohnen hier nicht. Das ist nur eines ihrer Häuser.“

Ich massiere mir die Stirn. Ein Geräusch veranlasst mich dazu, mich umzudrehen. An der gegenüberliegenden Wand hängt ein riesiger Fernseher hinter einem hohen Bartisch mit Barhockern. Eine Bar im *Cheers*-Stil, die im Inneren des Hauses einer anderen Person nachgebaut wurde. Licht flackert auf dem Bildschirm auf, als der Fernseher zum Leben erwacht – der Bildschirm ist größer als mein Esszimmertisch.

Es sind verschwommene, rosa Flecken zu sehen und dann weicht ein kleines Gesicht von der Kamera zurück. Es ist ein niedliches kleines Mädchen, in dessen braunen Haaren schief eine weiße Schleife sitzt. Sie hat ein gelbes Kleid an, auf dessen Vorderseite lila Farbe verschmiert zu sein scheint.

„Hallo." Sie winkt.

Ich winke zurück, weil ich mir nicht sicher bin, ob sie mich sehen kann oder nicht.

„Jaylin", ruft jemand, der auf dem Bildschirm nicht zu sehen ist. „Jaylin, bist du mit Malen fertig? Oh, verdammt." Eine Brünette kommt in Sicht.

„Verdammt", echot das kleine Mädchen.

„Nein, Jaylin. Was hat Mommy zum Thema Fluchen gesagt?" Die Frau geht in die Hocke, um mit einem feuchten Lappen über die lila Flecken auf dem Kleid des Mädchens zu reiben.

„Mach das nicht vor anderen", antwortet Jaylin pflichtschuldig.

„Das stimmt", sagt die Mutter. „Sie könnten mich verurteilen."

Ich muss ein Geräusch von mir gegeben haben, denn die Mom hebt ihren Kopf. „Oh warte, hast du den Bildschirm angeschaltet? Ist das…" Die Frau späht zum Bildschirm und winkt. „Hallo da drüben."

„Hallo." Ich schätze, sie kann mich sehen.

„Ich bin Kylie. Ich hab den CallBot draußen gelassen, weil ich später nach euch sehen wollte. Ich vermute, Jaylin hat ihn in die Finger gekriegt und euch angerufen. Sie benutzt ihn ständig, um ihre Uroma im Obergeschoss anzurufen. Wie auch immer, seid ihr gut reingekommen?"

„Hat alles prima geklappt", ruft Lance durch den

Raum. Er tritt an meine Seite und legt seinen Arm um mich. „Vielen Dank."

„Oh, kein Problem. Wir werden in ein paar Tagen dort runterfliegen, also sollte alles vorrätig sein, das ihr braucht."

„Fantastisch, danke", sagt Lance. „Kylie, das ist meine Gefährtin Charlie." Er drückt mich fester.

„Hallo." Ich winke. Dann wird mir bewusst, dass mich Lance *Gefährtin* genannt hat.

„Ist das…"

„Jepp, ihnen gehört das Haus."

„Mein Strandhaus", sagt Jaylin. Kylie lacht und zieht ihre Tochter auf ihren Schoß. „Das stimmt, Jaylin, es gehört ganz allein dir." Sie verdreht die Augen.

„Wir gehen in meinem weißen Flugzeug dorthin", erklärt Jaylin stolz, deren Stimme niedlich piepsig ist.

„Ja", sagt Kylie, „wir werden in ein paar Tagen in unserem weißen Flugzeug dorthin fliegen."

„Welche Farbe hat euer Flugzeug?", fragt Jaylin.

„Grün", antworte ich.

„Das ist schön." Sie dreht sich zu ihrer Mutter um. „Kann ich ein grünes Flugzeug haben?"

„Ich glaube, ein Flugzeug reicht", sagt Kylie und küsst ihre Tochter auf den Scheitel. „Jetzt geh spielen."

„Okay." Jaylin stößt sich vom Schoß ihrer Mutter und winkt mir mit ihrer kleinen Hand. „Tschüss."

„Tschüss." Meine Hand legt sich auf meinen Bauch. Überraschenderweise bin ich vor Rührung, Mutter und Tochter zu sehen, ganz sprachlos. Eines Tages wird das Baby in meinem Bauch so groß und niedlich sein.

„Unsere Art, äh, ist neu für Charlie", sagt Lance. „Sie ist mit meinem Welpen schwanger."

„Oh, ja." Kylie legt den Kopf schief und mustert mich. Sie ist so hübsch wie ihre Tochter. „Ich bin Halb-Gestaltwandlerin, wie es dein Welpe sein wird, aber ich wusste nicht, was ich bin, bis ich meinen Gefährten kennenlernte. Lass dir von Lance meine Nummer geben. Du kannst mich jederzeit anrufen, wenn du Fragen hast."

„Danke." Ich räuspere mich. Ich werde nicht vor Rührung über die Großzügigkeit dieser Frau die Sprache verlieren. „Das werde ich tun."

„Wow", sage ich zu Lance, als Kylie den Anruf beendet.

„Ich weiß, oder? Sie und Jackson sind ziemlich cool. Nun, Jackson ist ein bisschen steif, aber Kylie hat ihn weich gemacht. Sie ist kein Wolf – sie ist irgendeine Katze. Panther, glaube ich. Oder vielleicht Jaguar. Ihre Gestaltwandler-Gene machten sich erst bemerkbar, als sie schwanger wurde. Es gibt eine Menge Gestaltwandler wie sie, mit denen wir bekannt sind. Wir können uns mit ihnen treffen, wenn du möchtest."

Ich streichle meinen Bauch. Ich will, dass mein Kind sein oder ihr Volk kennt. „Ich denke, das würde mir gefallen."

„Aber genug davon. Heute geht es um Spaß. Willst du schwimmen gehen?"

„Definitiv. Aber…" Ich sehe mich um, als würde ich damit rechnen, dass gleich ein Bikini auf magische Weise erscheinen würde. „Vergisst du nicht etwas? Ich habe keine Tasche mitgebracht." Er hätte mir wenigstens sagen können, dass ich Schwimmsachen einpacken soll. Wahnsinniger Mann.

„Kein Problem." Lance schenkt mir ein Grinsen und zieht langsam sein Shirt aus. Ich würde gutes Geld für so einen Striptease zahlen. Lust verdrängt die Gedanken für einen Moment aus meinem Kopf.

Seine Hände wandern zu seiner Jeans. Er hält meinen

Blick, während er den obersten Knopf öffnet und den Reißverschluss nach unten zieht.

Wird es hier drin heiß?

Er tritt seine Schuhe von den Füßen und mir wird klar, was er vorhat. „Du wirst doch nicht…"

Er grinst mich bloß an.

„Lance, nein." Ich verschränke die Arme vor der Brust. „Wir können nicht nackt baden. Nicht hier." Irgendeine Reiche wird uns sehen und in ihrem Kaviar ohnmächtig werden, die Hände in ihre Südseeperlen gekrallt.

„Niemand wird uns sehen. Charlie, entspann dich."

Dieser Mann. Er wird mich in den Suff treiben. Allerdings kann ich während der nächsten neun Monate keinen Alkohol trinken.

„Wettrennen. Der Letzte, der im Wasser ist, wird getunkt." Er zwinkert und das Wettrennen beginnt.

Ich ziehe mich aus.

~

Lance

Ich lasse Charlie selbstverständlich gewinnen. Auf keinen Fall würde ich meine Frau jemals untertauchen oder sie irgendetwas, abgesehen von ihrem Herzen, verlieren lassen. Und natürlich ihre Klamotten.

Das Wasser im Pool ist warm und Charlie durchpflügt es wie eine Olympiasiegerin im Schwimmen.

„Deine Kraultechnik ist beeindruckend", stelle ich fest, als sie endlich zu mir schwimmt, wobei ein Lächeln ihr Gesicht erhellt.

„Auf der Highschool belegte ich bei den Staatsmeisterschaften den ersten Platz."

Ich lasse meine Hände ihre Seiten hinabgleiten. „So viele Dinge, die ich noch nicht über dich weiß. Ich will sie alle erfahren."

Ihre Lider senken sich. „Wird es wirklich so sein? Die ganze Zeit?"

Ich höre auf, sie zu streicheln. „Was meinst du?"

„Ist das hier unsere Flitterwochenphase? Und dann wirst du zu einem faulen, herrischen Arschloch mit einem Bierbauch, das nur auf dem Sofa liegt und den Müll nicht rausbringt?"

Ich lache so laut, dass ich sie erschrecke. „Ist es das, worüber du dir heute Sorgen machst, Engel?"

Sie errötet. „Nicht wirklich. Ich will mich nur nicht daran gewöhnen, dass du so auf mich abfährst, wenn es eines Tages aufhören wird."

Ich halte ihren Blick. „Ich habe dir gesagt, dass es nie aufhört. Nicht bis zu dem Tag, an dem ich sterbe, Engel. Wölfe paaren sich fürs Leben. Wir gammeln nicht herum. Und", ich nehme ihre Hand und führe sie an meinen Waschbrettbauch, „zum Glück für dich bekommen wir auch nur selten Bierbäuche."

Ihr Lächeln wird anzüglich, während sie mit ihren Händen über meine Bauchmuskeln streicht. „Das *ist* ein Glück", murmelt sie. Dann verblasst ihr Lächeln. „Aber mein Körper wird nicht so perfekt sein. Vor allem nicht nach einer Schwangerschaft."

Ich umfange ihre Brüste und dränge sie mit dem Rücken gegen die Wand des Pools. „Was muss ich tun, damit du mir glaubst? Ich werde immer scharf auf dich sein. Das ist biologisch so gegeben. Nichts wird mein Bedürfnis, dich zu befriedigen, ändern. Meinen Wunsch, mich um dich zu kümmern." Ich schiebe eine Hand über ihren Bauch nach unten und umfange sie zwischen ihren Beinen.

Sie lässt ein leises Stöhnen entweichen. Ich lasse mich unter Wasser sinken, um ihre Beine auseinander zu drücken und bringe meine Zunge zum Einsatz. Ich höre ihren gedämpften Schrei und ihre Beine zappeln um meine Schultern. Sie tippt mir auf den Kopf. Ich ignoriere sie, sauge an ihren Schamlippen, knabbere und versuche, ihre geschwollene Klit zwischen meine Lippen zu ziehen. Sie tippt beharrlicher.

Grinsend tauche ich wieder auf.

„Jag mir nicht solche Angst ein. Ich dachte, du würdest ertrinken." Sie schlägt mir mit einer nassen Hand auf die Brust.

Ich lache, ziehe sie in meine Arme und trage sie zur Pooltreppe. „Ich schätze, ich werde dich einfach aus dem Pool holen und dich verschlingen müssen", informiere ich sie.

„Mmmh", stimmt sie zu, während ich die Stufen erklimme und sie aus dem Pool trage. „Ich denke, du solltest immer das Wort *verschlingen* benutzen, wenn du von deinen Absichten mir gegenüber redest." Sie schaut auf mich hinab und ihr stockt der Atem. „Dein Wolf zeigt sich."

Ich bin mir sicher, dass sie recht hat. Mein Wolf springt jedes Mal an die Oberfläche, wenn ich in ihrer Nähe bin, vor allem wenn sie nackt ist. „Ich werde dir nicht wehtun", verspreche ich und lege sie sachte auf eine Chaiselongue.

„Vielleicht solltest du es tun", bietet sie so leise an, dass es kaum mehr als ein Flüstern ist.

Ich erstarre, meine Zähne stoßen sich aus meinem Zahnfleisch und mein Schwanz ragt schmerzhaft in ihre Richtung. Ich strenge mich sehr an, meinen Atem unter Kontrolle zu kriegen. Die ganze Woche bin ich schon halb verrückt, weil mein Wolf so erpicht darauf ist, sie zu markieren, aber ich habe mir große Mühe gegeben, es mir nicht anmerken zu lassen.

Doch wenn ich sie nicht bald markiere, könnte ich es aus Versehen tun, nachdem ich die Kontrolle verloren habe. Das könnte böse enden.

„Ich werde vorsichtig sein“, verspreche ich. „Ich werde nicht tief beißen.“

In Charlies Blick liegt Furcht, aber ich sehe dort auch Aufregung und der Geruch ihrer Erregung wabert wie ein süßes Parfüm um mich. „Okay“, sagt sie leise.

„Wo willst du ihn? Irgendwo, wo ihn niemand sehen wird?“ Ich streichle mit der Rückseite meiner Finger zwischen ihren Brüsten hinab zu ihrem weichen Bauch.

Sie rollt sich auf die Seite und streichelt ihren Hintern. „Wie wäre es mit dieser Stelle?“

„Aw, beim Schicksal, Engel. Das ist heiß. Wirklich heiß.“ Ich hake ihr oberes Bein über meinen Arm, um ihre Knie zu spreizen und mache mich mit meiner Zunge zwischen ihren Beinen zu schaffen. Außerhalb des Pools, wo ich ihre herbe Essenz schmecken und jedes Beben spüren kann, ist es so viel besser. Ich fahre die Innenseite ihrer Schamlippen nach und drücke meine Zunge in ihren Eingang. Ich lecke ihren Hintern, was sie zum Kreischen und Zappeln bringt.

Normalerweise geschieht der Paarungsbiss auf der Höhe eines Orgasmus. Mein Wolf würde die Kontrolle übernehmen, meine Zähne würden wachsen, sich mit einem speziellen Serum überziehen, in das mein Geruch eingebettet ist, und ich würde sie in dem Moment in ihrem Fleisch versenken, in dem wir beide die Ekstase erreichen. Aber das fühlt sich nicht sicher an. Nicht bei einer menschlichen Gefährtin. Vor allem nicht bei einer schwangeren menschlichen Gefährtin. Ich schiebe einen Finger in Charlie, weil ich weiß, dass ihr lustvolles Stöhnen meinen Wolf hervorlocken wird. Es führt definitiv dazu, dass mein Schwanz unfassbar hart wird. Ich dringe mit einem zweiten Finger in sie und liebkose ihre innere Wand auf der Suche nach ihrem G-Punkt.

Ihr Stöhnen wird lauter und bedürftiger. Ich lasse meine Zunge über ihre Klit schnalzen. Mein Wolf kommt brüllend an die Oberfläche. Ich ziehe meine Finger aus Charlie und schließe ihre Knie, ehe ich mit meinem Daumen ihren Anus exakt in dem Moment finde, in dem ich meine Fangzähne in ihrem hübschen Hinterteil versenke.

Sie schreit vor Schmerz auf, was meinen Wolf sofort bändigt. Vorsichtig, sehr vorsichtig, ziehe ich meine Fangzähne aus ihrem süßen Fleisch und lecke die Wunden, um die Heilung zu unterstützen. Währenddessen massiere ich ununterbrochen ihr hinteres Loch, damit die Empfindungen erotisch bleiben.

„Engel, geht es dir gut? Bitte rede mit mir."

„Ist es vorbei?", fragt sie atemlos wie das Kind, das den Blick abwendet, wenn es geimpft wird.

„Ja. Es tut mir so leid, dass es wehtat." Ich verteile Küsse um die Wunden, während mein anderer Daumen zwischen ihre Beine gleitet, um ihre Klit zu massieren.

Sie schüttelt den Kopf. „Es tut nicht weh. Ich meine, es hat ein bisschen wehgetan, aber mir geht's gut." Sie späht unter den blonden Haarsträhnen, die in ihr Gesicht fallen, zu mir auf. „Bitte sag, dass du beenden wirst, was du angefangen hast."

Beim Schicksal, ich will es beenden. Aber ich will Charlie keine Schmerzen bereiten. „Komm her." Ich hebe sie von der Chaiselongue und setze mich darauf. Im Anschluss ziehe ich sie rittlings auf mich und lege mich nach hinten. „Du reitest, Engel. Ich will dir nicht noch mehr wehtun."

Charlies Lider senken sich, während sie auf mich klettert, dann meine Schwanzspitze an ihren Eingang führt und sich niederlässt. „Ich darf fahren?“, fragt sie mit heiserer Stimme.

„Du kannst jederzeit fahren, wann du möchtest, Engel. Ich bin nur herrisch, wenn du das von mir möchtest.“

Sie schaukelt mit ihren Hüften auf meinen, was Schauder der Ekstase durch mich jagt. „Ich mag es, wenn du herrisch bist.“ Ihre Stimme ist praktisch ein Schnurren. „Ich könnte mich sogar an deine Überraschungen gewöhnen“, gesteht sie.

Ich würde antworten, aber ich bin bereits auf halbem Weg zum Mond.

„Dein Wolf ist glücklich“, murmelt sie.

Ich packe ihre Taille und stoße nach oben in sie. „Woran erkennst du das?“

„Ich weiß nicht.“ Sie reitet mich härter, was es mir erschwert, mich auf ihre Worte zu konzentrieren. „Ich merke es einfach.“

„Ich bin so verdammt glücklich, Charlie. Du hast mich gerade zum glücklichsten Mann auf der ganzen Welt gemacht.“

Sie atmet scharf ein und ihre Hände sinken auf meine Schultern. Sie gleitet mit ihrer feuchten Pussy meinen steifen Schwanz hoch und runter, reibt ihre Klit an meinen Lenden und nimmt mich mit jedem Abwärtsstoß tief in sich auf. Sie fängt an, lautstark die sexiesten Lustschreie in der Galaxie von sich zu geben, und dann kommen wir beide in perfektem Einklang. Ich packe ihre Hüften und ziehe sie dicht an mich und sie drückt meinen Schwanz mit ihren inneren Muskeln in rascher Folge, womit sie auch noch den letzten Spermatropfen aus meinem Schwanz melkt.

Charlie fällt auf mich und ihre harten Nippel streifen

durch meine Brusthaare. Ich umfange ihren Hinterkopf und halte sie.

„Ist das also das Äquivalent einer Ehe? Haben wir gerade den Sack zugemacht?“, fragt sie neckend, als sie ihren Kopf hebt.

„Jepp. Ich bin jetzt für immer dein, Engel. Und du wirst mich nie, niemals loswerden.“

„Hmm, ein super heißer Wolftyp, dessen einziger Lebenszweck darin zu bestehen scheint, mich zu füttern, zu exotischen Stränden zu fliegen und mir Orgasmen zu schenken? Ich denke, damit bin ich einverstanden.“

Ich liebkose ihre Lippen mit meinen. „Ich liebe dich“, verkünde ich, dann erstarre ich. „Ist es zu früh, um das zu sagen?“

„Ähm, du hast dich gerade fürs Leben an mich gebunden. Also… nein. Menschen würden die Liebessache normalerweise zuerst machen.“

„Wo stehst du diesbezüglich?“ Sowie ich die Frage stelle, tut es mir leid, dass ich es getan habe. Ich will sie nicht unter Druck setzen und ich weiß nicht, ob ich hören möchte, dass sie mir gegenüber noch mehr Vorbehalte hat.

„Ich verliebe mich in dich. Heftig.“

„Ach ja?“

„Ja. Und ich habe Angst, dass mein Hintern einen Sonnenbrand kriegt. Ich glaube, wir sollten nach drinnen gehen.“

Sonnenbrand. Fuck. Ich hebe meine lachende Gefährtin in die Arme und stehe mit einer fließenden Bewegung auf. Daraufhin trage ich sie in Jacksons und Kylies Villa, wo ich den Rest des Nachmittags damit verbringen kann, in einem schön weichen Bett über sie herzufallen, fern jeglicher Sonnenbrandgefahr.

12

Charlie

Cabo ist unglaublich. Ich liebe Lance dafür, dass er mich hierhergebracht hat. Dass er mich dazu gebracht hat, Überraschungen zu mögen. Dass er es sich zu seiner Mission gemacht hat, mir beim Entspannen zu helfen. Dass er mir hilft, die Kontrolle abzugeben und damit aufzuhören, alles zu planen und mir um alles Sorgen zu machen.

Wir verbringen den Tag gemütlich in der Villa und gehen dann bei Sonnenuntergang am Strand spazieren. Sonntagmorgen, nachdem mir Lance zwei Frühstücke vorgesetzt und mich mehrere Male dazu gebracht hat, seinen Namen zu schreien, gehe ich draußen beim Pool spazieren und rufe meine Eltern an.

Es ist an der Zeit, dass ich sie über meine gewaltigen Lebensveränderungen in Kenntnis setze.

Meine Mom hebt sofort ab und singt meinen Namen voller Freude. „Charlotte! Wie geht es dir, Schatz?" Meine

Eltern verließen die Air Force letztes Jahr, um in Rente zu gehen, und ließen sich südlich von Tucson, wo sie stationiert gewesen waren, in einer Seniorengemeinde in Green Valley nieder. Mein Dad fährt jetzt einen Golfwagen und dominiert die sonntägliche Männer-Fahrradgruppe. Meine Mom nimmt Malunterricht und richtet thematische Dinnerpartys aus.

Es ist wahnsinnig niedlich.

„Mir geht's gut. Tatsächlich bin ich gerade in Cabo."

„Cabo! Du hast mir nicht erzählt, dass du Urlaub machst. Ich würde gerne Bescheid wissen, wenn du das Land verlässt." Es liegt eine gewisse Strenge in der Stimme meiner Mutter. Vielleicht habe ich das Sorgen-Gen von ihr geerbt.

Ich lache. „Ich weiß, ich weiß. Glaub mir, ich hätte es dir erzählt, wenn ich gewusst hätte, dass ich hierherkommen würde. Es war eine Überraschung."

„Nun, was ist passiert? Geht es dir gut?"

„Was ist los?", dröhnt die Stimme meines Dads im Hintergrund. „Wo ist sie? Braucht sie Hilfe?"

Ah, meine Eltern. Immer bereit, mich und die Welt zu retten.

Vielleicht ist das einer der Gründe, wieso ich Lance liebe – das Ganze hat etwas Vertrautes für mich, doch meine Eltern sind ernst und Lance ist gelassen.

„Mir geht's gut, wirklich gut. Tatsächlich habe ich Neuigkeiten. Große Neuigkeiten."

„Oh Gott, sag mir nicht, dass du mit jemandem durchgebrannt bist? Das sieht dir nicht ähnlich."

Ich schnalze mit der Zunge. „Nein, das ist es nicht, wie kommst du dann überhaupt auf diesen Gedanken? Tatsächlich bin ich schwanger. Es ist besser, gleich auf den Punkt zu kommen, oder?"

Meine Mom keucht. „Sie ist schwanger“, brüllt sie flüsternd zu meinem Dad.

„Was?“, ruft mein Vater im Hintergrund.

„Mein, ähm, Freund hat mich mit dieser Reise nach Cabo übers Wochenende überrascht, damit wir aus der Kälte rauskommen und versuchen können, den Schock über diese Neuigkeit zu verdauen. Es war natürlich nicht geplant.“

„Nein, nun… das ist alles in Ordnung“, sagt meine Mom, die rasch mit ins Boot kommt. „Wir freuen uns für dich. Du behältst es, oder?“

„Natürlich behalte ich es! Ich bin wirklich glücklich. Es war unerwartet, aber definitiv nicht unerwünscht.“

„Und dein Freund? Du hast uns nicht einmal erzählt, dass du dich mit jemandem triffst.“

„Ich weiß. Bis jetzt war es nicht so ernst, aber er ist klasse“, beeile ich mich, zu erklären. „Er war früher auch beim Militär. Er war sogar in der Lage, mir einen Anruf mit Chad zu organisieren. Er hat noch immer gute Kontakte.“ Ich wähle die Dinge aus, die meine Eltern beindrucken werden, und es funktioniert.

„Wow, die muss er haben. Wo hast du ihn kennengelernt? Wohnt er in Taos?“

„Ja, wir haben uns bei den heißen Quellen kennengelernt. Aber sein Kumpel ist mit meiner Freundin Sadie verlobt, also bewegen wir uns bereits in den gleichen Kreisen. Er ist ein toller Mann. Er wird einen großartigen Dad abgeben.“

„Das ist toll, Schatz. Wann ist dein Entbindungstermin? Werdet ihr zwei heiraten?“

Meine Hand sinkt auf meinen Hintern, der von dem Biss noch immer wund ist, aber viel besser verheilt, als ich erwartete. Lance meinte, dass sein Speichel über Eigenschaften verfüge, die eine Infektion verhindern und vielleicht die Heilung beschleunigen. „Ähm, ja, das werden wir wahrscheinlich tun. Ich meine, das werden wir tun. Ich hatte offensichtlich noch keine Zeit irgendetwas zu planen, aber ihr werdet die Ersten sein, denen ich es erzähle, wenn ich dazu komme."

„Und der Entbindungstermin?"

„Der achte August."

„Ein Sommerbaby! Das ist klasse. Wir wollen natürlich zur Geburt zu dir kommen. Wäre das in Ordnung?"

Meine Augen werden feucht. „Das fände ich toll, Mom." Meine Stimme wird ganz belegt. Ich kann es nicht fassen. Ich bekomme ein Baby. Der Gedanke, dass meine Eltern da sein und die Freude der Geburt mit mir teilen werden, macht alles real.

Und dann wird mir plötzlich bewusst, dass ich keine Ahnung habe, wie eine Halb-Gestaltwandler-Geburt sein wird. Wird meinen Eltern überhaupt erlaubt sein, bei der Geburt dabei zu sein? Wir das Baby normal aussehen? Oh Gott, so viele Fragen.

Als könne Lance irgendwie meine aufsteigende Panik spüren, taucht er plötzlich auf, ein Glas gekühlte Limonade in der Hand, das er mir mit einem Kuss auf die Schläfe in die Hand drückt.

„Deinen Freund möchten wir auch kennenlernen. Du hast nicht einmal seinen Namen erwähnt."

„Lance", sage ich und blicke in seine kornblumenblauen Augen. Die Augen, die hellblau werden, wenn er ein Wolf ist. „Er ist großartig." Ich halte seinen Blick. „Ihr werdet ihn lieben."

Ich höre meinen Dad irgendetwas im Hintergrund murren. Lance anscheinend ebenfalls, denn er schlingt von hinten einen Arm um mich und presst seine Lippen an mein Ohr. „Mach dir keine Sorgen wegen deinem Dad. Ich werde ihn schon für mich einnehmen."

Ich lehne mich an ihn und verabschiede mich von meinen Eltern, dann drehe ich mich in seinen Armen um. „Versprichst du mir etwas?“, frage ich.

„Worum geht es?“

„Zeig meinem Dad nicht dein Motorrad und erzähle ihm niemals, dass du mich damit hast fahren lassen. Oder mitfahren hast lassen. Okay? Er hat einen verdammt großen Beschützerinstinkt.“

Lance grinst. „So wie es sein sollte. Mach dir keine Sorgen. Ich kenne seine Art.“ Er deutet auf seine Brust. „Ex-Militär, weißt du noch? Ich mag gelassen wirken, aber ich weiß, wie man die Rolle des ernsten Soldaten spielt. Ich werde ihn davon überzeugen, dass ich der Richtige für dich bin.“

Ich presse meinen Körper an seinen. „Es ist nicht so sehr der ernste Soldat, den ich brauche, sondern der ernste Dad und ernste Ehemann.“ Ich pieke ihn in die Brust. „Kannst du für mich sehr ernst sein?“

Lance schenkt mir sein unbekümmertstes Grinsen. „Ich dachte, ich soll deine Angespanntheit ausgleichen.“

„Stimmt, aber ich brauche –“

„Ich weiß, was du brauchst.“ Lance legt eine Hand in meinen Nacken und zieht mich eng an sich. Seine Lippen erkunden die Seite meines Halses. „Und ich denke, wir haben Zeit für einen weiteren Quickie, bevor wir uns mit Teddy an der Rollbahn treffen müssen.“

Ein lustvoller Schauder durchläuft mich und ein weiteres Mal lockere ich den Griff um all meine Sorgen und erlaube Lance, mich für eine weitere Runde zurück in die Villa zu tragen.

13

Lance

Zwei Wochen nach Cabo hat Charlie ihren ersten Besuch beim Gynäkologen. Ihren ursprünglichen Termin musste sie verlegen, weil sie Angst hatte, dass die Bissspuren auf ihrem Hintern zu sehen sein würden, was mich umbrachte, aber sie sind schnell verheilt – die Wunden sind inzwischen vollständig geschlossen und verblasst.

Sie musste direkt im Anschluss an ihre Arbeit zum Arzt, weshalb ich mich dort mit ihr traf.

Jetzt sitzt sie in ihrem Gewand und mit angespanntem und bleichem Gesicht auf dem Untersuchungstisch.

„Alles wird gut sein, oder? Mit dem Baby? Es gibt keine komischen Komplikationen wegen der gemischten Spezies?"

Ich stelle mich vor sie und lege meine Hände auf ihre Hüften. „Wenn überhaupt ist das Gegenteil der Fall, Engel", beruhige ich sie. „Unser Baby wird stark sein. Er oder sie wird nicht krank werden. Es wird nicht für Krankheiten oder Verletzungen anfällig sein. Selbst wenn es sich nie verwandelt, glaube ich, dass die meisten Halb-Gestaltwandler mit Stärke und guter Gesundheit gesegnet sind."

Ihre Augenbrauen schnellen in die Höhe. „Manche verwandeln sich nicht?"

Verdammt. Ich versuche, sie zum Entspannen zu bringen, nicht sie in noch größere Panik zu versetzen. „Es ist okay, Engel. Unsere Welpen werden perfekt sein, ob sich ihre Gene nun als Mensch oder Gestaltwandler manifestieren."

Ihre Augen werden feucht. „Welpen… plural?"

„Nun, ja. Ich meine, wenn du willst. Ich will definitiv mehr als einen."

Ein Lächeln zupft an ihren Lippen.

„Du?", frage ich.

„Ja. Ich will zwei. Einen Jungen und ein Mädchen."

„In dieser Reihenfolge?"

„Ja. Aber wie Adele mir ständig sagt: *der Mensch denkt, Gott lenkt.* Das hat ihr jedenfalls ihre Oma früher immer erzählt und in meinem Fall scheint es wahr zu sein."

Es klopft leise an der Tür und eine dunkelhäutige Ärztin kommt herein. Sie ist freundlich und hat eine sehr ruhige Art an sich, wofür ich dem Schicksal danke.

„Hallo, ich bin Dr. Johnson." Sie gibt mir die Hand.

„Lance Lightfoot."

„Charlie, es ist schön, Sie wieder zu sehen."

„Danke", sagt Charlie schwach. Sie hat bereits auf einen Stab gepinkelt und wurde gewogen. Die Arzthelferin teilte uns mit, dass die Ärztin heute wahrscheinlich einen Ultraschall machen wird, weil sich Charlie Sorgen macht, da sie während der ersten Wochen die Pille genommen hat.

Die Ärztin stellt ihr einige Fragen und dann fragt sie, ob Charlie einen Ultraschall möchte. Als diese zustimmt, spritzt sie ein Gel auf ihren Bauch und drückt den Stab darauf.

Das schnelle Bumm-bumm-bumm des Herzschlags unseres Babys erklingt und Charlie treten Tränen in die Augen. „Klingt gut." Dr. Johnson lächelt Charlie an. „Ihr Baby hat gerade ungefähr die Größe eines Reiskorns."

Ich drücke Charlies Hand und lehne meinen Kopf an ihren. „Alles gut, Engel."

„Ja, alles gut. Haben Sie irgendwelche Fragen an mich?", will die Ärztin wissen.

Charlie öffnet den Mund, dann schaut sie zu mir und schließt ihn wieder. „Ich glaube nicht", sagt sie schwach.

„Okay, ich würde Sie gerne in einem Monat wieder sehen. Hier sind einige Informationen zur empfohlenen Ernährung. Ich werde Ihnen ein Rezept für pränatale Vitamine mitgeben oder Sie können sie selbst kaufen. Dank Ihrer Versicherung sind sie mit einem Rezept etwas billiger."

Die Ärztin geht und Charlie zieht sich an. Während sie ihre Postuniform anzieht, platzt sie heraus: „Oh mein Gott, Lance, in der Mitte der Untersuchung habe ich mir plötzlich Sorgen gemacht, dass sie etwas sehen würde, das ihr einen Hinweis darauf gibt, dass das Baby kein Mensch ist. Aber du hättest mich nicht hierherkommen lassen, wenn es diesbezüglich ein Problem gäbe, oder?"

„Du wirst keinen Wolf auf die Welt bringen, Charlie. Es gibt nichts Merkwürdiges zu sehen. Sollten sie Bluttests machen wollen, würde ich sie stoppen müssen, aber das sollte nicht passieren, bis das Baby geboren wurde."

Charlies Augen werden rund und groß. „Aber…"

Ich packe ihre Schultern. „Es gibt nichts, wegen dem du dir Sorgen machen müsstest."

„Wie wirst du sie stoppen, wenn sie Blut abnehmen wollen?"

Ich zucke mit den Achseln. „Ich werde mir etwas überlegen."

„Soll ich dieses Baby überhaupt unter der Aufsicht menschlicher Ärzte auf die Welt bringen? Ich meine, gibt es irgendwo Gestaltwandler-Ärzte, die wir stattdessen nutzen sollen?"

Ich reibe mir über die Stirn. „Vielleicht. Ich weiß es nicht. Gestaltwandler werden nicht krank, weshalb wir keine Ärzte brauchen. Ich kann mich informieren." Ich bezweifle ernsthaft, dass ich irgendetwas finden werde, aber man weiß nie. Es scheinen sich immer mehr Gestaltwandler mit Menschen zu paaren, was etwas ist, das viele Rudel alarmiert, weil sie Angst haben, dass unsere Art aussterben wird. Ich schenkte dem Gerede kaum Aufmerksamkeit, weil ich beim Militär war und nicht vorhatte, mich jemals zu paaren. Doch jetzt, da mich das Schicksal mit einem Menschen gepaart hat, kann ich nur mutmaßen, dass es unserem Überleben dient und nicht anders herum. Das Schicksal macht keine Fehler.

„Vielleicht sollte ich eine Hausgeburt haben", meint Charlie, als wir nach draußen laufen.

Ich stoppe und schaue nachdenklich zu den Bergen. „Ich weiß nicht, Engel. Wenn irgendetwas schiefgehen würde – nicht mit dem Baby, sondern mit dir –, bräuchten wir Menschenärzte. Ich will, dass du in Sicherheit bist."

„Oh."

Ich begleite Charlie zu ihrem Auto und halte ihr die Tür auf, während sie einsteigt. „Alles wird gut werden. Du musst dir um nichts Sorgen machen. Ich werde dir nach Hause folgen, okay?"

Charlies Stirn kräuselt sich. „Ich… ich glaube, ich brauche etwas Zeit für mich. Nur um alles zu verarbeiten. Können wir den heutigen Abend sausen lassen?"

Mein Herz stottert.

Fuck.

„Engel, was bedrückt dich? Wie kann ich helfen?"

„Nein, nichts. Dreh nicht durch. Ich brauche nur etwas Raum. Das passiert alles wirklich schnell und ich muss mich an die Vorstellung gewöhnen, dass ich einen Wolfwelpen bekomme. Und deine Gefährtin bin. Und an alles andere, das damit einhergeht. Ist es okay, wenn ich eine Nacht für mich möchte?" Sie sagt es freundlich, aber ihre Worte durchbohren dennoch mein Herz.

Natürlich strecke ich die Hände aus. „Selbstverständlich, Charlie. Nimm dir so viel Zeit, wie du brauchst." Ich beuge mich nach vorne und drücke einen Kuss auf ihre Stirn. „Vergiss nicht, zu essen, sobald du nach Hause kommst."

Sie lächelt zu mir hoch. „Ich schwöre es."

Ich zwinkere, während ich die Tür schließe, aber ich fühle mich nicht wohl mit der Art und Weise, wie wir uns voneinander trennen. Überhaupt nicht.

Charlie hegt Zweifel und das gefällt mir ganz und gar nicht.

Charlie

Ich muss einen Spaziergang machen, um einen klaren Kopf zu kriegen. Und ich muss ohnehin die pränatalen Vitamine abholen.

Ich laufe den Gehweg in der Nähe von Adeles Laden hoch, als ich etwas Merkwürdiges bemerke. Ich befinde mich auf der Rückseite der Einkaufsmeile, wo sich die Hintertür des Ladens zu einer Gasse und einem Müllcontainer öffnet. Die Tür steht offen, aber es ist kein Licht eingeschaltet. Als hätte jemand vergessen, sie abzuschließen oder richtig zuzuziehen.

Ich laufe stirnrunzelnd zu der Tür. Ist Adele dort drin? Und hat sie einfach nur vergessen, die Tür hinter sich zuzumachen? So etwas sieht meiner gewissenhaften und verantwortungsbewussten Freundin eigentlich nicht ähnlich. Aber ihr unbeschwerter Geschäftspartner ist eine ganz andere Geschichte.

„Hallo?", rufe ich und drücke die Tür auf. Ich warte einen Herzschlag lang, aber niemand antwortet. Ich lege die Stirn in Falten und ziehe die Tür zu, ehe ich mich vergewissere, dass sie wirklich zu ist. Sie ist nicht abgeschlossen, aber das ist das Beste, das ich tun kann. Ich schicke Adele schnell eine SMS.

Hey, bist du im Laden? Die Hintertür war offen. Aber es ist kein Licht an.

Ich wandere ungefähr eine Minute lang durch die Gasse, um abzuwarten, ob mir Adele zurückschreibt. Ein kalter Wind kommt auf, während ich warte. Die Temperatur ist mit der Sonne gesunken, weshalb ich meinen Kragen aufstelle. Ich hätte noch eine Kleiderschicht oder einen Schal anziehen sollen, bevor ich das Haus verließ. Wird es dem Baby in der Kälte gut gehen? Es ist noch so klein in meinem Bauch. Es gibt so viele Dinge, die ich über das Muttersein nicht weiß.

Ich werfe einen Blick auf mein Handy, aber ich habe noch immer keine Nachricht von Adele erhalten, weshalb ich weiterlaufe. Hoffentlich sieht sie die SMS und kommt dann her, um den Laden richtig abzuschließen. Komisch, dass die Tür nicht verschlossen war – vermutlich benahm sich Bing wieder mal wie ein Idiot.

Ich habe erst wenige Schritte durch die Gasse gemacht, als ich jemanden hinter mir wahrnehme. Ich drehe mich halb um, aber dort sind nur Schatten.

„Hallo?“, rufe ich, aber in der Nähe der Müllcontainer ist keine Bewegung. Ich hätte schwören können, dass dort jemand war. Ich massiere mir den Nacken. Das gleiche Gefühl überkam mich, als mir der Wolf folgte. Natürlich war dieser Wolf in Wahrheit Lance und sieh nur, wozu das geführt hat.

Ich habe die Gasse halb durchquert, als ein Motor aufheult und ein großer Van in diese biegt. Seine Scheinwerfer sind ausgeschaltet.

„Hey“, brülle ich, um sicherzugehen, dass der Fahrer merkt, dass ich hier bin, auch wenn ich auf die Seite der Gasse und zur Sicherheit zu einer Ansammlung Müllcontainer in der Nähe eile. Ich bin dem dunklen Van zugewandt und laufe rückwärts, als ich gegen etwas Warmes und Festes pralle.

„Oh!“ Ich wirble herum und zucke zurück. Eine schattenhafte Gestalt ragt über mir auf – ein Mann in einer Sturmhaube. *Was zum –?* Ich hüpfe zurück und falle beinahe hin. Das Handy fällt mir aus der Hand und schlittert über den Asphalt. Ich würde ihm ja hinterherspringen, aber der Typ kommt immer noch auf mich zu.

Ich drehe mich zum Wegrennen um, aber der Van blockiert meinen Fluchtweg. Seine Lichter sind nach wie vor ausgeschaltet und in der Dunkelheit, zwischen dem Typen und dem Van gefangen, wird mir allmählich bewusst, was hier gerade geschieht. Ich öffne den Mund, um zu schreien, als der Typ einen Satz nach vorne macht und mir auf den Kopf schlägt und die Welt dunkel wird.

~

Lance

. . .

Ich gebe es auf, an die Eingangstür zu klopfen und gehe um das Haus nach hinten, während Adrenalin durch meine Adern pumpt. Charlie hat keine SMS oder Anrufe beantwortet. Ich schreibe auch Deke eine Nachricht: *Hat Sadie von Charlie gehört? Sie geht nicht ans Telefon.*

Ich weiß, dass sie Freiraum wollte, aber als sie mir nicht zurückschrieb, machte ich mir Sorgen. Ich zerbreche mir den Kopf in dem Versuch, herauszufinden, wohin sie hätte gehen können.

Deke antwortet: *Sadie hat nichts gehört. Channing ist dran.* Channing kann ihr Handy orten.

Ich zwinge die Hintertür auf und laufe rasch durch das Haus. Das Licht ist aus, das Haus ruhig. Keine Spur von Charlie. Mein Wolf ist ruhelos.

„Beruhig dich", sage ich laut. „Ihr geht es gut. Sie ist nur spazieren. Oder macht eine Besorgung – ohne ihr Auto."

Mein Handy klingelt. Als ich rangehe, sagt Channing ohne auf eine Begrüßung zu warten: „Die Handydaten sagen, dass sie in Taos ist. Ich bestimme den genauen Standort gerade."

Ich trabe aus dem Haus und den Gehweg hinab, wobei ich mich zwinge, nicht in einen Sprint zu verfallen. *Ihr geht es gut. Ihr geht es gut.*

„Sie ist in der Nähe von The Chocolatier. Adeles Laden."

Erleichterung. Ich beginne dennoch, zu joggen, weil mein Wolf Charlie unbedingt sehen muss. Als ich beim Laden bin, rufe ich Channing wieder an. „Wo?"

Er braucht keine Erklärung. „Auf der Rückseite. In der Gasse. Ich rufe ihr Handy an."

Ich renne um den Laden nach hinten. Charlies Geruch ist hier hinten, eine Mischung von alt und neu, aber

Charlie ist nicht da. Mein Magen zieht sich fest zusammen und Grauen kriecht über meine Haut.

Fuck. Hier klingelt kein Handy. Ich laufe durch die Gasse und rieche Charlies süßen Duft. Ich muss mich nicht in meinen Wolf verwandeln, um meine Nase benutzen zu können. Gerüche sind klarer, wenn ich in Wolfgestalt bin, aber ich werde nicht das Risiko eingehen, dass jemand in der Nähe der Plaza einen riesigen Wolf entdeckt. Nicht, wenn es sich vermeiden lässt.

Dann entdecke ich es – drüben bei einer Ansammlung Müllcontainer. Das Handydisplay ist gesprungen, aber es ist Charlies. Es riecht nach ihr. In der Nähe ist noch ein anderer Geruch – ein öliger Dieselabgas-Geruch.

Ein Knurren bricht aus mir hervor. Ich kann es nicht zurückhalten. Mein Wolf ist außer sich. Ich umklammere das Handy und beuge mich zum Asphalt, wo ich Spuren ihres Geruchs sowie die schwachen Gerüche zweier fremder Männer wahrnehme. Die Fährte endet in der Gasse, wo der Dieselgeruch am stärksten ist.

Irgendetwas stimmt nicht. Charlie ist fort.

Charlie

Langsam komme ich zu mir. Klare Luft weht abwechselnd mit Dieselabgaswolken über mich hinweg. Ein Knebel dehnt meinen Mund, ich bin gefesselt, meine Hände sind hinter meinem Rücken verschnürt und ich liege auf der Seite. Ein scharfer Schmerz strahlt von einer Stelle in meinem Schädel durch meinen gesamten Kopf. Als ich versuche, meine Augen zu öffnen, würge ich leicht in den feuchten Lumpen, der meinen Mund füllt.

Oh Gott, das Baby. Ich krümme mich zusammen, als könne ich so meinen Bauch beschützen. Mein Inneres fühlt sich in Ordnung an – so gut es eben sein kann, während ich gefesselt bin und schrecklichen Durst habe. Die Seile, mit denen ich gefesselt bin, schneiden in meine Haut und meine Seiten schmerzen wegen einiger Blutergüsse, die ich vor dem Aufwachen nicht hatte, aber ich bin am Leben. Für den Moment.

Was ist passiert? Mein Kopf hämmert, während ich alles gedanklich noch einmal durchgehe… der Laden, die fremden Männer, ein Schlag auf den Kopf. Habe ich einen Überfall unterbrochen? Was ist los?

Darüber grüble ich gefühlte Stunden nach. Irgendwann hält der Truck rumpelnd an. In der plötzlichen Stille versuche ich, zu schreien, aber meine Kehle ist zu trocken und der Knebel dämpft jegliche Laute.

Das scharfe Geräusch eines Segeltuchs, das zurückgeschlagen wird, erklingt und ein heller Lichtstrahl fällt auf mein Gesicht.

Ein Mann flucht. „Du hast es echt verkackt, als du sie mitgenommen hast. Black Wolf wird uns verfolgen."

„Wer?"

Das Licht verschwindet, das Segeltuch fällt wieder an Ort und Stelle und verschluckt den Rest des Gesprächs. Ich spitze die Ohren, aber höre lediglich Gemurmel. Ich bewege meine Finger und versuche, meine Fesseln zu testen, aber sie halten und scheuern meine Haut auf.

Black Wolf wird uns verfolgen. Hat das irgendetwas mit Black Wolf Security zu tun? Hoffnung lodert wie eine Flamme in der Dunkelheit in mir auf. Lance und sein Rudel werden mich retten. Das müssen sie einfach tun. Die Alternative ist nicht auszudenken.

Aber als der Truck wieder anspringt und ich vor Kälte

und Adrenalin zittere, kommt mir ein anderer Gedanke. Was, wenn ich *wegen* Black Wolf entführt wurde?

Lance und sein Rudel sind in sehr gefährliche Geschäfte verwickelt. Ich sah, wie sein Körper von Schüssen durchsiebt wurde. Wenn jemand herausgefunden hat, dass er eine Gefährtin, oder noch schlimmer, ein Kind hat, wäre unsere Familie ein Ziel. Als Druckmittel. Zur Rache. Für alle möglichen Dinge, an die ich nicht einmal denken möchte.

Lance

Ich sprinte ins Hauptquartier des Rudels, wobei meine Brust sich hektisch hebt und senkt, als sei ich von der Stadt hierher gerannt, anstatt wie ein Irrer zu fahren. Meine Ducati ließ ich auf dem Rasen vor dem Haus auf ihrer Seite liegen.

„Update?“, blaffe ich, als ich in die Operationszentrale platze.

Channings große Gestalt ist vor einer Reihe Bildschirme vornübergebeugt. Er hat riesige Kopfhörer auf und bemerkt meine Ankunft nicht. Rafe fängt mich mit fahlem Gesicht ab.

„Wir haben etwas in dem Filmmaterial der Sicherheitskameras gefunden.“ Rafe führt mich in sein Büro. „Die Sicherheitskameras in der Gasse haben das hier gefilmt.“ Er richtet eine Fernbedienung auf einen Bildschirm, der an der Wand befestigt ist. Die verschwommene Aufnahme ist nur ein kleines Quadrat in der Mitte des Bildschirms, aber es zeigt eindeutig, wie Charlies schlaffer Körper von zwei Männern mit Kapuzen in einen unauffälligen Van geladen wird.

Ich lege den Kopf in den Nacken und heule. Mein Wolf kribbelt unter meiner Haut und droht, hervorzubrechen. Aber das wird Charlie nicht helfen. Ich muss in Menschengestalt bleiben.

„Ruhig“, befiehlt Rafe, der näher tritt.

Ich knirsche mit den Zähnen, jeder meiner Muskeln spannt sich an. Ich will etwas zerstören, schreien, eintausend Meilen rennen. Alles, um Charlie und meinen Welpen zu retten. Alles, um die konstante Litanei zu stoppen, die durch meinen Kopf hämmert. *Meine Schuld. Meine Schuld, dass sie entführt wurde. Meine Schuld, dass sie in Gefahr sind.*

„Es ist nicht deine Schuld, Soldat“, blafft Rafe und ich realisiere, dass ich meine Litanei laut ausgesprochen habe.

„Sie haben sie mitgenommen. Ich weiß, sie haben sie mitgenommen.“ Ich tigere hin und her. „Wir müssen herausfinden wohin.“

„Wir wissen nicht, wer sie sind.“

„Es muss Vincent Sarcero sein.” Ich benenne den Waffendealer, den wir bei unserem letzten Auftrag bestahlen. „Er hat es herausgefunden und jagt uns jetzt, weil er Rache will. Fuck!“, explodiere ich und ramme die Faust gegen die Wand. Die Trockenbauwand gibt in einer Explosion aus weißem Staub unter meiner Hand nach.

„Reiß dich zusammen, Soldat“, befiehlt Rafe und ich drehe mich knurrend zu ihm um. Er knurrt lauter zurück und das beruhigt meinen Wolf einigermaßen. Die Präsenz des dominanten Alphas meines Bruders hilft. „Wir wissen gerade rein gar nichts. Und in deine Wolfgestalt zu schlüpfen, wird Charlie nicht helfen.“

Er hat recht. Fuck. Ich muss mich am Riemen reißen.

„Was wissen wir über den Nullpunkt?“, fragt Rafe. Er meint den Ort der Entführung.

Ich richte mich auf und berichte: „Dort waren die Gerüche zweier Männer. Der Männer von dem Video. Niemand sonst. All die anderen Gerüche waren älter.“ Ich reibe mit einer Hand über mein Gesicht. „Sie können mittlerweile schon über alle Berge sein.“

„Ich habe jeden erdenklichen Gefallen eingefordert. Channing war in der Lage, das Nummernschild des Vans rauszukriegen, und die Polizei ist in Alarmbereitschaft. Channing überwacht den Polizeifunk.“

„Was noch?“

„Ich habe den Oberst angerufen und die Kings…“ Seine Stimme verstummt, als Deke in den Türrahmen tritt, die Arme um Sadie gelegt. Die zierliche Menschenfrau entdeckt die Stelle, wo ich die Wand eingeschlagen habe, und ihre Augen weiten sich.

„Sag uns, was du weißt, Baby“, murmelt Deke.

Sadie schluckt zweimal und wendet die Augen von der Wand ab. „Ich habe Adele angerufen und bin auf der Mailbox gelandet. Tabitha ist jetzt gerade auf dem Weg zu ihrem Haus.“

„Der Laden war nicht abgeschlossen“, sage ich. „Sie hätten sie reinlocken und dort auf sie warten können.“ Ich fahre mit einer Hand durch meine Haare und erzittere wegen des Drangs, mich zu verwandeln.

Rafe legt eine Hand auf meine Schulter. „Spar dir deine Energie. Wir werden bald ein Ziel haben.“

„Ich habe Informationen“, ruft Channing. „Kylie King ist online.“

Wir drängen uns in die Operationszentrale, wo einer der Bildschirme Kylie Kings blasses Gesicht zeigt. Sie sieht nicht wie die entspannte Mom aus, die Charlie und ich in Cabo auf dem Bildschirm sahen. Ihre Haare sind nach hinten gebunden und ihr Gesicht wirkt verkniffen, ihre Augen befinden sich hinter einer gelbgerahmten Brille. Wildes Tastengeklapper ist zu hören, während sie tippt.

„Ich bin gerade im Darknet unterwegs“, berichtet sie, ohne aufzuschauen. „Ich habe Suchvorgänge aktiviert, die jede Erwähnung von Charlie, Black Wolf Security und allem in der Nähe von Taos markieren.“

„Was ist mit Vincent Sarcero?“, werfe ich ein.

Kylie rümpft die Nase und schüttelt den Kopf. „Es geht das Gerücht um, dass er tot ist.“

„Tot?“, wiederholen Deke und ich gleichzeitig.

„Nicht bestätigt. Noch nicht“, sagt Kylie. „Ich arbeite daran. Gebt mir eine Sekunde. Ich werde euch mehr besorgen.“

„Danke, Kylie“, sagt Rafe.

„Selbstverständlich.“ Kylie nimmt sich eine Sekunde, um in den Bildschirm zu schauen. Ihr Gesicht wird einen Augenblick weich, als sie mich sieht. „Wir werden sie zurückholen, Lance.“

Ich bringe ein Nicken zustande, bevor Kylies Bildschirm schwarz wird.

Rafe tritt vor die Bildschirme und hält sein Handy hoch. „Habe gerade mit Oberst Johnson telefoniert. Ein Team hat heute am frühen Morgen Vincent Sarcero erfolgreich ausgeschaltet. Seine Organisation ist momentan in hellem Aufruhr.“

„Ohne Scheiß“, brummt Deke. „Also kann er es nicht sein.“

„Außer er gab den Befehl vor seinem Tod. Aber das bezweifle ich.“

Vincent Sarcero stand ganz oben auf meiner Liste der Verdächtigen. Wenn er Charlie nicht entführen ließ, wer dann?

~

Charlie

Nach einer langen Fahrt, die eine Ewigkeit dauert, wird der Transporter langsamer und stoppt. Einige Hunde bellen und ein Mann brüllt sie an, bis sie still sind.

Fuck. Ich lausche nach Hinweisen, wo ich bin und wer mich entführt hat, aber ich bin am Durchdrehen.

Die Laderampe senkt sich mit Getöse. Grobe Hände zerren mich nach draußen. Ich winde mich, aber ich kann mich nicht richtig bewegen oder wehren.

„Ruhig, Schätzchen", brummt einer der Typen und hebt mich an sich. Ich keuche gegen den Knebel und mein Kopf wird leicht wie ein Luftballon. Ich bohre meine Fingernägel in die Handflächen und bemühe mich, meine Atmung zu verlangsamen.

Während ich versuche, nicht zu hyperventilieren, trägt mich der Kerl in ein dunkles Lagerhaus. Er läuft um einige Fahrzeuge und Ausrüstung herum.

„Ist sie das?", fragt ein anderer Typ. Mein Entführer grunzt.

Schauder rasen mein Rückgrat hoch und runter. *Sie?* Sie haben nach *mir* gesucht? Die Vorstellung, dass das Ganze irgendwie mit Lances Geschäft zu tun hat, ergreift wieder von mir Besitz. Aber wenn das der Fall ist, wird er mich finden. Er wird uns – seinen Welpen und mich – nicht sterben lassen. Oder zumindest wird er alles in seiner Macht Stehende tun, um uns zurückzuholen. Dessen bin ich mir sicher.

Ich muss nur überleben. *Bitte, bitte, Lance. Komm schnell.*

„Hier rein." Der zweite Mann tritt eine Tür auf und der erste trägt mich hinein, wo er mich auf den Betonboden setzt. Dort liegt irgendwelcher Müll herum, aber sonst nichts – da ist nichts außer Dunkelheit und dem scharfen, sauren Geruch meines eigenen Schweißes.

Die Tür schließt sich und ich werde, nach wie vor gefesselt und geknebelt, zurückgelassen, um über mein Schicksal nachzugrübeln.

Lance

Ich starre die Bildschirme in der Operationszentrale an und wünsche mir, ich könnte helfen. Mein Wolf hat sich beruhigt. Das widerliche Gefühl in meinem Magen ist verschwunden und wurde von der kühlen Taubheit ersetzt, die ich stets kurz vor dem Kampf verspüre. Es ist jetzt ruhig, das einzige Geräusch kommt von Channings Wurstfingern, die über die Tastatur tanzen. Für einen großen Kerl, der mehr einem Bulldozer ähnelt als einem Nerd, ist er ziemlich gut mit Computern.

Ich mache einen Satz, als Kylie wieder auf dem Bildschirm aufflackert. „Ich kriege Informationen aus Taos rein. Kennt irgendjemand einen Christopher Ford?“, fragt sie.

„Ja“, antwortet Rafe. „Er ist Adeles Geschäftspartner. Er ist zu fünfzig Prozent Eigentümer ihres Schokoladengeschäfts.“

„Du meinst Bing?“, fragt Sadie.

„Richtig“, bestätigt Rafe. „Er ist ein Kiffer und unbedeutender Dealer, aber er ist harmlos. Ich habe ihn vor einer Weile überprüft.“ Natürlich hat er das. Rafe wäre nicht mein großer Bruder, wenn er kein super paranoider Kontrollfreak wäre. Warum er jedoch versuchte, Adeles

Leben zu kontrollieren, ist unklar. Es spielt keine Rolle – in diesem Moment liebe ich ihn dafür.

„Nun, es sieht so aus, als wäre er von Gras auf Meth umgestiegen, zumindest in den letzten Monaten“, berichtet Kylie. „Er hat sich auf einige schlimme Typen eingelassen. Wirklich schlimme Typen. Auf ihn ist ein Kopfgeld ausgesetzt.“

Sadie keucht, woraufhin Deke sie wieder an sich zieht und sie mit einem Arm um ihre Taille stützt.

„Ich werde die Cops verständigen“, sagt Rafe mit rauer Stimme und tritt mit seinem Handy am Ohr aus dem Raum.

Fuck, ist es möglich, dass die Entführung gar nichts mit unserer Mission zu tun hat? Dass sich irgendein Nichtsnutz in irgendeine Scheiße hat reinziehen lassen und Charlie einfach zur falschen Zeit am falschen Ort war?

Minuten kriechen vorbei.

„Fuck“, flucht Channing und zieht seinen Kopfhörer ab. „Im Polizeifunk geht es rund. Sie sind vor Christopher Fords Haus. Dort ist eine Leiche.“

Ich springe mit einem Brüllen auf die Füße.

Charlie

Je länger ich auf dem Betonboden liege, desto kälter wird mir. Dagegen kann ich leider nicht viel tun. *Bitte, bitte, kleines Baby. Bitte sei okay. Mommy wird einen Weg aus diesem Schlamassel finden.*

Ich drücke die Augen fest zu. Ich darf nicht weinen. Ich brauche die Flüssigkeit. Ich erinnere mich daran, was

Lance sagte. Gestaltwandlerbabys sind stark, stimmt's? Ich kann für mein Baby stark sein.

Doch ich schrecke auf, als sich die Tür knarzend öffnet und etwas Licht hereinfällt. Mein Herz erwürgt sich selbst in meiner Brust.

„Sie ist wach", sagt der Kerl zu jemandem. Er geht neben mir in die Hocke. Dieses Mal hat er die Sturmhaube nicht aufgesetzt. Er ist ein weißer Mann mit einem schmutzigen Bart und nichtssagenden Gesichtszügen. Er greift nach mir und ich zucke zurück. Es ist nicht so, als könne ich aufstehen und wegrennen. Aber er befestigt eines meiner Handgelenke mit einer Handschelle an einem Ring, der in dem Betonboden verankert ist, und durchtrennt anschließend die Seile. Ich krabble, so schnell ich kann – was nicht sonderlich schnell ist –, rückwärts und lehne mich an die Wand. Ich zerre den Knebel aus meinem Mund. Ich wünschte, ich könnte den fürchterlichen Geschmack ausspucken, aber mein Mund ist zu trocken.

„Hier." Er hält eine Wasserflasche hoch. Er wartet, bis ich zuschaue, und schraubt dann den Deckel ab. Doch als er sie mir entgegenstreckt, bewege ich mich nicht. Mit einem leisen Seufzen stellt er sie auf den Boden und tritt zurück, damit ich sie selbst holen kann. Ich zwinge mich dazu, mich langsam zu bewegen und die Flasche mit beiden Händen festzuhalten. Der erste Schluck ist himmlisch und ich befeuchte damit meinen Mund, bevor ich einen größeren nehme.

„Das ist besser", murmelt er. „Wir hatten einen schlechten Start."

Ach ne. Ich betrachte ihn aus zusammengekniffenen Augen und er zuckt mit den Achseln. „Das Ganze ist nicht so verlaufen, wie wir es wollten. Es ist nichts Persönliches. Aber du hast etwas, das wir wollen."

„Was?“ Meine Stimme ist noch immer kratzig.

„Die Kontonummern. Dein Geschäftspartner schuldet uns eine Menge Geld.“

Mein Geschäftspartner? In meinem Kopf hämmert es, während ich nachzudenken versuche. Welches Geschäft? Ich bin eine Postangestellte.

Mein Entführer redet noch. „Er sollte sich eigentlich mit uns treffen und uns aushändigen, was er uns schuldete. Aber er ist nicht aufgetaucht, du schon.“

Dann fällt es mir wieder ein: die Tür von The Chocolatier hatte offen gestanden. Diese Kerle ergriffen mich gerade außerhalb des Geschäfts. Halten sie mich für Adele?

„Du meinst Bing?“, krächze ich.

Er legt den Kopf schief. „Ja, ihn.“

„Aber ich kenne ihn nicht“, sage ich.

Das Gesicht des Mannes wird hart und ich presse meinen Rücken an die Wand.

„Hör zu, Schätzchen, wenn du kooperierst, wird das alles sehr viel einfacher für dich. Deinen Partner haben wir bereits ausgeschaltet.“

Was? „Bing ist tot?“

„Das passiert, wenn man uns verarschen will. Aber wenn du mit uns kooperierst, werden wir dich gehen lassen.“

Ich starre ihn an, keuche durch meinen geöffneten Mund und versuche, mich am Riemen zu reißen. Dieser Kerl lügt. Ich habe sein Gesicht gesehen. Wenn ich ihm die Information gebe, die er will, bin ich geliefert.

Aber ich bin so oder so geliefert. Was werden sie tun, wenn sie herausfinden, dass ich nicht Adele bin?

Lance

Die Straße vor Christopher Fords Eigentumswohnung ist voller Polizeiautos. Wir befinden uns in dem Humvee und können nicht einmal in die Nähe des Gebäudes. Ich sitze erstarrt auf dem Vordersitz, während blaue und rote Lichter über mein Gesicht flackern, und warte auf Rafes Rückkehr. Mein Bruder beschloss, zu dem Tatort zu fahren, und er wollte mich in der Nähe haben. Es ist besser, als herumzusitzen, Däumchen zu drehen und auf Informationen zu warten. Channing wird anrufen, sowie wir wissen, was los ist.

Rafe joggt zurück, wobei er sich zwischen den Polizeiautos hindurchschlängelt, um auf den Fahrersitz des Humvees zu springen. „Ich kam nicht an die Leiche ran. Aber es war definitiv ein Mord."

Ich knurre und packe den Türgriff. Die Cops können ja gerne versuchen, einen dreihundert Pfund schweren Wolf daran zu hindern, näher zu kommen.

„Nicht", befiehlt Rafe. „Es wird nichts bringen, wenn du näher gehst. Die Cops werden dich nur verhaften. Jetzt, da wir wissen, dass Charlies Entführung in Bezug zu dem hier steht, können Channing und Kylie diese Scheißkerle finden. Sowie wir die nötigen Informationen haben, rücken wir aus." Sein Handy vibriert und er hebt es in weniger als einer Sekunde an sein Ohr. „Lightfoot."

„Sadie hat einen Anruf erhalten", knurrt Deke ins Handy.

„Tabitha hat mir gerade eine Nachricht hinterlassen", sagt Sadie. „Sie braucht Hilfe. Die Polizei hat Adele gerade zur Befragung mitgenommen. Es geht um den Mord an ihrem Geschäftspartner."

„Fuck", brüllt Rafe und schickt eine Welle Alphaenergie durch uns alle.

Also hat er Interesse an Adele. Oder irgendetwas an dem Ganzen ist ihm wichtig. Mit mehr Kraft als nötig legt er den ersten Gang ein.

~

Charlie

Ruhe überkommt mich.

„Ich bin nicht Adele", sage ich. „Und das kann ich dir beweisen." Ich hebe langsam meine Hand und deute auf meine Jackentasche. „Ich werde meinen Geldbeutel rausziehen."

Er nickt und ich krame ihn heraus, ehe ich ihn ihm vor die Füße werfe.

„Ich bin Charlie Archman. Ich arbeite für die US-Post", sage ich rasch.

„Fuck", flucht der Mann. Seine dreckigen Finger reißen meinen Ausweis heraus. Er erhebt sich und knallt die Tür hinter sich zu. Ich sacke im Dunklen zurück gegen die Wand.

Einen Postangestellten zu entführen, ist ziemlich schlimm. Aber wenn er versucht, mir zu schaden, werde ich ihm erzählen, dass ich Lance Lightfoot von Black Wolf Security date und ihm wird bewusst werden, wie sehr er in Wirklichkeit am Arsch ist.

Diese Situation war nicht Lances Schuld. Ich weiß nicht, ob mich das erleichtert oder meine Sorgen noch vergrößert, denn ich weiß nicht, ob Lance überhaupt weiß, dass ich entführt wurde. Ich sagte ihm, dass ich heute Nacht etwas

Freiraum möchte. Es könnte gut sein, dass er mir diesen gibt. Zum Kuckuck, es könnte sein, dass erst morgen jemand bemerkt, dass ich fort bin, wenn ich nicht zur Arbeit erscheine.

Lance

Als wir wieder beim Hauptquartier ankommen, türmt Deke gerade unsere Ausrüstung auf dem Rasen auf. Er trägt taktische Ausrüstung und hat schwarze Schminke auf seinem Gesicht verschmiert. Sadie steht einige Schritte entfernt, die Arme um sich geschlungen. Sowie wir geparkt haben, springt Rafe aus dem Wagen und öffnet die Tür für Adele. Sie steigt aus, den Kopf hoch erhoben und gefolgt von Tabitha. Sadie sieht die beiden und rennt für eine Gruppenumarmung zu ihnen.

„Rein", blafft Rafe. Ich helfe ihm, die Frauen ins Hauptquartier zu scheuchen. Rafe forderte weitere Gefallen ein und bekam Adele frei, während ich beinahe das Innere des Fahrzeugs auseinandernahm.

Channing erhebt sich, um uns zu begrüßen, wofür er sogar seine Kopfhörer abnimmt.

„Was ist los?", frage ich. „Hast du sie gefunden?"

„Hab eine Spur, wo sie sie vielleicht festhalten. Carson National Forest. Teddy ist auf dem Weg", berichtet er.

Fuck sei Dank.

„Ausrüstung anlegen", befiehlt Rafe und Channing und ich rennen aus dem Raum. Das ist der Moment, auf den ich gewartet habe. *Ich komme, Charlie. Halte durch.*

Die Menschenfrauen sind auf der Veranda versammelt, als ich nach draußen trabe. Weit in der Ferne höre ich das Geräusch eines Helikopters, der näher kommt.

„Das ist meine Schuld“, sagt Adele gerade. „Das hat etwas mit Bing zu tun.“ Ihre Freundinnen stehen rechts und links von ihr und umarmen sie.

Doch Rafe stoppt vor ihr. „Es gibt nichts, das du hättest tun können. Nimm nicht die Verantwortung für etwas, das der Feind tut, auf dich. Das geht alles auf deren Kappe.“

Adele nickt, aber sieht nicht überzeugt aus. „Also wie sieht der Plan aus?“

„Wir haben eine ungefähre Vorstellung davon, wo sie festgehalten wird. Wir werden dort hingehen und sie rausholen.“ Und Rafe tut etwas, von dem ich nie gedacht hätte, dass ich es jemals bei ihm sehen würde. Er umfängt Adeles Kinn und hebt ihr Gesicht an, damit sie ihm in die Augen blickt. „Ich verspreche dir, wir werden sie zurückbringen.“

Teddy lässt jetzt den Helikopter direkt über uns schweben und der Wind der ratternden Rotorblätter bringt die Bäume um unser Grundstück zum Erzittern.

„Aber wie –“, schreit Adele und Rafe legt einen Finger auf ihre Lippen.

„Wir werden tun, was wir tun müssen. Bleib hier. Bleib in Sicherheit.“ Er weicht zurück und winkt uns. „Ausrücken!“

Charlie

Ein leises Geräusch weckt mich auf und ich zucke zusammen. Meine Muskeln sind vom Sitzen verkrampft und steif. Es ist jedoch auch nicht so, als könne ich viel tun, solange mein Handgelenk an den Boden gekettet ist. Wenigstens ist mein Körper nicht mehr gefesselt.

Unter der Tür fällt kein Licht herein. Ist schon Morgen? Nachdem ich mein Wasser leergetrunken hatte, rollte ich mich, so gut ich konnte, zusammen und schloss die Augen. Ich muss schlimm dehydriert sein, denn ich musste nicht pinkeln. Ich weiß nicht, ob das gut oder schlecht ist.

Ich spüre mehr, als dass ich es höre, dass jemand vor der Tür ist. Da ist nur der Hauch eines Geräuschs und ich versteife mich. Kommt der Kerl zurück?

Die Tür öffnet sich einen Spaltbreit und ein großer Schatten schlüpft herein. Glitzernde Augen in einem mit Farbe verschmierten Gesicht ragen vor mir auf und eine sanfte Hand legt sich auf meinen Mund, womit sie meinen Schrei erstickt.

„Charlie." Seine Arme um mich sind stark. Der Atem rasselt in meiner Kehle, während ich mein Gesicht an seine Brust presse und seinen Geruch einatme. Ist das ein Traum?

„Engel, ich bin hier." Lances Stimme ist kaum mehr als ein Flüstern. „Wir werden dich jetzt hier rausholen. Es wird alles gut werden." Er tastet mich leicht ab und schnuppert an meinem Hals. „Bist du verletzt?"

„Nein", krächze ich. Ich versuche, meine Arme um ihn zu legen, und die Handschelle klirrt. Ein Knurren rumpelt tief in seiner Brust unter meinem Ohr.

„Warte kurz." Ein Geräusch, als würde eine Blechdose zerquetscht, erklingt und dann kann ich meinen Arm frei bewegen. Die Manschette liegt nach wie vor um mein Handgelenk, aber die Kette ist fort.

Lance hebt mich in seine Arme wie ein Bräutigam, der seine Braut trägt. „Halt dich an mir fest, Engel. Wir schleichen uns raus."

Die Tür bewegt sich leicht und zwei leuchtend grüne

Augen blitzen vor uns auf. Ich erschrecke und Lance raunt in mein Ohr: „Ruhig Blut. Das ist nur Rafe.“

Ich kann den riesigen schwarzen Wolf vor der Tür gerade so ausmachen. Er senkt seinen Kopf und schleicht davon.

„Er wird als Erster gehen“, wispert Lance.

Ich nicke, presse mein Gesicht an seinen Hals und sauge seinen Geruch tief in meine Lungen, um ruhig zu bleiben. Lance hat Tarnfarbe in seinem Gesicht und in seinen hellen Haaren. Er ist ein Dämon in der Nacht. Aber nicht so furchteinflößend wie der große schwarze Wolf.

„Bist du bereit?“

Ich drücke ihn fester, weil ich nicht glaube, dass ich sprechen kann. Seine Muskeln spannen sich unter mir an und dann sind wir auf der Flucht. Der Wind in meinem Gesicht verrät mir, dass wir uns schneller bewegen, als irgendein Mensch jemals rennen könnte. Innerhalb weniger Augenblicke sind wir aus dem Lagerhaus draußen. Ein Hund bellt in der Ferne, aber ansonsten ist die Nacht still.

Ein drei Meter hoher Zaun, der mit Stacheldraht gespickt ist, umgibt das Gelände. Das Metall schimmert silbern im Mondlicht. Vor uns überwindet ein schwarzer Wolf mit einem eleganten, unmöglichen Sprung, der mir den Atem raubt, den Zaun.

„Fang sie auf“, brummt Lance. Der Wolf verwandelt sich plötzlich und nimmt Menschengestalt an. Rafe hat irgendein dehnbares Material an, das als Boxershorts dient, weshalb er nicht nackt ist.

„Bereit, Charlie?“

„Ähm…“

Lance schwingt mich in die Luft, als würde er einen Sack Kartoffeln werfen. Ich kneife die Augen zu und bereite mich innerlich darauf vor, aufgefangen zu werden. Rafe fängt mich so mühelos auf, dass ich kaum einen Aufprall spüre, und dann springt Lance über den Zaun, wobei er den Stacheldraht mühelose überwindet. Ich starre ihn mit offenem Mund an, beeindruckt von seiner Kraft. Ist es etwa so, ein Gestaltwandler zu sein? Wird unser Baby so sein?

Hinter uns haben die Hunde angefangen, einen Heidenlärm zu veranstalten. Rafe nimmt wieder Wolfgestalt an.

„Scheiße." Lance hebt mich in seine Arme und rennt durch den Wald. Ich öffne die Augen eine Sekunde lang und mir wird sofort schwindlig beim Anblick der Bäume, die links und rechts von uns verschwimmen. „Wir sind noch nicht aus dem Schneider", sagt er.

„Was wird passieren?"

„Ich wollte den Laden anzünden", erzählt er mir. „Ihn in Schutt und Asche legen. Aber Rafe hat ein Veto gegen einen Angriff eingelegt. In einigen Stunden wird es auf diesem Gelände nur so von Cops wimmeln."

„Ich meinte, wie kommen wir hier weg?"

„Oh. Das ist der spaßige Teil." Sein Grinsen ist so breit wie eh und je. Ich hatte noch nie in meinem Leben so große Angst und Lance lächelt. Das hier ist für ihn nur ein weiterer Tag bei der Arbeit. Er lebt in dieser Welt – sein gesamtes Erwachsenenleben hat er in Gefahr verbracht.

Der spaßige Teil?

Lance stoppt und geht hinter einem Felsen in die Hocke, während er mich nach wie vor in den Armen hält.

Jemand duckt sich neben uns. „Da ist sie ja." Weiß blitzt zwischen der dunklen Tarnfarbe auf – Channing, der mich angrinst. Er reicht mir eine Wasserflasche. Lance hilft mir, diese zu halten, während ich die Flüssigkeit, so langsam wie ich kann, trinke.

„Immer mit der Ruhe, Engel." Lance klopft mir auf den Rücken, als ich keuche und huste. „Ich hab dich."

Ich umarme ihn fest und drücke die Augen zu, um die Tränen zurückzuhalten. Ich bin jetzt in Sicherheit. Lance hat mich rausgeholt. Es wird alles gut werden.

„In Ordnung, macht euch zum Rennen bereit", brummt Channing. Er verstaut die leere Flasche in einem Beutel und zieht ein Walkie-Talkie heraus. „Echo-1, hier spricht Alpha-10 und verlangt, abgeholt zu werden."

Lance verlagert mich in seinen Armen, sodass Channing ihm das Gerät geben kann. „Echo 1, wir haben das Päckchen. Zeit von hier zu verschwinden", wiederholt Lance. Hinter uns, auf dem Gelände, sind Flutlichter angegangen. Das Gebell der Hunde wird lauter.

„Verstanden." Statisches Rauschen dringt durch das Walkie-Talkie. „Echo-1 ist auf dem Weg. Alpha-10 haltet euch bereit."

Als ich wieder nach unten schaue, befindet sich dort, wo Channing stand, ein großer Wolf mit weißen Flecken. Der Wolf grinst mich an, nimmt den Beutel ins Maul und hüpft davon.

„Das ist es, Baby. Jetzt haben wir es fast geschafft." Lance erhebt sich und rennt los. Wir sind auf einem Berg und er bringt uns zu einem noch höheren Gelände. Über unseren Köpfen ist das dumpfe Rattern von Rotorblättern zu hören. Ein Helikopter schwebt über einer Felszunge. Und wir rennen geradewegs darauf zu.

„Halt dich fest." Lance wird nun richtig schnell und die Bäume fliegen nur so an uns vorbei. Wir stürmen durch das Unterholz und nach oben zu dem wartenden Helikopter. Teddy ist gekommen. Aber es ist weit und breit keine Spur von einem schwarzen oder braunen und weißen Wolf zu sehen. Kein Rafe, kein Channing.

„Was ist mit den anderen?“, schreie ich über das Dröhnen des Motors und den Wind der Rotorblätter.

„Sie können auf sich selbst aufpassen“, ruft Lance. Er springt in den Hubschrauber und setzt sich auf einen Sitz, wobei er mich fest an sich drückt. Er schnallt seinen Körper einen Arm nach dem anderen an den Sitz, während er mich nach wie vor festhält. Ich glaube nicht, dass er mich jemals loslassen wird.

„Es tut mir so leid, Engel“, sagt er. Ich weiß nicht, wie ich ihn über das Dröhnen der Rotorblätter hören kann, aber ich tue es. „Es ist fast vorbei.“

Meine Zähne klappern vor Kälte und Adrenalin, aber ich bin am Leben. Wir werden durch die Luft getragen und fliegen in die Nacht hinfort.

Doch bevor ich erleichtert aufseufzen kann, ertönt ein langer, leiser Pfiff, der zu einem schrecklichen Winseln wird. Dann ein Aufprall. Der Helikopter erzittert und schlingert zur Seite.

„Fuck.“ Lance packt mich fester.

„Mission abbrechen“, brüllt Teddy. Alles passiert wie in Zeitlupe. Ich kann in den Schatten kaum etwas erkennen, aber ich spüre, wie Lance hinter uns greift und etwas packt. Ehe ich mich versehe, befinden wir uns nicht mehr auf dem Sitz und Lance schnallt mich an sich.

„Was machst du denn?“, kreische ich.

„Wir gehen runter“, schreit Lance.

Nein. Wir können nicht runtergehen. Ich bin nicht bereit, zu sterben. Nicht, wenn ich so viel habe, für das es sich zu leben lohnt – dieses winzige Lebewesen, das in mir heranwächst, bedeutet alles für mich.

Der Helikopter neigt sich zur Seite und wir werden gegen den Sitz geschleudert. Ich schreie und mein Magen sackt mir bis in die Kniekehlen. Der Helikopter stürzt in Richtung Boden.

„Halt dich fest!“ Lances Griff um mich ist brutal. Wind peitscht mir ins Gesicht; ich kann kaum etwas sehen. Lance zerrt uns zu der geöffneten Seite des Hubschraubers und springt hinaus. Meine Schreie gehen in dem Luftstrom verloren.

Ich darf nicht sterben. Bitte lass mich nicht sterben. Bitte, Gott, lass mich und dieses Baby am Leben. Ich werde alles tun, um es zu beschützen.

Die Welt ist plötzlich still. Wir schweben in der Nacht, die Sterne funkeln über uns. In diesem Windrauschen ist es fast schon friedlich. Und dann dreht uns Lance irgendwie und ich blicke hinab auf das Tal. Wir fallen. Wir befinden uns im freien Fall. Wir werden sterben.

Ich schreie seinen Namen, während ein weiteres Winseln die Stille durchbricht.

Weit über uns explodiert der Helikopter. Ein scharfes Krachen, ein dröhnender Knall. Licht zersplittert die Nacht. Lance beugt sich über mich. Ich bin irgendwie an ihn geschnallt, aber ich klammere mich fest an ihn.

„Halt dich an mir fest, Charlie.“ Die Worte driften langsam durch das Klingeln in meinen Ohren. Mein Gesicht fühlt sich taub an. Der Nachtwind ist kalt und scharf wie eine Klinge und dann sorgt ein kräftiger Ruck dafür, dass mein Herz aussetzt. Der Fallschirm öffnet sich über uns. Wir hängen in der Luft, hoch über dem Tal. Unter uns sind die Straßen und Häuser funkelnde Lichter, die die Sterne spiegeln.

„Ich hab dich, Engel.“ Lances Augen sind ein Leuchtfeuer in der Nacht. „Ich hab dich.“ Er hält mich fest, während wir zur Erde schweben.

Charlie

. . .

Der Tag dämmert hell und kalt. Lance und ich fahren auf dem Rücksitz eines großen, schwarzen Yukon mit. Nachdem wir gelandet waren, befreite uns Lance von dem Fallschirm, hob mich in die Arme und lief zur Straße. Es dauerte nicht lange, bis Deke mit Teddy, der bereits auf dem Beifahrersitz saß, vorfuhr.

„Rafe und Channing haben es sicher rausgeschafft“, berichtete Deke sofort. „Die Cops haben das Gelände bereits gestürmt. Sie fanden dort einen beschissenen Granatenwerfer.“

„Ja, das haben wir auch kapiert“, gluckst Teddy jetzt. Für einen Kerl, dessen Helikopter gerade vom Himmel geschossen wurde, ist er ziemlich gelassen. Sein riesiger Körper ist auf den Beifahrersitz gequetscht und jedes Mal, wenn er sich bewegt, knarzt der Sitz, aber er ist entspannt und grinst, als sei er im Urlaub.

Ich? Ich kann nicht aufhören, zu zittern. Ich befinde mich in Lances Armen und schmiege mich an seine Seite. Meine Zähne klappern ebenfalls ohne Unterlass.

„Ist dir kalt, Engel?“, erkundigt sich Lance.

Ich zucke mit den Achseln. Meine Haut ist taub. Lance blickt Deke im Rückspiegel in die Augen. Deke nickt und drückt auf einige Knöpfe. Eine Sekunde später bläst heiße Luft in den Wagen und Lance deutet das Gebläse in meine Richtung.

Aber ich kann nichts spüren.

„Wir werden zum Krankenhaus fahren. Dich untersuchen lassen. Und das Baby.“

„Richtig.“ Meine Stimme klingt weit entfernt. In meinen Ohren knackt es wiederholt – vermutlich wegen der Druckwelle. Der Druckwelle, die entstand, weil ein verfluchter Helikopter direkt über mir explodierte.

„Es tut mir so leid, Engel“, sagt er, obgleich nichts davon seine Schuld war. Obwohl er derjenige ist, der mich gerettet hat. Er küsst meine Schläfe zum millionsten Mal.

Ich will ihm erlauben, sich so um mich zu kümmern, wie er es gerade getan hat. Wie er es schon seit dem Moment tut, in dem wir uns begegnet sind. Aber ich scheine ihn nicht reinlassen zu können. Es ist, als wäre die Angst in meine Knochen gedrungen, und jetzt geht sie einfach nicht mehr.

14

Lance

Am nächsten Morgen regt sich Charlie an meiner Brust. Sie war gestern eine Millionen Meilen entfernt, als wir uns mit den Auswirkungen ihrer Entführung beschäftigten. Verschlossen. Scheinbar taub. Fast schon abwesend.

Das hat mir eine Scheißangst gemacht – und mir macht gar nichts Angst.

Um das Ganze noch schlimmer zu machen, hatte sie während der Nacht Alpträume und wachte mit entsetzten Schreien und in meinen Armen zitternd auf, während ich sie festhielt und daran erinnerte, dass sie in Sicherheit war.

Jetzt öffnet sie blinzelnd die Augen und dann wendet sich ihr Blick von mir ab. Mein Puls beschleunigt sich.

„Charlie? Rede mit mir, Engel. Ich weiß, dass es dir nicht gut geht."

Sie setzt sich auf und schwingt ihre Beine über die Bettkante, wodurch sie mir den Rücken zukehrt. Sie trägt eines ihrer abgetragenen T-Shirts mit einem Spruch darauf und ein Höschen. Letzte Nacht gab es kein Liebesspiel und wie es scheint, wird es auch heute Morgen keines geben.

Sie seufzt. „Nein, mir geht es nicht gut.“ Als sie sich zu mir umdreht, liegt Schmerz in ihren Augen. „Lance, was mir zugestoßen ist, war irgendwie ein Weckruf für mich. Ich…“ Sie fährt mit einer Hand über ihr Gesicht. „Ich komme mit diesen super stressigen Situationen nicht klar. Nicht, wenn ich ein Baby habe, an das ich denken muss.“

„Natürlich tust du das nicht, Engel. Niemand sollte sich mit dem auseinandersetzen müssen, was dir passiert ist. Es war beschissen.“

Ihre Lippen werden nach innen gesogen und zusammengepresst, sie lässt die Schultern hängen. „Du kommst damit klar.“ Ich weiß nicht, warum ihre Worte wie eine Anschuldigung und nicht wie ein Lob klingen.

„Ich bin so gut wie unzerstörbar, Charlie, und ich trainierte mein gesamtes Erwachsenenleben beim Militär. Ich war zuvor schon in solchen Situationen.“

„Ja“, murmelt sie. „Ich habe irgendwie das Gefühl, dass du dich monatlich in solchen Situationen befindest.“

Ich starre sie an und Beton füllt meinen Magen. Worauf will sie damit hinaus?

„Habe ich recht?“, verlangt sie zu wissen.

Ich nicke. „Ja. Aber wie ich sagte, ich bin kein Mensch. Es ist anders.“

Charlie wendet den Kopf ab und blinzelt schnell. Mein Körper spannt sich an. Meine Gefährtin weint – wegen mir. „Ich will nicht darüber nachdenken müssen, dass du dort draußen bist und in brennenden Helikoptern in den Tod stürzt. Oder jeden Teil deines Körpers mit Kugeln durchlöchern lässt. Ich meine, du sagtest, *so gut wie* unzerstörbar. Du kannst getötet werden, oder nicht?“

Ich werfe die Hände in die Luft und steige aus dem

Bett. „Charlie, jeder kann jederzeit getötet werden. Diesem Gedanken kannst du nicht ewig nachhängen."

Charlie steht ebenfalls auf und wringt die Hände. „Das ist nicht das, was ich will", bricht es aus ihr hervor.

Ich erstarre. „Was meinst du?", frage ich sanft, während Grauen in Form eisiger Tentakel durch meine Adern kriecht.

„Ich hatte einen Plan, weißt du noch?" In ihren Augen schimmern nach wie vor Tränen und ihre Stimme zittert.

Ich versuche, zu schlucken, und versage. „Ich erinnere mich."

„Mein Leben sollte langweilig und bodenständig sein. Ich will dieses Leben zurück. Ich brauche es." Sie verdreht jetzt ihre Finger und es bricht mir das Herz. Ich will zu ihr gehen und sie in meine Arme ziehen, aber sie weicht noch immer zurück. „Ich kann diese Sorgen nicht ertragen. Ich wuchs in der ständigen Sorge auf, ob es einer meiner Eltern nicht zurückschaffen würde. Und jetzt auch noch Chad. Ich kann das bei dir nicht tun. Und ich will auch nicht, dass unser Kind so leben muss."

„Charlie…" Ich mache Anstalten, um das Bett zu laufen, aber sie hält ihre Hand hoch.

„Bitte. Lass mich ausreden." Jetzt laufen die Tränen über, zwei über eine Wange und eine weitere über die Seite ihrer Nase. „Lance, als ich gestern entführt wurde, erwähnten die Entführer Black Wolf."

Ich runzle die Stirn.

„Ich denke, das taten sie nur, weil sie Angst vor euch hatten, aber zum damaligen Zeitpunkt dachte ich, dass ich vielleicht wegen dir entführt wurde. Weil jemand herausfand, dass ich deine Gefährtin bin, und man mich dazu benutzen wollte, dich zu treffen."

Ich reibe mit einer Hand über mein Gesicht. „Ja, das dachte ich auch", gestehe ich.

Der größte Fehler aller Zeiten. Charlies Augen weiten sich, sie schlägt die Hand vor den Mund und taumelt rückwärts. „Ich hatte recht“, würgt sie hervor.

„Nein, warte – recht womit?“ Ich trete nah an sie heran, aber berühre sie nicht. Sie ist zu verschlossen – ihr Arm ist schützend um ihre Taille geschlungen.

„Was du machst… deine Missionen… sie sind gefährlich. Und das bringt mich in Gefahr. Das bringt unser Baby in Gefahr.“

„Nein…“, sage ich, aber es ist eine Lüge. Sie hat recht. Sie hat absolut recht und es fühlt sich an, als würde mir ein Messer in den Bauch gerammt.

„Lance, ich kann das nicht. Du bist fantastisch im Bett. Du bist unglaublich lieb und achtest immer auf mich, aber das reicht nicht“, flüstert sie. „Das ist nicht das, was ich wollte. Es ist nicht das, was ich brauche.“

Mein Herz stolpert aus meiner Brust und klatscht auf den Boden zu unseren Füßen.

„Ich werde sein, was auch immer du brauchst, Charlie“, sage ich, obwohl mein Mund so trocken ist, als sei er mit Asche gefüllt.

„Das kannst du nicht. Es tut mir leid, Lance. Ich bin…“ Sie gestikuliert auf nichts Bestimmtes. „Sonnenuntergänge in Cabo sind schön, aber sie sind nicht genug.“

Ich bin nicht genug. Rafe hatte recht. Ich habe nicht das Zeug dazu, ein Dad zu sein.

Angeschossen zu werden, war weniger schmerzhaft als das hier.

Mein Wolf heult so laut, dass ich Charlies nächste Worte kaum hören kann. „Ich werde gehen.“

Panik schnürt meine Brust zusammen. „Was? Wohin?“

„Ich habe einen Plan. Ich kann bei meinen Eltern in Arizona wohnen. Sie sind jetzt in Rente. Sie können mir mit dem Baby helfen, wenn es auf der Welt ist.“ Sie wendet sich bereits von mir ab, drückt die Schranktüren auf und zieht zwei Koffer raus.

Alarmglocken schrillen in meinem Kopf und übertönen meinen Wolf. Hitze durchflutet meinen Körper und bringt mich beinahe dazu, mich zu verwandeln – nicht aus Wut, sondern weil ich eine Gefahr wahrnehme. Ich verliere meine Gefährtin. Ich verliere meine Gefährtin und meinen Welpen.

Und ich kann es nicht verhindern.

„Wann?", gelingt es mir zu sagen, während ich zuschaue, wie sie ihre Kleider in den Koffer wirft.

„Ähm, jetzt gleich. Ich denke einfach, dass ein glatter Bruch für uns beide einfacher sein wird. Nach dem, was passiert ist, brauche ich etwas Abstand zu Taos. Ich dachte, das hier wäre ein guter Ort, um Kinder großzuziehen, aber ich habe mich gewaltig geirrt."

Ich sage ihr nicht, dass es ein Ding der Unmöglichkeit ist, mich zu verlassen. Ich meine, sie kann gehen, aber ich werde ihr folgen.

Doch das würde sie nur aufregen. Ich muss ihr Freiraum geben. Sie hat gerade gesagt, dass sie einen glatten Bruch braucht. Abstand. Ich werde meinen Wolf daran hindern müssen, ihr sofort zu folgen.

Ich weiß nicht, wie ich das anstellen werde – der Instinkt, sie und den ungeborenen Welpen zu beschützen, ist so stark, dass es mich umbringen könnte. Kann ein verpaarter Wolf mondverrückt werden?

Fuck.

„Okay", höre ich mich über das Rauschen in meinen Ohren sagen. „Ich verstehe." Ich ziehe meine Kleider an. Es ist eine Lüge. Ich verstehe es nicht. Ich verstehe gar nichts.

Oder vielleicht verstehe ich es doch.

Rafe hatte die ganze Zeit recht. Wenn ich nicht verantwortungsbewusst genug bin, um auf mich selbst aufzupassen, wie konnte ich mir da nur einbilden, ich wäre verantwortungsbewusst genug, mich um eine Gefährtin und einen Welpen zu kümmern? Charlie glaubt nicht, dass ich es kann, das ist offensichtlich.

Ich bin der Kerl, mit dem sie Spaß hatte. Der Kerl, den sie anruft, wenn sie guten Sex und viele Orgasmen will, aber ich bin nicht der Kerl, mit dem sie sich niederlassen will. Ich bin nicht der Kerl, dem sie zutraut, dass er sie und ihre Familie beschützt. Ich bin nicht der Arzt oder Zahnarzt oder Buchhalter, der weiß, wie man die Little League trainiert und nie eine Pistole in seiner Hand hatte.

Ich stecke die Füße in meine Stiefel. „Kann ich dir beim Packen helfen?“ Meine Stimme klingt kratzig und müde.

Charlie schüttelt den Kopf. „Nein.“ Ihre Stimme ist tränenerstickt. „Es wäre für mich leichter, wenn du einfach gehen würdest.“

Ich trete zu ihr aus dem Drang heraus, ihren Scheitel oder Schläfe zu küssen, bevor ich gehe, doch sie versteift sich und ich stoppe.

Fuck.

„Auf Wiedersehen“, murmle ich, während ich zur Tür laufe.

„Tschüss“, würgt sie hervor.

Und dann ist es vorbei.

Charlie

Ich übergebe mich, sowie Lance aus dem Haus ist. Nachdem ich gebrochen habe, fange ich zu weinen an. Ich hatte keine Ahnung, dass sich eine Trennung so schrecklich anfühlen kann. Aber ich kann das nicht.

Ich rufe Sadie an, damit sie vorbeikommt und mir beim Packen hilft. Tabitha ist bei Adele – und nach dem, was Adele durchgemacht hat, will ich sie nicht belästigen. Ihr Geschäftspartner ist tot und sie wurde wegen seines Mordes befragt. Sie hat schon genug um die Ohren.

Doch als es an der Tür klingelt, stehen alle meine Freundinnen vor dieser. Und ich löse mich ein weiteres Mal in Tränen auf.

Wir verbringen den gesamten Morgen und halben Nachmittag damit, alles, das vorübergehend wichtig ist, in meinen Subaru zu laden. Den Rest kann ich einpacken und abholen, wenn ich das Haus verkaufe. Oder wenn mein Herz nicht mehr in eine Million Stücke zerbricht und ich wieder klar denken kann.

„Bist du dir sicher, dass dies das Richtige ist?“, fragt Sadie ständig. „Ich meine, schau dich doch nur an.“ Sie fuchtelt mit vor Sorge gekräuselter Stirn vor mir herum. „Du hast den ganzen Tag nicht zu weinen aufgehört.“

„Ich weiß. Das liegt an den Hormonen. Da bin ich mir sicher.“

„Ich denke nicht, dass es nur an den Hormonen liegt.“ Adele schiebt eine Hüfte vor, aber ihr Gesicht ist auch in Sorgenfalten gelegt. „Charlie, du hast etwas Schreckliches erlebt. Du hättest sterben können und es war meine Schuld.“ Adele blinzelt, ihr Kiefer ist angespannt.

„Nein, das war es nicht“, unterbreche ich sie.

„Ich hätte nie ein Geschäft mit Bing gründen sollen. Sie wollten eigentlich mich entführen.“

„Deswegen ist es trotzdem nicht deine Schuld!“, rufe ich. „Hier geht es nicht um Schuld. Es war nur ein Weckruf für mich in Bezug darauf, was für ein Leben ich meinem Kind bieten möchte. Ich *brauche* Stabilität. Ich muss bei meinen Eltern in ihrer ruhigen, kleinen Seniorengemeinde sein, wo nichts Aufregendes passiert und alle ein Baby zum Lächeln bringen wollen."

„Ich glaube, dass Kinder nicht einmal in Seniorenanlagen wohnen dürfen", sagt Tabitha langsam.

Ich halte inne. Sie könnte recht haben. „Nun, meine Eltern werden mir dabei helfen. Kannst du ein Weilchen für mich auf Merlin aufpassen?"

„Selbstverständlich", sagt Tabitha.

„Danke." Ich zwinge mich zu einem Lächeln. „Ich werde ihn abholen, wenn ich umziehe."

„Aber was ist mit deinem Job? Was ist mit… uns?", fragt Sadie mit leiser Stimme. Adele legt einen Arm um sie und Sadie tritt schniefend näher zu ihr. Fuck, wir werden alle weinen, wenn ich hier endlich wegfahre.

Ich überwinde die Distanz zu Sadie und lege meine Hände auf ihre Schultern. „Ich hab euch lieb. Wirklich. Ich hab euch so lieb. Aber ich muss wirklich gehen. Ich brauche… Zeit." Und Raum.

„Was ist mit Lance?", will Tabitha wissen.

Schmerz explodiert in meiner Brust, als wäre mir ein Messer hineingestoßen worden. Ich knirsche mit den Zähnen dagegen an, bevor ich antworte: „Ich will nicht über ihn reden."

„Charlie…" Adele stoppt. „Sichere Fahrt. Ruf mich an, wenn du dort ankommst oder reden willst."

„Mich auch", sagt Sadie.

„Mich ebenfalls." Tabitha zieht mich in ihre Arme.

Ich bemühe mich, die frischen Schluchzer zu schlucken, die in mir aufsteigen. Ich umarme jede von ihnen. „Danke euch allen. Vielen Dank. Ich melde mich bei euch."

Ich steige in den Subaru und lasse den Motor an.

Als ich losfahre, erhasche ich einen kurzen Blick auf

ein Paar silberblauer Augen, die zwischen den Büschen bei meinem Zaun funkeln.

Lance.

Ich schlucke ein Schluchzen. Schon wieder.

Und dann fahre ich weg.

~

Lance

NACHDEM CHARLIE WEGGEFAHREN IST, lasse ich mich von Teddy einhundert Meilen in die Wildnis fliegen und dort absetzen. Ich vermute, dass dies die einzige Möglichkeit ist, wie ich mich davon abhalten kann, ihr zu folgen. Die bloße Aufgabe, überleben zu müssen, wird meinen Wolf eine Weile auf Trab halten.

Vier Tage später humple ich auf das Grundstück von Black Wolf. Meine Pfoten sind blutig und roh, mein Fell schneeverkrustet.

Rafe stürmt aus unserem Haus, als er mich sieht. „Verwandle dich“, befiehlt er.

Meine Menschengestalt fühlt sich sogar noch schlimmer an als meine Wolfgestalt. Erschöpft und ausgemergelt. Kaum noch am Leben.

Rafe donnert mir die Faust auf die Nase und ich lande mit meinem nackten Hintern im Schnee. „Du egoistischer, verdammter Mistkerl“, blafft er.

Blut spritzt aus meiner gebrochenen Nase.

„Ich wusste nicht, ob du dort draußen leben oder sterben würdest.“

Ich rapple mich auf und schnaube, wodurch Bluttropfen in alle Richtungen fliegen. „Stimmt ja. Weil das

Schicksal weiß, dass ich nicht in der Lage bin, allein zu überleben."

Rafes Mundwinkel sinken zusammen mit seinen Schultern nach unten. „Fuck, Lance." Er zieht mich in eine grobe Umarmung.

Ich erwidere sie nicht.

Ich kann nichts anderes tun, als auf meinen Füßen zu stehen und meine Lungen mit Luft zu füllen.

„Sie wird einlenken", muntert er mich auf.

Ich trete zurück und schüttle den Kopf. „Wird sie das tun? Ich weiß es wirklich nicht."

Und dann, während ich dort stehe, fällt es mir plötzlich wie Schuppen von den Augen. Was ich tun muss, um meine Gefährtin zurückzukriegen.

Ich muss Rafe verlassen. Mein Rudel verlassen. Dieses Leben, das sie so sehr ablehnt, verlassen.

Ich kann nicht beides haben – Charlie hat das deutlich gemacht. Sie will ihr Kind nicht mit einem Söldner als Vater großziehen. Sie will einfach und langweilig und sicher.

Sie denkt, dass ich das nicht sein kann, aber das kann ich. Das werde ich sein.

„Ich bin raus", sage ich.

„Was?" Rafes Augenbrauen ziehen sich zusammen. Deke und Channing kommen nach draußen, um sich hinter ihm auf die hölzerne Veranda zu stellen.

„Charlie ist mit dem hier nicht einverstanden." Ich lasse meinen Finger kreisen, um auf unser Grundstück zu deuten. „Und ich muss mich um meine Familie kümmern. Ich habe jetzt mein eigenes Rudel."

Rafes Miene wechselt zwischen Verwirrung und Trauer hin und her. „Fuck."

„Fuck", echot Channing.

„Lance“, sagt Deke, aber lässt dem keine weiteren Worte folgen.

Ich laufe die Stufen hoch und an ihnen vorbei. „Ich muss gehen. Du bist nicht mehr für mich verantwortlich. Ich werde Charlie dieses Baby nicht allein großziehen lassen.“

„Du hast recht.“ Rafes Stimme hinter mir lässt mich innehalten. Ich drehe mich um. „Natürlich hast du recht. Fuck.“

„Es tut mir leid.“ Ich schüttle den Kopf. „Ich will euch nicht im Stich lassen, aber sie müssen an erster Stelle stehen.“

„Das müssen sie“, sagt Deke mit tiefer Stimme.

„Definitiv“, stimmt Channing zu.

Ich laufe in mein Zimmer, um in die Dusche zu gehen. Ich muss mich waschen, etwas essen und packen.

Ich ziehe nach Arizona.

15

Charlie

„CHARLIE, Schatz, ich glaube, ich sollte dich zum Arzt bringen. Dass du dich ständig übergibst, kann für das Baby nicht gut sein", sagt meine Mom, deren Hand auf meinem oberen Rücken liegt, während ich über die Toilette gebeugt bin und würge.

Wenn Lance hier wäre, hätte er dafür gesorgt, dass ich genug esse, sodass es erst gar nicht so weit gekommen wäre.

Bei diesem Gedanken wallt frische Trauer in mir auf.

Ich dachte, bei meiner Familie zu sein, würde irgendwie alles auf magische Weise besser machen. Oder dass dann zumindest alles Sinn ergeben würde. Ich vermute, ich assoziierte ein Kind zu bekommen mit meiner eigenen Familie, aber jetzt, da ich hier in Green Valley bei meinen Eltern bin, fühle ich mich einsamer denn je. Oder vielleicht liegt es auch an dem Schmerz in meinem Herzen, der einfach nicht verschwinden will.

Ich bewarb mich für einen Job bei der Post hier und in Tucson, aber im Moment haben sie keine freien Stellen. Ich verbrachte die letzte Woche damit, meiner Mom beim Gärtnern zu helfen, zu weinen und mich zu übergeben.

Also ja, es ist ein einziger Spaß, mit gebrochenem Herzen und schwanger wieder bei meinen Eltern zu leben. Oh, und ich breche sehr viel. Ein Stern, nicht zu empfehlen.

„Mir geht's gut. Ich muss nur etwas essen. Gibt es noch Kräcker?"

„Ich werde nachschauen, Schatz."

Ich seufze und wasche mir das Gesicht am Waschbecken.

Als ich aus dem Bad komme, hat meine Mom eine Packung Kräcker in eine Schüssel geschüttet, die sie auf den Tisch stellt. Ich lasse mich auf einen Stuhl fallen und nehme einen Kräcker in die Hand. Sie setzt sich mir gegenüber.

„Hast du mit ihm geredet?"

Ich schüttle den Kopf. „Nein."

Um ehrlich zu sein, bin ich überrascht, dass er mich nicht kontaktiert hat. Aber andererseits sah ich den Schmerz auf seinem Gesicht, als ich mit ihm Schluss machte. Was hatte ich noch mal gesagt? Ich kann mich nicht einmal mehr erinnern – ich war emotional so angeschlagen und wurde von Hormonen gebeutelt.

Allein an ihn zu denken, bringt mich von neuem zum Weinen. Ich vermisse es, ihn in meiner Nähe zu haben. Sein lässiges Grinsen. Die Sicherheit, die ich in seinen starken Armen verspüre. Wie er mich zum Lächeln bringt, mich entspannt und sich um mich kümmert.

Der Kräcker ist trocken in meinem Mund. „Ich glaube, ich habe einen Fehler gemacht, Mom."

„Mit Lance?"

Ich nicke. „Indem ich gegangen bin. Ich dachte, deine und Dads Nähe wäre der beste Ort, um ein Kind großzuziehen, aber jetzt…"

„Ein Kind braucht seinen Vater", sagt meine Mom.

Ich sacke auf dem Stuhl zusammen. „Die Hälfte der Zeit hatte ich keinen Vater. Und die andere Hälfte hatte ich keine Mutter", sage ich. „Es war entsetzlich in der ständigen Sorge aufzuwachsen, dass einer von euch nicht zurückkommen würde."

„Oh, Charlie." Tränen glitzern in den Augen meiner Mom. „Es tut mir leid, dass du gelitten hast. Wir haben auch gelitten. Denkst du, es hat uns nicht jedes Mal fast umgebracht, zu gehen und das Wertvollste, das wir kannten, zurückzulassen? Ich meine, ich wusste, dein Vater würde sich gut um euch kümmern, aber würde er auch die Dinge tun, die ich für euch tun würde? Und dann verpasste ich all diese Monate, in denen ihr älter wurdet. Das ist Zeit, die ich nie zurückkriegen werde."

„Ich weiß. Ich will nur nicht, dass sich mein Kind derartige Sorgen um seinen oder ihren Vater machen muss. Und Lance arbeitet in einer gefährlichen Branche. Er und sein Bruder sind Söldner – sie könnten jederzeit getötet werden."

Aber ich erinnere mich, dass das nicht ganz stimmt. Lance erzählte mir, dass er so gut wie unzerstörbar sei. Und ich sah, wie schnell er sich von Dutzenden Schüssen erholte.

„Es gibt kein perfekt, Charlie. Dein Dad und ich taten das Beste, das wir konnten. Mehr können du und Lance auch nicht tun."

Ich lasse ihre Worte über mich schwappen und realisiere, wie wahr sie sind. Meine Mom war jünger als ich, als sie mit mir schwanger wurde. Sie war bei der Air Force, was die Gründung einer Familie weniger als ideal machte. Sie wollte etwas Besseres für uns, aber tat, was sie konnte.

„Ich verstehe, dass du dein Kind vor Schmerzen schützen möchtest, aber Tatsache ist, dass es nie irgendwelche Garantien gibt, wenn es ums Leben geht. Oder die Liebe. Wir riskieren unsere Herzen jedes Mal, wenn wir sie öffnen, und glaub mir, dieses Kind wird deines weit aufreißen. Und ganz ehrlich? Auf mich wirkt es so, als hätte Lance das auch getan."

„Ja", gebe ich zu. „Das hat er." Bilder seines hübschen Gesichtes blitzen vor meinen Augen auf. Ich nehme mein Handy in die Hand und starre es an. Soll ich ihn anrufen? Ihm sagen, dass ich zurückkomme? Vielleicht ist er zu wütend, um mich zurückzunehmen.

Dieser Gedanke fährt mir wie ein Messer in den Magen.

„Meine Freundinnen vermisse ich auch", wird mir laut bewusst. Tabitha, Sadie und Adele sind jetzt wie Schwestern für mich. Wenn es ein Dorf braucht, um ein Kind großzuziehen, wären sie mein Dorf gewesen. Warum sollte ich davon wegziehen?

„Ich denke, du hattest ein Trauma. Entführt zu werden, hat dir Angst gemacht und deine Sorgen darüber, das perfekte Leben für dein Kind zu schaffen, noch vergrößert. Es hat den Wunsch in dir geweckt, wegzulaufen und dich in einem Loch zu verstecken. Also bist du hierhergekommen. Wir müssen irgendetwas richtig gemacht haben, wenn dein sicherer Ort noch immer bei uns ist."

Ich lasse ein wässriges Lachen verlauten. „Ja, ich schätze, du hast recht."

Aber mein sicherer Ort ist nicht mehr bei ihnen. Ich dachte nur, dass es so wäre. Mein sicherer Ort ist bei Lance.

Während meiner gesamten Entführung und als ich am

Durchdrehen war, dachte ich ununterbrochen daran, dass er kommen und mich retten würde. Natürlich tat er das. Und als bei der Rettung etwas schiefging und es aussah, als würden wir sterben, rettete er mich abermals. Mühelos. Mit einem Lächeln. Lance hat keine Angst.

Er ist kein Mensch – er hat nicht die gleichen Ängste wie ich.

Aber er hat Bedürfnisse. Und er erzählte mir, dass eines dieser Bedürfnisse darin bestehe, in meiner Nähe – der seiner Gefährtin – zu bleiben und seinen Welpen zu beschützen.

Also tat ich das vorstellbar Grausamste, indem ich ihn verließ. Ich beraubte ihn seiner Familie. Wie konnte ich so rücksichtslos sein?

Ich massiere mir den Kopf und meine Mom tätschelt mir die Schulter. „Ruh dich ein wenig aus. Nach einem Nickerchen wirst du dich besser fühlen."

Ich trotte zurück ins Bett und krümme mich um ein großes Kissen. Ich habe meine Augen erst wenige Minuten geschlossen, als meine Mom den Kopf in mein Zimmer streckt. „Charlie? Hier draußen ist jemand, der dich sehen möchte."

Was? Wer würde mich hier besuchen? Abgesehen von meinen Eltern kenne ich niemanden in Arizona. „Wer?" Ich rutsche aus meinem Bett. Vielleicht haben Tabitha, Adele und Sadie einen Roadtrip unternommen – aber Adele ist noch immer mit dem Tod ihres Geschäftspartners und den daraus resultierenden Folgen beschäftigt, und ich sagte Sadie und Tabitha unter vier Augen, dass sie bei ihr bleiben und ihr helfen sollten. In ein Auto zu springen, um einen verrückten Roadtrip zu unternehmen, ist allerdings etwas, das Tabitha tun würde.

„Komm einfach und schau es dir selbst an." Meine Mom läuft davon und ich eile hinter ihr her.

„Hat derjenige gesagt, was er will?"

„Nein." Meine Mom blinzelt mich an und sieht belustigt aus. „Charlie, hast du ein neues Auto bestellt?"

„Was?" Ich beschleunige meine Schritte und laufe zur Tür. Meine Mom hat recht. In der Einfahrt steht ein glänzender, metallic-blauer Minivan. Nagelneu. An der Motorhaube befindet sich sogar eine rote Schleife.

„Mein Gott." Ich laufe barfuß über die Einfahrt. Der Minivan wirkt aus der Nähe größer. Eine bootgroße Monstrosität, die dazu geschaffen wurde, Kinder und Hunde mit maximaler Sicherheit zu transportieren. Der Traum jeder Vollzeitmutter. Kein Hinweis darauf, wer ihn gekauft hat.

Ein Piepen ertönt und ich springe zurück, als die Beifahrertüren des Minivans aufgleiten. Auf dem Rücksitz sind zwei nagelneue Autositze. Einer ist für ein Baby, der andere für ein Kleinkind. Ich weiß das, weil ich online nach Autositzen gesucht habe. Ein Kinderwagen rollt hinten aus dem Auto – hellblau, womit er zu den Autositzen passt. Und den Wagen schiebt Lance. „Hey, Baby."

Mir klappt die Kinnlade herunter.

„Schau dir das an." Er rollt den Kinderwagen zu dem Autositz für ein Baby und nimmt irgendwie den oberen Teil ab. „Wenn das Baby schläft und wir sie ins oder aus dem Auto befördern wollen…" Ein Klicken und er stellt den Autositz rückwärts auf den Kinderwagen. „Kinderleicht." Der Kinderwagen und Autositz verschmelzen zu einem Gerät. Lance hebt das ganze Teil mühelos hoch, um es mir zu zeigen. „Man nennt es ein 3-in-1 Reisesystem."

Ich finde meine Stimme wieder. „Ich weiß. Ich habe eines in meinem online Einkaufswagen. Lance, was machst du hier?"

Er richtet sich auf. Seine blonden Haare sind zerzaust und sein Gesicht sieht schmaler, fast schon hager aus. Er senkt den Kopf, um mir in die Augen zu schauen, wobei er leicht unsicher aussieht. Doch in seinen Augen lodert es, als sie meinen Blick auffangen.

„Ich liefere deine neuen Autositze.“ Er schlendert über die Einfahrt, sexy wie eh und je. Nur wenige Schritte entfernt von mir stoppt er, die Hände ausgestreckt, die Unterarme und Bizepse angespannt und leicht zitternd, als wolle er nach mir greifen und mich in seine Arme ziehen. Ich wünsche mir irgendwie, dass er das tut. Mir war nicht bewusst, wie fantastisch es sich anfühlen würde, ihn zu sehen. Lance ist mehr als der Vater meines Babys. Vielleicht ist er sogar wegen mir hier.

„Ich musste dich sehen“, sagt er. Seine Stimme ist kratzig, als hätte er seit langer Zeit nichts getrunken. „Du siehst gut aus.“

„Danke“, wispere ich. Ich registriere, dass ich die Hände auf meinen Bauch gelegt habe, und lasse sie an meine Seiten fallen. „Was ist das?“ Ich nicke zu dem Minivan.

„Dein neuer fahrbarer Untersatz.“ Sein Mundwinkel biegt sich nach oben, während er dem Auto ein reumütiges Lächeln schenkt. „Ist sie nicht hübsch?“

„Sie ist groß.“

Er gluckst. „Nicht unbedingt mein Traumauto, aber es ist das, was du brauchst. Und wenn es dir gefällt, werde ich mir auch eines kaufen.“

„Was!“

Hinter mir schließt sich die Eingangstür. Meine Mom überlässt mich meinem Schicksal. Es ist mir egal.

„Lance, das kannst du nicht machen.“ Ich gehe einige Schritte und jetzt bin ich diejenige, die sich nach vorne beugt. Mein Körper ist angespannt und vibriert förmlich, bereit, in Lances Arme zu springen.

„Es ist schon erledigt“, sagt er sanft. Er macht einen Schritt vorwärts. Zögert. „Ich weiß, ich bin nicht der, den du wählen würdest", sagt er, „aber ich will, dass du weißt, dass ich dich wähle. Charlie, ich ziehe dich allem anderen vor."

Tränen brennen in meinen Augen. „Was heißt das?"

„Hier ist dein neuer Minivan. Kinderwagen. Kindersitze." Er deutet auf jeden Gegenstand der Reihe nach. „Wusstest du, dass dir die Feuerwehr beibringt, wie man Kindersitze richtig befestigt? Ich habe bei sechs Feuerwachen angehalten und jetzt bin ich ein Profi." Er klingt stolz. „Und schau…" Er läuft um das Auto und drückt auf einen Knopf. Der Kofferraumdeckel klappt auf und mein Mund öffnet sich noch weiter. Im Kofferraum stapeln sich Schachteln um Schachteln mit Windeln. Alle Arten. Alle Größen. Auf den Seiten jeder Schachtel prangen Fotos von pausbäckigen, glücklichen Babys und krabbelnden Kleinkindern. „Und ich habe Feuchttücher besorgt." Lance greift in den Wagen und klopft auf die Reihe Schachteln im Kofferraum. „In rauen Mengen. Anscheinend werden wir von denen viele brauchen." Er zuckt mit seinen breiten Schultern.

„Du hast einen Minivan gekauft." Ich kann das noch immer nicht begreifen. Mir kommt ein schrecklicher Gedanke. „Lance, du hast nicht… Du hast nicht die Ducati verkauft, oder?"

Jetzt biegen sich beide Mundwinkel nach oben. „Ich hätte es getan, Baby. Ich hab sie in Taos zurückgelassen. Hab sie eingelagert. Dachte, du würdest sie vielleicht eines Tages mal wieder fahren wollen." Er tritt näher, wobei er den Kinderwagen zur Seite schiebt, sodass nichts als ein paar Zentimeter Luft zwischen uns sind. „Aber wenn nicht, ist das auch okay, Charlie. Ich kann sie aufgeben. Ich kann alles aufgeben. Das Einzige, ohne das ich auf diesem Planeten nicht leben kann, bist du."

Ich starre ihn mit hämmerndem Herzen an. Die Welt

verengt sich und ich sehe nur noch Lances hübsches Gesicht.

Ein lautes Hupen lässt mich zusammenzucken. Ein schwarzer BMW-Cabriolet ist an den Gehweg gefahren. Eine Frau in einem rosa Hosenanzug und mit einem breiten Lächeln steigt aus. „Hallo!“ Sie winkt und nimmt ihre übergroße Ray-Ban ab. „Ich bin Amy. Es ist so schön, euch kennenzulernen! Lance? Und du musst Charlie sein!“ Die Sonne reflektiert von ihren super weißen Zähnen und blendet mich. „Ich bin eure neue Immobilienmaklerin!“ Sie breitet die Hände aus, als erwarte sie, dass Konfetti vom Himmel regnet.

„Ähm…“ Ich starre Lance an.

„Hey, Amy. Danke, dass du hergekommen bist.“ Lance nickt ihr zu.

„Selbstverständlich! Ich habe fünf Häuser, die wir uns heute anschauen können.“ Amy fischt einen Ordner aus ihrer riesigen Handtasche und winkt uns damit zu. „Seid ihr bereit?“

Was?, forme ich mit den Lippen an Lance gewandt. Ich habe das Gefühl, als wäre ich in eine Sitcom zur Hauptsendezeit katapultiert worden. Das Einzige, das noch fehlt, sind meine Eltern, die aus der Eingangstür springen, während eine Lachspur abgespielt wird.

„Ja“, sagt Lance und reibt sich über den Nacken. „Kannst du uns einen Moment geben?“

„Natürlich“, flötet Hosenanzug Amy und wirbelt auf ihren hellrosa Pumps herum. Sie läuft wieder die Einfahrt hinab und zieht ihr Handy raus.

„Eine Immobilienmaklerin, Lance?“

„Ja, ich dachte, ich sollte besser in die Gänge kommen und mir ein Haus in der Nähe suchen. Ich hatte gehofft, du würdest mitkommen und dir mit mir einige Häuser anschauen. Mir deine Meinung mitteilen. Oh, und“, er beugt sich auf den Beifahrersitz und schnappt sich ein Blatt Papier, „hier ist eine Liste der besten Orte für die Geburt." Er reicht mir den Ausdruck. „Dort stehen ein paar Krankenhäuser und Gynäkologen drauf. Aber auch ein Geburtszentrum, das sehr empfohlen wird. Kylie hat mir geholfen, die Liste zu erstellen." Er wischt sich mit einer Hand über die Stirn und mustert mich. „Ich weiß, du stellst selbst auch Nachforschungen an, aber ich wollte helfen."

„Warte." Ich kann das alles nicht verarbeiten. Ich schaue von dem Zettel zu dem Minivan zu Hosenanzug Amy. „Ziehst du hierher?"

Lance tritt näher zu mir. So nahe, dass meine Zellen aufschreien, er möge mich berühren. Aber er lässt ein paar Zentimeter Platz zwischen uns, während er murmelt: „Ich habe es dir schon einmal gesagt, Charlie. Du bist die Eine für mich. Und ich will nicht, dass noch eine Sekunde vergeht, in der wir weiter als eine Stadt voneinander entfernt sind." Er schluckt schwer und sein Adamsapfel hüpft. „Ich meine, ich würde dich lieber in meinem Bett haben", säuselt er. Hitze flammt zwischen meinen Beinen auf. „Aber wenn nicht, kann ich damit umgehen. Ich dachte nur, ich könnte ein Haus in der Nähe deiner Eltern kaufen. Oder vielleicht ein Doppelhaus? Du könntest auf einer Seite leben und ich auf der anderen. Wir können uns den Garten teilen."

In meiner Kehle befindet sich ein Kloß in der Größe eines Minivans. „Lance, du kannst Taos nicht einfach verlassen. Was ist mit deinem Rudel?", füge ich mit leiser Stimme hinzu, wobei ich mich umschaue, um mich zu vergewissern, dass mich die Maklerin nicht hören kann. Sie läuft auf dem Wendekreis hin und her und plaudert am Telefon. Die Jalousien vor dem Erkerfenster an der Hausvorderseite meiner Eltern bewegen sich nicht, aber ich wette, meine Mom späht durch die Spalten. Wir haben definitiv Publikum.

Ich trete näher zu Lance, sodass ich flüstern kann, nicht weil ich darauf brenne, ihn zu berühren. „Ziehst du wirklich hierher?"

„Ich habe es dir gesagt, Charlie." Seine geraunten Worte liebkosen meine Ohren. „Du bist die Einzige, die ich brauche."

Und dann kann ich nicht länger warten. Ich mache zwei Schritte und werfe mich in seine Arme. Er ist da, um mich aufzufangen. Wie immer.

„Lance", heule ich und schlinge meine Beine um ihn. Er fühlt sich so gut zwischen ihnen an. Wie immer.

„Baby." Er küsst mein Gesicht und meinen Hals, leckt und knabbert auch ein wenig. Wir liefern der Maklerin und meinen Eltern eine Show und mich stört es nicht einmal.

„Es tut mir leid, wenn ich dir wehgetan habe. Das war nicht meine Absicht. Ich war einfach vollkommen von der Rolle. Ich weiß, dass es ziemlich unüberlegt von mir war, einfach alles zusammenzupacken und zu denken, ich könnte hierherziehen."

Er gibt einen nichtssagenden Laut von sich. „Ich habe vielleicht auch ein wenig unüberlegt gehandelt."

„Das hier ist nicht unüberlegt", informiere ich ihn. „Das hier ist perfekt." Ich weine jetzt frische Tränen, aber dieses Mal sind es Tränen der Freude. „Du bist zu mir gekommen. Mit einem Minivan!" Ich überschütte sein Gesicht mit Küssen.

„Was meinst du, Baby?" Er knabbert an meinem Ohr, umfängt meinen Po und drückt fest zu. „Willst du mich reinlassen? Willst du das hier gemeinsam tun? Geburtstage, erster Tag im Kindergarten, Little League Spiele? Ich bin gewillt, das für unser Kind zu tun, aber ich würde es lieber mit dir tun."

„Oh mein Gott, ja. Ja."

Lance stellt mich sachte ab, geht auf ein Knie und zieht einen Schnuller raus. „Wirst du die Mutter meines Babys?"

Ich schlage nach seiner Schulter. „Ich bin schon die Mutter deines Babys."

„Dann lass es uns offiziell machen." Er schiebt den Ring an der Rückseite des Schnullers auf meinen rechten Ringfinger. Dann greift er in seine Tasche und zieht einen echten Ring, auf dem eine Reihe gelber Edelsteine funkeln, heraus. Mein Geburtsstein. Der echte Ring passt perfekt an meinen linken Ringfinger. Er ist anders. Einzigartig. Genau wie wir.

Ich beuge mich nach unten und küsse ihn.

„Oh mein Gott!" Die Maklerin läuft die Einfahrt hoch, streckt ihr Handy aus und macht ein Foto. „Hat er gerade einen Antrag gemacht? Ich freue mich so sehr, während dieser besonderen Zeit hier zu sein!"

Das ist schlimmer als Restaurantpersonal, das darauf besteht, einem ein Geburtstagslied zu singen. An Lance gewandt forme ich mit den Lippen: *Werde sie los.*

„Äh, Amy, kannst du ein anderes Mal zurückkommen?", ruft Lance über seine Schulter und verzieht das Gesicht, als sie noch ein Foto macht.

„Natürlich!"

Ich dämpfe mein Lachen an Lances Schulter, während mir das Klackern ihrer Absätze verrät, dass sie wegläuft.

„Sorry, Baby. Das war zu viel des Guten."

„Es ist okay." Ich streiche seine Haare nach hinten. „Es ist nur so, dass wir gar keine Maklerin brauchen. Ich will nicht hierherziehen."

Er umfängt meine Wange. „Bist du dir sicher, Baby? Ich werde tun, was auch immer du willst."

„Lance..." Meine Stimme bricht. Er ist wunderschön und er ist hier, warm und fest an mir. Ich ertrinke im Ozean seiner Augen. „Ich bin mir sicher. Du bist der Richtige für mich. Mir wurde das bewusst, bevor du hier aufgetaucht bist."

„Weine nicht, Charlie." Lance küsst eine Träne weg.

„Das sind die Hormone." Ich lache durch meine Tränen, halte sein Gesicht und küsse es und er dreht mich langsam im Kreis. „Und ich bin mir sicher. Ich will, dass du mich zurück nach Taos bringst. Ich vermisse meine andere Familie."

„Ja? Bist du dir sicher?" Er läuft mit mir zu dem neuen Minivan, presst meinen Hintern dagegen und drückt sich an mich.

„Ich bin mir sicher. Ich habe einen großen Fehler gemacht. Ich habe dich so sehr vermisst. Und ich habe mich in Bezug auf deine Arbeit geirrt. Deine Missionen machen mich nicht angreifbar. Sie sorgen für unsere Sicherheit."

„Ich habe gekündigt", informiert er mich. „Du hattest recht. Ich muss die Little League trainieren. Und ich habe darüber nachgedacht, Buchhalter oder so etwas zu werden."

„Hör auf damit!" Ich lache, obwohl mein Herz schmerzt, weil er so perfekt ist. „Ich will nicht, dass du kündigst. Ich meine, nicht wegen mir. Du musst nichts für mich verändern. Ich war völlig neben der Spur, als ich dich nicht für den perfekten Mann hielt. Ich meine, *Gefährten*. Du bist der Eine, Lance. Du bist es, in jeder Hinsicht."

Lance lässt dieses Piratengrinsen aufblitzen und gleitet mit seinen Lippen über meine. „Du bist es auch in jeder Hinsicht für mich", murmelt er.

Ein lautes Räuspern erklingt hinter uns, woraufhin Lance herumwirbelt und mich geschickt auf die Füße stellt, kurz bevor er seine Hand ausstreckt. „Lance Lightfoot, Sir." Er ist sofort der Soldat, seine Brust rausgestreckt, die Schultern gestrafft. Er ist so respektvoll und respektabel, wie man nur sein kann.

Mein Dad nimmt seine Hand widerwillig und schüttelt sie. „Ich bin Ed Holland. Minivan, hm?"

„Ja, Sir. Ich dachte, ich sollte besser ein familienfreundliches Fahrzeug kaufen. Sie wissen schon, für Fahrgemeinschaften und die Little League."

Daraufhin biegen sich die Lippen meines Dads doch tatsächlich nach oben. „Klingt vernünftig."

„Ja, Sir. Und ich dachte, ich würde hierherkommen, um mit Charlie nach einem Haus zu suchen, aber es klingt so, als würde ich sie stattdessen mit mir zurück nach Taos nehmen."

Meine Mom erscheint hinter meinem Dad und strahlt uns beide an. „Ich denke, dass ist das Beste", sagt sie. „Es ist aber nicht so, dass ich mein Enkelkind nicht in der Nähe haben möchte. Ich bin Sandra Holland." Sie streckt ihre Hand aus, um Lances zu schütteln.

„Lance Lightfoot."

„Ich bin froh, dass du zu Charlie zurückgekommen bist", sagt meine Mom.

„Immer", erwidert Lance und blickt in meine Richtung. „Ich werde immer zu Charlie zurückkommen."

16

Charlie

„Ich kann nicht fassen, dass du mir einen Minivan gekauft hast.“ Ich klammere mich an Lances Hals, während er mich über die Türschwelle eines Ferienhauses am Ende eines ruhigen Wendekreises in einem Vorort trägt. Ich liebe meine Mom und meinen Dad, aber ich bin froh, dass sich Lance ein Haus gemietet hat. Wir werden die Nacht hier verbringen, bevor wir zurück nach Taos fahren. Es hieß entweder das oder einander in der Einfahrt meiner Eltern die Kleider vom Leib reißen.

„Du meinst, ich habe uns einen Minivan gekauft.“ Lance schließt die Tür, ohne mich abzusetzen. Das Haus ist komplett möbliert und ruhig. Es hat cremefarbene Wände und einen Teppichboden. Mit entschlossenem Gesichtsausdruck marschiert Lance durch das Haus.

„Du musst mich nicht tragen, weißt du. Ich bin schwanger, kein Invalide.“

„Das ist nicht das, was mir deine Mom erzählt hat.“ Er

bedenkt mich mit einem strengen Blick. Mom erzählte ihm alles über meine Morgenübelkeit. Besser gesagt Ganztagsübelkeit. Unser erster Stopp, nachdem wir das Haus meiner Eltern verlassen hatten, war bei einem Naturkostladen, um natürliche Heilmittel gegen Übelkeit zu kaufen. Lance kaufte mir jede Sorte kandierten Ingwer. Es scheint zu funktionieren.

„Lance, mir geht es gut." Die Wahrheit ist, dass mir nicht mehr schlecht war, seit ich ihn sah, auch wenn der kandierte Ingwer köstlich war.

Er knurrt und stößt die Tür zum Schlafzimmer mit seiner Schulter auf. Ein King-size-Himmelbett dominiert den Raum und er läuft schnurstracks darauf zu. Ein Jäger, der seine Beute erblickt. Er ist so sexy, dass ich einfach nicht anders kann, als mit meiner Hand über seine blonden Stoppeln zu streichen. Er dreht den Kopf und knabbert an meiner Handfläche. Meine Pussy pocht in Reaktion darauf.

„Du behauptest, dass es dir gut geht. Ich werde auf Nummer sicher gehen." Er legt mich auf das Bett, wobei er mich langsam runterlässt. Als sei ich aus Glas gemacht. Ein Schatz, den er mit Sorgfalt behandeln wird.

Seine Zärtlichkeit veranlasst mich dazu, Tränen wegzublinzeln. Erneut. Diese verflixten Hormone.

„Du bist das Wichtigste auf der ganzen Welt für mich." Er stemmt sich über mich und reibt mit seinem stoppeligen Kiefer über mein Gesicht, während er mir ins Ohr flüstert: „Ich werde es dir beweisen."

„Du hast das uncoolste Auto der Welt gekauft und es freiwillig gefahren. Nachdem du es mit Schachteln voller Windeln gefüllt hast. Und du hast geübt, Windeln anzuziehen… an einer Puppe." Ich breche in Gelächter aus. Ich kann sein Gesicht noch immer vor mir sehen, als ich die lebensechte Babypuppe in einer Windel in der Größe für Neugeborene fand.

„Scheiße“, flucht Lance. „Wenn du das irgendjemandem erzählst…“

„Keine Sorge. Dein Geheimnis ist bei mir in Sicherheit.“ Ich liebe es, dass er geübt hat, aber ich kann mir vorstellen, dass sich sein Rudel über ihn lustig machen würde. „Mein Punkt ist, dass du nichts beweisen musst. Du hast genug getan.“

„Nein, Charlie.“ Er weicht zurück und streichelt mit dem Daumen über meine Wange. „Ich habe erst angefangen.“

Ich lege meine Arme um seinen Hals und ziehe ihn hinab auf mich, doch er unterbricht den Kuss und setzt sich zurück. Er zieht meine Schuhe und Socken aus, hebt mein Bein an, um meinen Knöchel zu küssen. Ich winde mich.

„Lance.“ Ich greife nach ihm, aber er nimmt meine Handgelenke und küsst den Pulspunkt an jedem, bevor er sie zu beiden Seiten von mir auf das Bett presst.

„Bleib.“ Er fixiert mich mit seinem himmelblauen Blick, während er eine große Hand unter mein Shirt schiebt. Seine Hand spreizt sich auf meinem Bauch und hält inne, um diesen zu umfangen. Sein Blick wird so zärtlich, dass mir wieder Tränen in die Augen treten.

„Lance“, wispere ich.

„Das ist richtig, Engel, sag meinen Namen.“ Er zieht mein Shirt hoch, um meinen Bauch zu küssen. „Ich werde mich gut um dich kümmern“, verspricht er meinem Bauchnabel.

Ich schniefe, denn er redet mit unserem Baby.

„Ich werde mich gut um dich kümmern“, wiederholt er an mich gewandt und hebt den Kopf. Ich ertrinke in seinen ozeanblauen Augen. Er klettert über mich und hält seinen harten Körper über meinem. Er küsst meinen Mund, seine Zunge fegt hinein, stößt sich in meine Mundhöhle und dominiert mich. Ich wölbe mich ihm entgegen und er fixiert meine Handgelenke über meinem Kopf und übernimmt die Kontrolle. Sein Mund versengt meinen und wandert weiter, sodass er Küsse zu beiden Seiten meiner Lippen und entlang meiner Kinnlinie verteilen kann. Er drückt in einem methodischen Rhythmus Küsse bis hoch zu meinem Ohr auf mein Gesicht.

„Arme hoch", befiehlt er und zieht das Shirt über meinen Kopf. Seine Hände greifen hinter mich und öffnen meinen BH mit einem Geschick, das man nur durch Übung erlangt. *So ein Player*. Aber jetzt ist er mein.

Er umfängt meine Brüste und seine Daumen streicheln um die Warzenhöfe. Die Empfindung schießt direkt von meinen Nippeln zu meiner Pussy. Ich bin ruhelos, biege den Rücken durch und versuche, meine Brüste weiter in seine Hände zu drücken. Lances Grübchen blitzen auf. Er lässt sich nieder und reibt seine Nase zwischen den geschwollenen Kugeln.

„Diese hier werden bald für mich größer werden", sagt er geistesabwesend und kratzt mit seinen Stoppeln über mein Dekolleté, bevor er das Kribbeln auf meiner Haut mit seiner Zunge lindert. Er drückt Küsse auf jeden bleichen Zentimeter, bis sich mein Bauch verkrampft. Dann weicht er zurück. „Ich werde mich auch um dich kümmern", verspricht er jeder Brustwarze. Ich verdrehe die Augen.

Lance bäumt sich auf, packt meine Hüfte mit einer Hand und dreht mich auf den Bauch. Die Bewegung ist geschickt, aber er hält mich. „Bist du okay?"

„Ja." Ich bin atemlos. Mein Po kribbelt, während er mit einer Hand über diesen streichelt. Ich spüre die Wärme seiner Hand durch meine Jeans. Seine Hand packt meinen

Hintern. „Benimm dich." Er küsst zwischen meine Schulterblätter, wobei seine Stoppeln über meine Haut kratzen. Er reibt mit dem Kinn über mich, was mich zum Kreischen bringt, dann küsst er das leichte Brennen weg. Er greift um mich und öffnet meine Jeans. Ich weiß nicht, wie er so mühelos mit einer Skinny-Jeans fertig wird, aber er schält sie von meinen Beinen. Anschließend zieht er meinen Slip nach oben und entblößt meinen Po. Er packt jede Pobacke und drückt zu.

„Wirst du dich auch um meinen Hintern kümmern?", witzle ich, obgleich die Worte halb von der Decke gedämpft werden.

„Vielleicht." Er packt meine rechte Pobacke fester und taucht seinen Daumen unter meinen hauchdünnen Slip in meine Pospalte. Ich presse die Arschbacken zusammen. Er gluckst, aber dringt nicht weiter vor. Er beugt sich nach unten, um meinem Po einen kratzigen Kuss zu geben. „So perfekt. Meine Charlie." Er hakt seine Hände auf jeder Seite in meinen Slip und reißt nach außen, woraufhin dieser wegfällt. Jetzt bin ich nackt und er nicht. Doch als ich nach ihm greife, schüttelt er den Kopf. „Ne, ne. Du hast hier nicht das Sagen. Leg dich zurück und deine Arme über den Kopf."

„Sonst was?" Ich kräusle die Nase, obwohl ich bereits tue, was er sagt.

„Oder du kriegst nichts von dem hier." Er ballt sein T-Shirt und zeigt mir seine umwerfenden Bauchmuskeln. Dort wächst eine feine Linie blonder Haare, die direkt in seine Jeans führt…

Fuck. Er blufft, aber ich will ihn nicht auf die Probe stellen. Außerdem, je eher ich es mache, desto schneller kriege ich, was ich will. Ich lege mich rasch nach hinten, hebe die Arme über meinen Kopf und drücke meinen Rücken durch. Ich bin nackt und zur Schau gestellt.

Verlangen durchbohrt meinen Bauch, entlockt mir ein Wimmern und krümmt meine Zehen.

Lance beugt sich neben dem Bett nach unten, wühlt nach irgendetwas und dann hebt er ein aufgewickeltes lila Seil hoch.

„Weißt du, Charlie", sagt er, während er das Seil langsam entrollt, „nach Green Valley zu ziehen, war eine sehr impulsive Entscheidung. Sehr untypisch für meine kleine Planerin." Er zieht eine blonde Braue hoch.

Ich suche nach einer Antwort, aber ich habe nichts. Ich bin zu sehr mit dem Versuch beschäftigt, nicht vor Erregung zu hyperventilieren.

„Keine Sorge, Engel." Er beugt sich nach unten, um an meinen Lippen zu raunen: „Du musst nie wieder irgendetwas planen. Ich habe das Sagen."

Mini-Orgasmus.

Ich wusste nicht, wie heiß es sein könnte, jemanden dabei zu beobachten, wie er mich fesselt. Ich liege schweigend da, während sich Lance über mich beugt und mich in die Position bringt, in der er mich haben will. Er küsst meine Handflächen, bevor er das Seil um meine Handgelenke wickelt. Innerhalb von Sekunden sind meine Arme über meinem Kopf verschnürt und an das robuste Mahagoni-Kopfbrett gefesselt. Ich schaue zur Decke hoch und wackle mit den Zehen.

„Himmelbett", murmle ich. „Praktisch."

Lance zwinkert und legt das Seil ans Fußende des Bettes. Und dann wird mir bewusst, dass es nicht praktisch ist. Es war geplant. Er hat an alles gedacht und das ist so heiß. Ich kann mich zurücklegen und der Lust hingeben.

„Bequem?", erkundigt er sich und packt meinen Fuß mit seiner Hand.

Ich strecke mich ein wenig und lockere meine Schultern. „Mir geht's gut." Mein nackter Körper ist wie der einer Jungfrau auf dem Altar ausgestreckt. Lance läuft ans Bettende, wo ihn die Bettpfosten einrahmen. Er zieht langsam sein Shirt nach oben und lässt es fallen. Sein Penis drängt sich gegen den Saum seiner Jeans. Ich lecke mir über die Lippen, aber er öffnet bloß den Knopf seiner Jeans, sonst nichts, bevor er um das Bett geht, um die Seile zu testen, die meine Arme fesseln.

Er zieht an jedem, dann fährt er mit einem Finger über die Innenseite meines Arms. Es kitzelt, aber ich kann mich nicht bewegen oder irgendetwas dagegen unternehmen. *Verdammt, das ist heiß.* Er lässt sich zwischen meinen Beinen nieder, ich drücke den Rücken durch und meine Brüste weiter nach oben, sodass sie zur Schau gestellt werden. Er leckt an ihnen, dann küsst er einen Pfad über meinen Bauch zu meiner Pussy. Ich zucke und er knurrt: „Wenn du nicht still liegen bleibst, werde ich dich dazu zwingen."

Oh fuck. Drei weitere sanfte Küsse auf die Innenseite meines rechten Schenkels und ich winde mich so sehr, dass er das Seil in die Hand nimmt. Er packt meine Knöchel und zieht mich sachte auf dem Bett nach unten. Dieses Mal setzt er Ledermanschetten um meine Fußgelenke ein. Das Seil befestigt er an den D-Ringen und knotet die anderen Enden an die unteren Bettpfosten.

„So ein Pfadfinder", murmle ich, während ich ihn dabei beobachte, wie er einen komplizierten Knoten macht.

„Nicht ganz." Seine Fangzähne blitzen bei seinem Grinsen auf und das Mal, das er mir verpasste, pocht in Reaktion darauf. *Ich bin seine markierte Gefährtin.*

„Was hättest du getan?" Meine Stimme zittert leicht, als ich frage: „Beim Haus meiner Eltern… falls ich Nein gesagt hätte?"

„Ich hätte dir diesen schönen Minivan geschenkt", sagt er, lässt das Seil los und krabbelt über mich. Er stützt sich auf seine straffen Bizepse, während ich unter ihm erbebe. „Und dann hätte ich dich jeden Tag und jede Nacht gestalkt. Du hättest überall, wohin du auch gingst, einen Wolf gesehen."

Jetzt keuche ich. Ich bin die Beute des Wolfs, die er so schnell gefangen hat. „Du würdest mich nicht gehen lassen, oder?"

„Niemals", haucht er. Er greift unter mich, um mein Mal zu streicheln. Lust knistert durch mich und ich schreie auf. Einfach so komme ich zum Orgasmus.

Er weicht zurück, um mein Gesicht zu beobachten. „Das war nicht Teil des Plans."

„Du hast einen Plan?" Warum ist das so sexy?

„Mmm hmm." Er senkt seinen Kopf, reibt seine Nase an meinem Hals und Empfindungen kribbeln von meiner Mitte bis hinab zu meinen Zehenspitzen. „Es wird folgendermaßen ablaufen. Ich werde etwas Zeit damit verbringen, mich wieder mit deinem wunderschönen Körper vertraut zu machen, und du wirst daliegen und es hinnehmen."

Oh Gott.

„Wird es mir gefallen?" Ich versuche, ihn zu necken, aber ich bin bereits atemlos. Er küsst meinen Hals hinab, kehrt zu meinen Brüsten zurück und stoppt bei meinem Schlüsselbein.

„Ein Teil davon", antwortet er. „Aber ich denke, du verdienst eine kleine Bestrafung, weil du mich nicht in dem Moment angerufen hast, in dem du wusstest, dass du mich zurückwillst."

„Ich habe daran gearbeitet, meinen Mut zusammenzunehmen. Ich hatte Angst, du wärst sauer auf mich, und ich fühlte mich schrecklich, weil ich dir wehgetan hatte..."

„Ich weiß. Es ist okay." Er küsst meinen Kiefer sanft, während seine Daumen die Innenkurve meiner Hüften in einem Rhythmus streicheln, der mich in den Wahnsinn treibt. Ich versuche, mich zu bewegen, damit meine Pussy besser stimuliert wird, aber die Seile hindern mich daran. Sein Grinsen wird verschmitzt. „Das passiert, wenn du einem Wolf davonrennst. Du bist meine Gefährtin, Charlie. Ich werde dich bis ans Ende der Welt jagen."

Lance

Charlie ist vor mir ausgestreckt, ein Buffet aus weicher Haut, die ich lecken und an der ich knabbern kann. Ich habe ihre Beine gespreizt und festgebunden. Ihre Pussy parfümiert den Raum und verdammt, mir läuft das Wasser im Mund zusammen. Mein Schwanz pocht so heftig, dass er noch aus meiner Jeans platzen wird. Aber es ist noch nicht an der Zeit meine Gefährtin zu ficken. Zuerst muss ich:

1. Charlie necken, bis sie kurz vorm Höhepunkt ist, und mich dann zurückziehen.
2. Das Ganze wiederholen, bis sie bettelt.
3. Meinen Schwanz in sie rammen und sie zum Schreien bringen.

Halt dich zurück, sage ich zu meinem Wingman. *Wir müssen uns an den Plan halten*. Aber verdammt, es ist schwer. Die leisen Laute, die sie macht, während ich ihre Brüste verwöhne, wie sich ihre Brust hebt und senkt, wenn ich einen Pfad zu ihrer Pussy küsse, die Feuchtigkeit ihrer engen, kleinen Falten, ganz geschwollen und rosa für mich… Es ist verdammt schwer.

Verflucht, mein Schwanz ist in Charlies Nähe immer hart.

„Gefällt dir das, Engel?“, murmle ich, als ich eine Pause mache und ihren Nektar vorübergehend nicht lecke. „Willst du kommen?“

„Ja, bitte“, stöhnt sie. Ihre gebräunte Haut glänzt vor Schweiß. Ihr Körper ist angespannt, ihre Finger umklammern die Seile.

Ich summe und reibe mit meinem Kiefer über ihren Innenschenkel, wodurch ich ihre Säfte auf ihrer Haut verschmiere. Dann lecke ich sie ab. Fuck, ich könnte sie für immer lecken.

„Bitte, Lance“, jammert sie. „*Bittebittebittebittebitt*e.“

Meine Gefährtin klingt verzweifelt. Nicht gut. Ich muss meine Gefährtin glücklich machen.

„Ich hatte einen Plan“, informiere ich sie, während ich mich aufrichte und die Manschetten um ihre Knöchel löse. Wenn ihre Beine frei sind, kann ich ihren Hintern umfangen. Ich hebe sie so hoch, dass meine Schwanzspitze ihren tropfnassen Eingang streift. „Aber weißt du was? Scheiß auf den Plan.“ Ich stoße mich in die enge Faust ihrer perfekten Pussy.

Feuerwerke explodieren hinter meinen Augen. Ihre inneren Muskeln küssen meinen Schwanz entlang, ihr ganzer Körper erschaudert in einem explosiven Orgasmus. Ich beobachte, wie sie zuckt, und warte, bis sie Luft holt. Daraufhin ziehe ich mich aus ihr und ramme mich wieder in sie, womit ich eine weitere Welle aus Zuckungen auslöse.

„Ich hab dich, Charlie.“ Ich stütze mich auf meinen rechten Arm und gleite weiterhin geschmeidig in ihre enge Hitze. Meine linke Hand umfängt ihren Busen, knetet und drückt ihn.

Ich versuchte, geduldig zu sein. Ich versuchte, langsam zu machen. Aber meine hübsche Gefährtin ist gefesselt und bettelt nach meinem Schwanz. Was soll ich da tun? Außerdem mag sie es, wenn ich die Kontrolle verliere.

Charlie seufzt und ihre Wimpern flattern. „Gott ja, fick mich." Röte erblüht auf ihrer Brust, der Beweis für ihre Orgasmen. Die Haare an ihren Schläfen sind feucht. Eine feuchte Strähne ringelt sich zu einem niedlichen Löckchen. Es ist so goldig, dass ich es um meinen Finger wickle und meine Stöße verlangsame. Wird unser Baby blond wie wir sein? Wird er oder sie kleine Löckchen haben?

Fuck, Charlie ist mit unserem Kind schwanger. Der Gedanke bringt mich wieder in Fahrt und ich ramme meine Hüften nach vorne und treibe mich tief in sie. Ich möchte am liebsten von neuem ein Baby mit meiner Gefährtin machen. „Komm für mich, Engel. Komm noch mal."

Sie wirft den Kopf von einer Seite zur anderen, während sie gegen ihren Höhepunkt ankämpft. Ein jammernder Laut summt in ihrer Kehle. Ich verändere meinen Winkel über ihr, sodass mein Unterbauch bei jedem Stoß über ihr Schambein reibt. „Komm", befehle ich.

„Oh Gott!" Im Griff des Orgasmus spannt sich ihr Körper an und wölbt sich vom Bett.

Ich brauche es, dass sie mich berührt. Ich packe das Seil über ihrem Kopf mit beiden Händen und reiße, wodurch ich es auseinanderziehe. Ich befreie ihre Hände und sie platziert sie auf meinem Rücken, sodass ihre Handflächen über die schweißnassen Muskeln gleiten.

„Halte durch", sage ich. Ihre Pussy verkrampft sich bei diesem Befehl um meinen Schwanz. „Gefällt dir das, Charlie? Gefällt es dir, wenn ich das Sagen habe?" Druck baut sich in meinem Kopf auf. Mein Schwanz ist bereit, seine Ladung zu verspritzen.

„Ja", wimmert sie.

„Willst du, dass ich dich fessle? Die Kontrolle übernehme?“ Ich stoße mich tief in sie und kreise mit den Hüften. Ihre Nägel bohren sich in meinen Rücken. „Du wirst für mich kommen, Engel. Noch einmal.“

„Nein…“

„Du kannst es. Ich hab dich. Wir werden es gemeinsam tun.“

Ihre Augen fliegen zu meinen. „Gemeinsam“, flüstert sie.

Ich halte ihren Blick und beuge meinen Rücken so, dass ich an ihren Lippen flüstern kann: „Das ist ein Plan.“

Sie packt meinen Kopf und drückt ihren Mund auf meinen. Und so springen wir von der Klippe, einander festumklammernd. Eine Weile sind wir ineinander verloren, küssen uns und ringen um Atem. Dann erhebe ich mich, um nach den Seilen zu sehen. Sie hat ein paar Male an ihren Hand- und Fußgelenken, weil sie sich in den Seilen aufgebäumt hat. Nichts allzu Dramatisches. Ich küsse sie und sie erschaudert glücklich.

Wenigstens habe ich nicht das Bett zerstört. Die Pfosten haben jetzt vielleicht ein paar Seilspuren. Ich werde dem Vermieter Geld geben müssen, damit er das Bett ersetzen kann.

Ich räume auf und lasse ein Bad ein. Charlie lächelt mich bei meiner Rückkehr schläfrig an, weshalb ich sie trage und mich mit ihr auf meinem Schoß in die Badewanne setze. Das Wasser ist warm, aber nicht zu warm. Charlies Hintern streicht über meinen Schwanz – der liebt das. Ich knirsche mit den Zähnen und konzentriere mich darauf, sie zu waschen, während sie ausgestreckt und scheinbar knochenlos an meiner Brust lehnt.

„ICH KANN NICHT FASSEN, dass du das getan hast“, murmelt sie und blinzelt zu mir hoch. Sie ist so erschöpft, dass sie betrunken aussieht. Betrunken von Lust. „Ich kann nicht fassen, dass du den ganzen Weg nach Green Valley gekommen bist."

„Du und ich, Charlie, wir sind eins. Für den Rest unseres Lebens." Ich hebe sie aus der Wanne und trockne sie ab. Sie schwankt an mir und gähnt, woraufhin ich sie ins Schlafzimmer trage und uns ins Bett bringe. Ich ziehe sie an mich und die Decke über uns. Mein Wolf seufzt. Meine Gefährtin ist wieder in meinen Armen.

„Du wirst der sexieste Little League Coach aller Zeiten sein", murmelt sie.

„Schlaf, Engel. Ich hab dich." Ich umschließe sie mit meinen Armen und ziehe sie an den Schutz meines Körpers, wo sie hingehört.

17

Charlie

Ein Roadtrip in einem Minivan macht viel mehr Spaß, als ich gedacht hätte. Sogar mit einem Kofferraum voller Windeln. Lance fährt und ich sitze auf dem Beifahrersitz, eine Tüte kandierten Ingwer auf dem Schoß.

„Fast zu Hause", verkündet Lance und biegt in meine Nachbarschaft. Wir haben beschlossen, zusammenzuziehen. Ich liebe mein Haus und Lance mag es auch. Ich habe bereits Pläne gemacht, mein Büro in ein Kinderzimmer umzubauen. Lance hat für die nächsten Monate eine lange Liste an Aufgaben. Der erste Punkt: meinem Bettrahmen Stellen hinzufügen, an denen er Seile befestigen kann. Lance ist total begeistert von diesem Projekt.

„Trautes Heim, Glück allein." Lance drosselt die Geschwindigkeit des Autos, als wir uns meinem Haus nähern.

„Was zum…" Mein Mund klappt auf. Mein Haus sieht… anders aus. Zum einen bedecken babyblaue und rosa Luftschlangen das Dach. Channing und Deke sind dort oben und binden so viele Luftballons an den Schornstein, dass er davonschweben könnte.

Rafe ist am Boden und hält eine Hand über die Augen, um sie vor der Sonne zu schützen. Ich kann es nicht hören, aber ich kann erkennen, dass er Befehle nach oben brüllt. Neben ihm, den Großteil des Vorgartens einnehmend, ist ein riesiges aufblasbares Ding – eines der Teile, die man häufig an Halloween sieht. Nur ist dieses ein babyblauer Teddybär. Sein Kopf befindet sich in der Nähe des Dachs. Channing sieht aus, als wolle er darauf springen.

Meine Eingangstür geht auf und meine Freundinnen kommen heraus. Sadie hält noch mehr Luftballons in den Händen, große, goldene, die gemeinsam das Wort ‚BABY' ergeben. Sie sieht uns, winkt und wippt in ihren Ballerinas auf und ab, während sich Tabitha und Adele umdrehen, um zu Channing hochzuschauen, der so tut, als würde er von dem Dach auf den aufgeblasenen Bären springen. Tabitha lacht, aber Adele schüttelt den Kopf und stemmt die Hände in die Hüften. Jetzt wird Channing von Rafe und Adele eine Standpauke kriegen.

„Sieht so aus, als hätte jemand eine Überraschungsbabyparty geplant." Ich drehe mich zu Lance. „Hast du das geplant?"

„Nein." Er schneidet eine Grimasse. „Willst du, dass ich dich zurück nach Arizona bringe?"

„Nein. Ich komme damit klar. Ich mag Überraschungen." Ich lege eine Hand auf sein Knie. „Vor allem, wenn ich mit dir zusammen bin."

„Verdammt richtig." Er beugt sich zu mir, um mich zu küssen.

Ich tue so, als würde ich zurückschrecken. „Denk an die Kinder", sage ich mit gespielt schockierter Stimme und blicke auf den Rücksitz. Ich schnallte die Babypuppe in den Kindersitz nachdem ich Lance versprochen hatte, dass ich jedem erzählen würde, dass sie mir gehört. Eventuell habe ich auch geübt, wie man eine Windel anzieht, auch wenn mir meine Mom erzählte, dass es ganz anders ist, ein lebendes, zappeliges Kind zu wickeln.

„Sie sollten sich besser daran gewöhnen", knurrt Lance und legt eine Hand in meinen Nacken. Sein Kuss ist lang und innig und bringt meine Pussy zum Kribbeln – bis jemand hupt. Ich fahre zusammen und Lance starrt finster auf unsere Freunde. Rafe hat die Arme verschränkt, aber er lächelt. Tabitha ist in ihren knallgelben VW Käfer gebeugt. Sie ist diejenige, die hupt.

„Meine Freundinnen sind verrückt." Ich schüttle den Kopf.

„Mein Rudel ist schlimmer", entgegnet Lance. Er parkt und springt raus, joggt zu meiner Tür und öffnet sie für mich. Der Anblick seines sexy Körpers, der in der Tür eines klobigen Minivans steht, reicht aus, damit mein Höschen feucht wird. Sein Grinsen verrät mir, dass er das weiß. „Letzte Chance, Engel. Wir können diese Truppe stehen lassen und auf Tour gehen."

„Nein, ich fliehe nicht mehr."

„Dann bringen wir es hinter uns. Bereit?" Er reicht mir seine Hand.

„Bereit." Ich nehme sie und gemeinsam laufen wir über meine Einfahrt zu unserer Zukunft mit Freundinnen und Rudelbrüdern und der Liebe, die wir den Rest unseres Lebens hegen und pflegen werden.

Lerne Charlies und Lances Baby kennen! Klicke hier, um die Bonusgeschichte zu lesen und dich für den Bad Boy Alpha Newsletter anzumelden. Danke, dass du

Alphas Schwur gelesen hast! Falls dir das Buch gefallen hat, würden wir uns sehr über deine Empfehlung und Rezension freuen – sie bedeuten Indie-Autoren so viel. Möchtest du noch mehr über das Black Wolf Rudel lesen? Finde heraus, was passiert, wenn Rafe und Adele in *Alphas Rache* gegen ihre Gefühle ankämpfen.

Ich habe eine Facebook-Gruppe für deutschsprachige Leser meiner Bücher gegründet. Bitte mach mit! Alpha-Bücher sind besser

MEHR WOLLEN?

Bitte genieße diesen kurzen Auszug aus dem nächsten alleinstehenden Buch in der *Bad-Boy-Alpha*-Serie

Bad Boy Alphas

Alphas Versuchung
Alphas Gefahr
Alphas Preis
Alphas Herausforderung
Alphas Besessenheit
Alphas Verlangen
Alphas Krieg
Alphas Aufgabe
Alphas Fluch
Alphas Geheimnis
Alphas Beute
Alphas Blut
Alphas Sonne
Alphas Mond
Alphas Schwur
Alphas Rache

HOLEN SIE SICH IHR KOSTENLOSES BUCH!

Tragen Sie sich in meine E-Mail Liste ein, um als erstes von Neuerscheinungen, kostenlosen Büchern, Sonderpreisen und anderen Zugaben zu erfahren.

https://geni.us/jungfrauunddervampir

RENEE ROSE: HOLEN SIE SICH IHR KOSTENLOSES BUCH!

Tragen Sie sich in meine E-Mail Liste ein, um als erstes von Neuerscheinungen, kostenlosen Büchern, Sonderpreisen und anderen Zugaben zu erfahren.

https://www.subscribepage.com/mafiadaddy_de

BÜCHER VON RENEE ROSE

Chicago Bratwa

Der Direktor

Gefährliches Vorspiel

Der Mittelsmann

Besessen

Der Vollstrecker

Unterwelt von Las Vegas

King of Diamonds: Was in Vegas passiert, bleibt in Vegas, Band 1

Mafia Daddy: Vom Silberlöffel zur Silberschnalle, Band 2

Jack of Spades: Gefangen in der Stadt der Sünden, Band 3

Ace of Hearts: Berühmtheit schützt vor Strafe nicht, Band

4

Joker's Wild: Engel brauchen auch harte Hände (Unterwelt von Las Vegas 5)

His Queen of Clubs: Russische Rache ist süß (Unterwelt von Las Vegas 6)

Dead Man's Hand: Wenn der Tod mit neuen Karten spielt

Wild Card: Süß, aber verrückt

Wolf Ranch

ungebärdig - Buch 0 (gratis)

ungezähmt– Buch 1

ungestüm - Buch 2

ungezügelt - Buch 3

unzivilisiert - Buch 4

ungebremst - Buch 5

unbändig - Buch 6

Wolf Ridge High

Alpha Bully - Buch 1

Alpha Knight - Buch 2

Bad Boy Alphas

Alphas Versuchung

Alphas Gefahr

Alphas Preis

Alphas Herausforderung

Alphas Besessenheit

Alphas Verlangen

Alphas Krieg

Alphas Aufgabe

Alphas Fluch

Alphas Geheimnis

Alphas Beute

Alphas Blut

Alphas Sonne

Alphas Mond

Die Meister von Zandia

Seine irdische Dienerin

Seine irdische Gefangene

Seine irdische Gefährtin

Seine irdische Rebellin

Seine irdische Frau

Master Me

Ihr Königlicher Master

EBENFALLS VON LEE SAVINO

Die Berserker-Saga

Verkauft an die Berserker

Gepaart mit den Berserkern

Entführt von den Berserkern

Übergeben an die Berserker

Gefordert von den Berserkern

Die Frauen der Berserker

Gerettet vom Berserker – Hasel und Knut

Gefangen von den Berserkern – Weide, Leif und Brokk

Verschleppt von den Berserkern – Salbei, Thorbjorn und Rolf

Gebunden an die Berserker – Laurel, Haakon und Ulf

Berserker-Nachwuchs – die Schwestern Brenna, Sabine, Muriel, Fleur und ihre Gefährten

(demnächst)

Die Nacht der Berserker **– die Geschichte der Hexe Yseult**

Eigentum der Berserker **– Farn, Dagg und Svein**

Gezähmt von den Berserkern **– Ampfer, Thorsteinn und Vik**

Beherrscht von den Berserkern

Unschuld mit Stasia Black (Eine dunkle Liebesgeschichte)

Das Erwachen (Unschuld 2)

Königin der Unterwelt: Eine Dunkle Liebesgeschichte (Unschuld 3)

Die Gefangene des Biestes: Eine dunkle Romanze (Die Liebe des Biestes 1)

Die Rache des Biestes: Eine dunkle Romanze (Die Liebe des Biestes 2)

Der Soldat, der mich verführt

Draekons (Drachen im Exil) mit Lili Zander (Eine Sci-Fi Dreierbeziehung Romanze)

Draekon Gefährtin

Draekon Feuer

Draekon Herz

Draekon Entführung

Draekon Schicksal

Tochter der Dragons

Draekon Fieber

Draekon Rebellin

Draekon Festtag

ÜBER DIE AUTORIN

USA TODAY Bestseller-Autorin RENEE ROSE liebt dominante, verbalerotische Alpha-Helden! Sie hat bereits über eine Million Exemplare ihrer erotischen Liebesromane mit unterschiedlichen Abstufungen verruchter sexueller Vorlieben und Erotik verkauft. Ihre Bücher wurden außerdem in *USA Todays Happily Ever After* und *Popsugar* vorgestellt. 2013 wurde sie von *Eroticon USA* zum nächsten *Top Erotic Author* ernannt und freut sich ebenfalls über die Auszeichnungen Spunky and Sassy's *Favorite Sci-Fi and Anthology Autor*, The Romance Reviews *Best Historical Romance* und Spanking Romance Reviews *Best Sci-fi, Paranormal, Historical, Erotic, Ageplay and Couple Author*. Bereits fünfmal gelang ihr eine Platzierung in der USA-Today-Bestsellerliste mit verschiedenen literarischen Werken.

Besuchen Sie ihren Blog unter www.reneeroseromance.com

ÜBER DIE AUTORIN

Lee Savino ist *USA Today*-Bestsellerautorin. Außerdem ist sie Mutter und schokosüchtig. Sie hat eine ganze Reihe von Büchern geschrieben, die alle unter die Rubrik »smexy« Liebesgeschichten fallen. *Smexy* steht dabei für »smart und sexy«.

Sie hofft, dass euch dieses Buch gefallen hat.

Besucht sie unter:
www.leesavino.com

www.ingramcontent.com/pod-product-compliance
Lightning Source LLC
Chambersburg PA
CBHW030334310726
48979CB00001B/17

9781636931166